기적이
일어나기
2초 전

JUSTE AVANT LE BONHEUR

by Agnès Ledig

기적이 일어나기 2초 전

Juste Avant le Bonheur

아녜스 르디그 지음 | 장소미 옮김

푸른숲

차 례

"우리가 사랑했던 이들은 더는 그들의 자리에 있지 않다.

하지만 우리가 있는 곳 어디나 함께한다."

_알렉상드르 뒤마

내가 있는 곳 어디나 함께하는,

나타나엘에게°

○ 백혈병으로 사망한 작가의 어린 아들.

융합coalescence : 여성명사. '함께 성장하다'라는 뜻의 라틴어 'coalescere'에서 파생됨.

    1. (생물) 서로 면한 두 조직면의 합착.

    2. (화학) 더욱 굵은 방울로 합체된 액체 입자들의 상태.

    3. (언어) 둘 또는 다수 음의 일원화.

〈르 프티 로베르 사전〉

이 책에서는,

    4. (인간) 상처 입은 여린 사람들이 서로 접촉함으로써 함께 이루는 모든 것을 통해 각자의 존재를 요소요
소 튼튼하게 재구축하고 친밀해진 상태.

명찰에 쓰인 이름

줄리, 그녀는 한 가지만 생각했다.

항의할 수 있었지만 그랬다면 일자리가 날아갔겠지. 자존감은 지킬 수 있었으리라.

자존감? 웬 자존감?

이 보잘것없는 여자는 꽤 오래전에 자존감을 잃었다. 생존이 걸린 상황에선 소녀 시절 꿈꾸었던 위대한 이상일랑 벽장에 모셔둔 채 그저 묵묵히 견딜 수밖에 없다. 이젠 어떤 말을 듣더라도 반발하지 않고 감내하는 데 익숙해졌다.

어쨌든 그녀는 이 직장이 필요하다. 절실하게. 머저리 샤송 놈도 잘 알고 있다. 단 10유로만 비어도 판매대 계산원을 능히 해고하는 인정사정없는 매니저, 샤송. 하물며 50유로가 사라졌으니!

사실 줄리는 자신이 잠시 등 돌린 틈을 타 계산대에서 50유로를 빼낸 사람이 누군지 알고 있다. 하지만 여기선 동료를 밀고하는 행위는 절대 금물이다. 밀고자라는 낙인은 금발 속의 이처럼 등짝에 들러붙어 좀처럼 떨어지지 않으니까. 줄리도 이런 처지에 놓이고 싶진 않았다.

　"줄리 르메르 양! 당장에 해고할 수도 있지만, 당신 형편을 알고 변상할 능력도 없다는 것을 아니까 봐주는 거요. 조심하라고. 언제 오늘의 실수를 만회할 다른 요구를 할지 모르니까. 알아들어요? 모르면 동료들 아무나 붙잡고 물어보든가. 그 아가씨들은 어떻게 해야 하는지 알고 있거든."

　매니저가 그녀를 냉혹하게 응시하며 일갈했다. 입에는 삐딱한 미소가 걸려 있었다.

　야비한 놈!

　하지만 샤송의 겉모습은 그럴듯해 보이긴 하다. 이상적 사윗감이랄까. 장신에 활력이 넘치고 얼굴엔 늘 미소가 걸려 있으며 턱은 각이 졌고 관자놀이께는 희끗희끗하다. 늘 뒷짐 진 자세로 직원들을 독려하고 안심시키며, 월요일 아침이면 직원들에게 일일이 인사하며 친절히 안부를 건넨다. 밑바닥부터 시작해서 한 계단 한 계단 쌓아올린 경력은 존경과 경외를 불러일으키기에 모자람이 없다. 게다가 우아한 아내와 예의 바른 자녀들까지. 하지만 이것은 반짝이는 메달의 앞면일 뿐이다. 뒤를 돌리는 순간 한 마리 늑대, 가차 없는 포식자, 자신이 가장 강하다는 사실을 입증하기 위해 발밑에 여자들을 무릎 꿇려야 직성이 풀리는 사내가 모습을 드러낸다.

몇 분 뒤, 줄리는 매니저실과 매장 사이에 가로놓인 기나긴 복도를 잰걸음으로 걸었다. 휴식 시간이 거의 끝나간다. 이렇게 불려가는 대신 다른 식으로 시간을 보냈으면 좋으련만. 볼에 얼룩진 눈물을 손등으로 세차게 훔쳤다. 바로바로 떨쳐내야 할 이 몹쓸 나약함의 표시.

줄리, 그녀는 한 가지만을 생각해야 했기 때문이다.

그녀는 호락호락하지 않은 운명을 감내해야 하는 사람이다.

세상엔 그런 사람들이 있다.

폴 무아삭은 냉동 피자 진열대 앞에 멈춰 서서 고민했다. 맥주 팩을 집어 들 때는 전혀 주저하지 않았지만 이건 좀 망설여졌다. 아마도 처음 슈퍼마켓에 발을 들이는 까닭이리라. 혼자서는 처음이었다.

한 달 전, 아내가 그를 떠났다. 그녀는 떠나기 전에 냉장고를 가득 채워놓는 마지막 자비를 베풀었다. 아마도 의무를 다했다는 달콤한 자기만족에 취했으리라. 극히 사소한 것까지 흠잡을 데 없이 완벽한 아내가 갑작스럽고도 단호하게 떠나버렸다. 누구도 그녀를 나무랄 수는 없는 일이었다.

하지만 오늘, 폴에겐 더 이상 선택의 여지가 없다. 한 주에 1킬로그램 정도 빠시넌 흡속하겠지만, 계속 살이 빠져서 일정 체중 아래로 떨어지면 위험해진다. 식당에 혼자 앉아 밥을 먹는 건 생각만으로도 식욕이 뚝 떨어질 만큼 기운 빠지는 일이었다. 쉰한 살이면 장보는 법쯤은 알아야 하지 않겠는가? 폴은 결국 가장 비싼 냉동 피자를 사기로 결정했다. 30년간 같이 살던 아내가 떠났다는 구실로 더는 아무거나 먹지 않을 터였다.

그는 선택을 해야 할 때면 가격이 품질을 보장한다고 믿으며 늘 가장 비싼 것을 골랐다.

과일·채소 진열대를 지나자니 아내가 주워섬기던 타령이 자동으로 떠올랐다. "하루에 과일이나 채소를 다섯 가지씩 먹으래." 그녀는 이 말을 "당신은 담배 때문에 죽고 말 거야"와 "술은 건강에 해로워" 사이에 끼워 넣곤 했다.

어떻게 그리도 피곤하게 굴 수 있는지!

폴은 비닐봉지에 사과 몇 알을 담고는 계산대로 향했다. 세 가지 품목을 손에 든 채 검은색 컨베이어 벨트 위에 내려놓을 차례를 기다리는데 바로 앞에서 비대한 여자가 온갖 정크 푸드들을 쏟아낸다. 아내와는 절대 사이가 좋을 수 없는 인간이 여기 또 하나 있었다.

그는 이내 자신이 이 소비의 소굴을 되도록 빨리 떠날 수 있는 계산대를 택하지 못했음을 깨달았다. 하지만 계산원이 예뻤다. 싹싹하진 않았지만 예쁜 편이었다. 미인은 성질이 나빠도 입을 벙긋하기도 전에 용서받는다, 예외 없이. 계산원은 비대한 여자에게 거의 눈길도 주지 않은 채 거스름돈을 건네며 뺨에 흐르는 눈물을 슬쩍 훔쳐냈다. 턱이 떨리지도 호흡이 가빠지지도 눈가가 반짝이지도 않았다. 다만 무표정한 얼굴에 한 줄기 눈물이 흘러 세상 빛을 보았을 뿐.

폴의 순서였다.

"안녕하시오, 줄리!"

화들짝 놀란 계산원이 눈을 치뜨며 물었다.

"절 아세요?"

"아니, 아가씨 명찰에 이름이 쓰여 있잖아요. 명찰은 이렇게 이름을 부르라고 달고 있는 거 아니겠소?"

"뭐, 그보다는 자칫 3상팀°이라도 덜 받았을 경우 손님이 우리를 신고할 수 있도록 달고 있는 거죠. 명찰이 인사를 건네는 용도로 쓰이는 경우는 매우 드물어요."

"나는 단점이 있긴 하지만 고자질쟁이는 아니라오."

그녀가 사무적이고 무감각한 어조로 대꾸했다.

"사과 무게를 달지 않으셨네요."

"무게를 달아야 하오?"

"당연하죠!"

"그럼 어쩐다?"

"무게를 달아 오시든가, 사과를 포기하시든가요."

폴이 비닐봉지를 도로 집어 들며 대답했다.

"금방 다녀오겠소."

대체 왜 이토록 사과를 사고 싶어 하는 걸까.

"천천히 다녀오세요, 저는 괜찮으니까요!"

젊은 여자가 소리를 죽여 말했을 때 폴은 이미 사람들 틈으로 사라진 후였다.

뒤에 있던 손님들이 안달을 내기 시작했다. 이 틈을 타 줄리는 잠시 동안 몇 주 전부터 뻐근해오던 등을 쭉 폈다.

남자가 숨을 헐떡거리며 돌아와서 무게를 잰 사과를 내려놓았다.

"사과 대신 포도 버튼을 누르셨네요!"

"그렇소?"

"골든 포도. 여기 티켓에 쓰여 있잖아요. 이건 골든 사관데 말이에요."

"어떻게 안 되겠소?"

"포도가 더 비싸요. 원하시면 다시 다녀오세요."

기다리는 줄에서 웅성거리는 소리가 커졌다. 남자는 빙긋 웃으며 대답했다.

"괜찮소. 그냥 주시오. 원래보다 비싸게 샀으니 어쩌면 사과가 더 맛있을지 누가 알겠소?"

줄리 얼굴에 희미한 미소가 번졌다. 언제 남자한테 다정함을 느꼈을까, 정말 까마득했다. 오래만에 그 비슷한 느낌을 받았다. 하지만 나이 스물의 줄리는 이런 식의 관심이 익숙치 않았다. 남자에 대한 환상이 깨지고 환멸만 남은 감정의 묘지에선 무관심이 자존감의 또 다른 이름이다.

그녀는 남자에게 영수증을 건네며 물었다.

"오늘 축구의 밤을 보내시나요?"

"아니요, 왜죠?"

"그냥요, 맥주에 피자에……."

"홀아비의 밤을 보낼 거요!"

"하나를 한다고 해서 다른 걸 못하란 법은 없죠."

줄리는 어떻게 과일 무게 재는 법도 모를 수 있느냐며 맞장구를 재촉하는 다음 여자 고객에게 굳이 대꾸하지 않았다. 젊은 계산원은 이러쿵저러쿵하는 구시렁거림이라면 일찌감치 귓등으로 흘렸다. '미어안감'이라면 넌더리가 난 지 오래다. '미소 짓기-어서 오세요-안녕히 가세요-감사합니다.' 그녀는 오직 감시당할 때나 겨우 이 규칙을 지켰다. 그래도 사과 소동으로 몇 분간이나마 다리를 펴고 과일 향의 물을 마실 수 있었다. 이 직업의 쓸쓸함을 과일 향으로 잠시 지워보려 했지만 허사였다.

줄리는 사과 소동을 틈타 목숨과도 같은 룰루 생각도 했다. 머릿속에 떠올릴 때마다 막힌 감정의 물꼬를 틔워주는 유일하게 긍정적인 이미지.

제롬은 등을 곧추세우고 소파에 앉아 허공을 응시했다. 진료 시간이 점점 고역이 돼갔다. 까다로운 할머니들의 티눈도, 누르스름한 분비물로 인두염이 있는지 확인해야 하는데도 도통 입을 벌리려 들지 않는 코흘리개들도, 안면 홍조를 마치 극복할 수 없는 재앙인 양 띠빌리는 초기 갱년기 여사들도 더는 참을 수 없었다. 어떻게든 병가를 내기 위해 진단서를 떼러 오는 저 게으르기 짝이 없는 의료보험 대상자들 무리는 또 어떤지!

끝나지 않을 것 같은 의대 공부를 마치고, 새로 부임한 의사를 경계의 눈초리로 바라보며 절대 헌신을 요구하는 시골 환자들을 돌보면서 죽어라고 달려온 지 어느덧 10년이었다.

인생을 새로운 눈으로 돌아보기 위해서는 사건이 필요했다. 제롬은 이쯤에서 쉬지 않으면 또다시 재앙이 일어나리라는 것을 예감했다. 버텨보려고 매일 밤 마시는 독주도 더는 도움이 되지 않았다. 술에 취해 그 사건이 어렴풋해지면 쓰러지듯 잠이 들었다가, 새벽 2시쯤 깨어나서 여명이 밝아올 때까지 크레프°처럼 몸을 이리저리 뒤척였다. 그러다 자명종이 울리면 고통스럽고 어수선한 선잠에서 다시 깨어나는 식이었다. 참기 힘든 고독.

아버지는 비록 본인도 그다지 좋은 상황이 아님에도 자신을 이해해줄 수 있는 유일한 인물이었다. 내일 아버지에게 전화를 걸어 브르타뉴에 있는 작은 별장이 비었는지 물어볼 터였다. 어쩌면 브르타뉴 해안의 느리고 규칙적인 파도의 움직임이 복잡하게 뒤얽힌 머릿속에 평온을 선물할지 모를 일이었다.

아이는 거실에 자리 잡았다. 보모가 저녁 식사를 준비하며 힐끔힐끔 아이를 감시했다. 아이는 장난감 상자에서 플라스틱 동물들을 죄다 꺼내 원형으로 늘어놓았다. 회색 미니 코끼리가 거대한 흰 개

○ 프랑스식 핫케이크. 둥근 모양으로 넓고 얇게 부친 다음 돌돌 감아 완성한다.

16

와 이웃해 있고, 길고 가느다란 풀숲에 갇힌 거위 세 마리가 자기들보다 덩치가 클까 말까 한 보라색 공룡과 어찌하여 이웃이 되었을까 자문하고 있었다.

아이는 진짜 친구라도 되는 양 동물들한테 차례로 말을 걸며 총천연색 카펫 가장자리의 푸른 꽃무늬 쪽으로 데려가 목을 축이게 했다. 오늘 유치원에서 겪은 온갖 정신적 압박감을 동물 세계에 몰입함으로써 잊으려는 것이다. 선생님이 등을 돌리자 마자 덩치 큰 아이가 날름 가로챈 두 번째 케이크며, 옷걸이가 바닥에 떨어져 더럽혀지고 짓밟힌 조끼며, 붓들을 담가둔 물통이 엎어지는 바람에 엉망이 된 그림 등등. 선생님은 또 그리면 된다고 위로했지만, 아이가 오늘 밤 퇴근한 엄마에게 주고 싶은 선물은 바로 그 그림이었다.

플라스틱 동물들의 인생이 훨씬 수월해 보였다.

———— ○ ———— ○ ————

　계산원으로 일한 지 두 해가 됐지만 손님이 내 이름을 부르며 인사한 것은 이번이 처음이다. 기분 좋은 사람들을 만나기란 극히 드물다. 대개는 꾸물댄다며 나를 타박하거나 예의를 차릴 가치도 없다는 듯이 눈길도 주는 둥 마는 둥이니까. 내가 한낱 계산원에 불과하다는 사실을 알게 해주는 눈빛을 보내는 인간들, 손님은 왕이라며 성차별적인 발언을 포함한 모든 진상이 허용된다고 믿는 인간들, 계산대 모니터에 지불금액이 뜨기를 기다리는 동안 나를 기계 취급하며 휴대폰 통화를 멈추지 않고 지절대다가 획 떠나버리는 인간들.

　나는 자신을 보호하는 법을 익혔다. 어떤 동료들은 아무리 무례한 작자에게도 침묵을 지키지만 나는 맞대응을 한다. 물론 사람들은 이런 나를 이해하지 못한다. 그들이 내 입장이 돼보면 알 텐데. 시끄러운 소음과 매캐한 공기 속에서 등이 휘도록 무거운 물품들을 집어 들어 스캐너 앞에 미끄러뜨리고, 쉴 새 없이 삑삑거리는 기계음을 견디는 이 일을 그들은 이틀도 견디지 못하리라. 우리를 가축 취급하는 머저리 사송 놈에 대해선 아예 말을 말아야지.

　언젠가는 원수를 갚아주고 말리라. 깊이 후회하도록.

　룰루가 어른이 되어 더는 내가 필요 없게 되면 호락호락 당하지 않을 것이다. 마침내 자유롭게 되면 그땐 여자들을 마음껏 부려먹고 호령해도 된다고 생각해 피눈물을 뽑아내는 개망나니들에게 복수하며 살 것이다. 그치들은 대체 뭘 믿고 그러는 걸까?

하지만 오늘 만난 남자의 눈빛엔 진실하고 부드러운 무언가가 있었다. 하지만 경계해야 한다. 이미 당할 만큼 당했으니까. 그런데 이상하게도 그 남자는 다르게 느껴진다.

우선 그는 나이가 많지 않은가! 혈기왕성한 나이에다 약간 귀엽다는 이유로 아무 여자에게나 덤벼들어도 되는 줄 아는 저 허우대 멀쩡한 젊은 치들과는 다르다.

그는 마치 다른 행성에서 왔는지 가격표도 안 붙인 사과 봉투를 손에 든 채 허둥거렸다.

나도 가끔은 다른 행성으로 떠나고 싶다. 인류의 5분의 4 이상을 고통에 빠뜨리고 우리를 막다른 골목으로 몰아붙이는 가혹한 인간사와 전혀 상관없는 행성으로……

살다 보면 더러 나와 같은 세계의 사람을 만난 느낌이 들 때가 있다. 외계인, 조금 다른 사람, 나와 같은 환상, 같은 자장 안에 살고 있는 사람.

오늘 그 남자한테서 받은 느낌이다.

기분이 좋아진다.

일주일 뒤……

출발

"안녕하시오, 줄리?"

남자가 컨베이어 벨트에 장을 본 물건들을 내려놓고 나서 말했다.

"안녕하세요, 손님. 오늘은 빠짐없이 무게를 재셨어요?"

줄리는 비꼬려는 의도 없이 물었다.

"꽤 발전했소. 아가씨는요, 좀 나아졌소?"

"나아지다뇨?"

"지난번에 좀 슬픈 일이 있지 않았소?"

줄리는 단호하게 대답했다.

"아니요!"

"아, 그럼 눈에 먼지가 들어갔었나요?"

"네, 그래요! 아이스백은 유료예요. 구입하시겠어요?"

"그럽시다! 아무래도 하나 있어야 좋지 않겠소?"

"필요하시면 그렇게 하세요. 다해서 47유로 95상팀이에요."

남자가 50유로짜리 지폐를 꺼내며 말했다.

"여기 있소. 잔돈은 됐어요."

"안 될 말이에요. 팁은 금지돼 있어요."

"단지 음료 한 잔 값인데…… 그렇다면 아가씨 업무 끝나고 내가 한잔 사야 하는 거요?"

"그게 가능할지 모르겠군요."

"구설이라도 들을까 두렵소?"

"손님은 제 할아버지뻘이세요!"

"과장이 너무 심한 거 아니오? 기분이 상하려고 하네!"

"적어도 아버지뻘은 돼요……."

"아버지가 딸하고 차 한잔하면 안 되는 법이라도 있소?"

"저는 손님 딸이 아니거든요."

"남들 눈이야 뭐…… 그런 척하면 되지."

"대체 뭘 원하시죠? 싱싱한 몸뚱이요?"

"이런 슈퍼에서 내가 어느 코너에서 뭘 사야 하는지 안내해줄 부패한 여직원을 찾고 있소만."

"손님이 뭘 찾느냐에 달렸군요."

"독신자한테 유용한 제품을 찾고 있소. 나 같은 사람한테 적합한 브랜드를. 장 보는 일을 포함해 살림을 도맡았던 아내와의 30년 공동 생활을 청산한 참이거든요."

"거봐요, 싱싱한 몸뚱이를 찾는 거잖아요!"

"아이스백을 샀으니 써먹어야 하지 않겠소?"

"아무리 애써봐도 전 아이스백 안에 들어갈 순 없을 것 같은데요."

"그리 많은 걸 바라진 않소, 그저 일이 끝난 후 차 한잔이면 돼요. 몇 시에 끝나죠?"

"오늘은 오후 1시부터 3시까지 휴식 시간이에요."

"점심 식사는 보통 어디서 해요?"

"사과를 싸왔어요."

"사과? 아무리 포도처럼 비싼 거라 한들 사과 한 알로 요기가 되겠소? 주차장 P구간에 차들이 두 줄 주차된 곳으로 와요. 내 차는 회색 사륜구동 아우디요. 다른 데로 가서 같이 식사합시다."

줄리는 별 수 없이 눈총을 주는 뒷줄 고객들을 곁눈질하며 남자한테 영수증을 건넸다. 조심해야 했다. 저들이 매니저한테 불만 신고를 할지도 모르고 그러면 매니저는 이를 악용하여 자잘한 호의를 요구할 터.

줄리는 P구간에 주차된 회색 사륜구동차로 갈지 말지를 아직 결정하지 못했다. 남자도 매니저처럼 뭘 요구하지 않을 거라고 어떻게 보장한단 말인가? 그렇긴 해도 백주대낮의 주차장은 그리 위험할 일이 없다. 게다가 초보 독신자가 되어 쩔쩔 매며 장을 보는 남자란, 연민을 불러일으킨다.

3주간의 휴가를 앞둔 마지막 근무 날이다. 이를 자축하는 셈 치는 것도 나쁘지 않으리라. 어차피 차에 기름 채울 돈도 없어 집에 갔다

오지도 못하고 쇼핑몰에서 두 시간을 죽일 판이다. 외출하고 오면 기분이 바뀔 것이다. 가방에는 도서관에서 대출받은 책이 있지만 소란스런 환경에서 제대로 읽을 수나 있겠는가? 직원 휴게실은 음산하고 창문도 없는 데다, 정육 매장의 사내들이 몰려와 육중한 몸집만큼이나 질식할 것 같은 지껄질을 해대며 시간을 보내는 곳이다.

게다가 아우디 사륜구동차를 몰고 다니는 남자라면 좋은 식당에 데려갈지도 모른다. 쪼들릴 월말에 대비해 영양 보충을 할 수 있으리라.

제롬은 대리 근무를 할 의사를 구했다. 경험이 그리 많지 않은 여자였지만 상관없었다. 그저 바다를 보러 가고 싶었고, 저 멀리 아득한 수평선을 바라보고 싶었다. 석 달째 헤어나지 못하는 구렁텅이에서 이제 벗어나고 싶었다.

젊은 여자는 저녁에 이곳, 알자스에 당도할 것이다. 제롬은 내일 떠날 테고 아예 근무하는 동안 살도록 집까지 내준 터라, 두 사람은 오늘 밤을 함께 보낼 터였다. 조금 전 부친이 전화를 걸어와 출발 시간을 통보했다. 부친 역시 간절히 바닷바람을 쐬고 싶어 한다.

하지만 이유는 다르다. 부친의 경우는 일종의 안도감으로 바다를 찾는다.

아직 진료 시간이 두 시간 더 남았다. 그는 고개를 가누고 등을 곧추세울 힘을 얻기 위해 여행을 꿈꾸며 기분을 띄운다. 의사란 모름지기 굳건해야 한다. 휘청거리지 않아야 한다. 의사란 나약한 환자들이 움켜잡는 주춧돌이다. 바위처럼 단단해야 한다.

내가 불멸의 주춧돌이라니, 이게 웬 말인가!

몇 달 전 폭파되어 자취를 감춘 이 주춧돌은 더는 누구도 지탱해주지 못한다. 제롬은 환자가 하는 이야기를 듣고 처방을 내리고 상처를 봉합하지만, 환자를 지탱해주지는 못한다. 제롬은 여지껏 항우울제 없이 버티고 있다. 물론 알코올의 도움을 받긴 하지만 이것만으로도 성공이다.

아이는 초조하게 귀가를 기다린다. 타티가 데리러 올 것이다. 잠시 후면 엄마가 휴가를 얻는다. 이젠 엄마가 매일 저녁 데리러 오고, 매일 아침 데려다줄 것이다. 심지어 매일 점심시간에도! 타티네 집에서 더 잘 먹이긴 하지만 그래도 아이는 엄마와 함께 있는 쪽이 훨씬 좋다.

아이는 유치원을 좋아하지 않는다. 몇 가지 노래를 배울 수 있지만 너무 소란스럽다. 또 떼밀거나 못살게 구는 아이들이 너무 많은 데다, 보아야 하고 들어야 하고 해야 할 것이 너무 많다.

엄마가 휴가 기간에는 매일 유치원에 가지 않아도 된다고 말했다. 함께 있는 기쁨을 누리고 싶다고, 선생님이야 뭐라든 상관없다고도 했다.

아이의 엄마는 다른 엄마들과 다르다. 우선 제일 예쁘고 제일 젊다. 배로 학교로 데리러 오면 큰누나 아니냐는 소리도 듣지만 엄마는 남이야 뭐라건 상관하지 않는다.

엄마는 욕도 한다. 아이는 유치원에서 욕을 내뱉으면 벌을 받는데. 어른은 참 좋다. 욕을 해도 아무도 혼내지 않으니까.

하지만 엄마는 이따금 밤에 혼자 훌쩍인다. 탁자에 영수증을 늘어놓고 계산기를 두드리면서.

아이는 엄마와 함께라면 설사 매일 스파게티만 먹는다 해도 상관없다. 스파게티를 좋아하니까. 사실 버터만 바른 스파게티보다는 고기를 곁들인 게 더 맛있긴 하지만. 타티 아줌마는 돈이 충분해 맛있는 것을 사줘서 좋다.

오후 1시.

휴식 시간.

줄리는 주차장 P구간의 친절해 보이는 남자한테 가고 싶었다. 이런저런 뒷생각 없이. 하지만 아버지뻘 남자잖아! 아니, 가끔 기분 전환을 하는 것도 괜찮지 않을까. 게다가 제대로 된 식사의 유혹도 만만치 않았다.

저기 사륜구동차가 있었다. 그녀가 주차장 통로에 들어서자 차가 헤드라이트를 깜박여 신호를 보냈다. 남자가 조수석에 올라앉는 줄리에게 다정한 미소를 지어 보였다. 가죽 내장재, 마호가니 계기판, 완벽한 매트. 심지어 차에서는 자잘한 자갈 부스러기 하나 보이지 않았다.

이런 호화로운 차와 시동을 걸 때마다 금방이라도 내려앉을 것 같은 낡아빠진 르노 5 사이의 세계라니. 그녀의 르노 5 차체는 부서졌고 시트는 떨어져나갔다. 그동안 차에 그다지 신경을 안 쓰긴 했다. 특히나 A지점에서 B지점으로 이동하는 도구 이상도 이하도 아닌 차라면야. 일단 굴러가기만 하면 족하다. 고장은 감히 상상조차 할 수 없다. 그녀는 일하러 가기 위해, 즉 생존을 위해 차가 필요하다. 줄리에게 다모클레스의 검°은 이미 주행거리 2만 킬로미터를 넘어버린 탓에 교체해야 하는 구동벨트이다. 정비사가 구동벨트가 끊어지면 엔진이 망가진다고 설명했고, 줄리는 구동벨트를 교체하면 집세를 낼 수 없다고 대꾸했다. 엔진이 망가지면 일하러 갈 수 없고 직장을 잃으면 집세 또한 낼 수 없을 거라는 정비사의 논리적인 대답이 돌아왔다. 정비사가 은행가는 아니었기에 줄리는 구동벨트가 끊어지지 않기만을 기도하며 돌아왔다.

폴이 줄리가 들어본 적 없는 식당에 가자고 제안했다. 그녀는 아는 식당이 거의 없다. 식당은 몇 분 거리에 바로 있다며 그는 이렇게 말했다.

"아가씨가 와줘서 기뻐요."

줄리가 단호하게 대꾸했다.

"미리 경고하는데 저한테 아무것도 기대하지 마세요!"

"짖기만 해요, 아니면 물기도 해요?"

"분명히 말하는데 전 짖기만 하지 않아요."

○ 머리 위에 칼이 매달린 다모클레스 왕의 자리를 빗댄 말로 언제 위험이 닥칠지 모르는 급박한 상황이나 아슬아슬한 위험 요소를 의미한다.

"대체 내가 아가씨한테 뭘 기대한다는 거요, 슈퍼에서 안내 좀 해 달라고 했을 뿐인데."

"제 호의요, 흔한 일이죠."

"그렇다면 난 아니오!"

"드문 경우군요."

"남자들은 죄다 그렇게 저속하다고 생각하는 거요?"

"그렇다고 봐야죠."

"갑자기 부담감이 팍 느껴지는 게, 영 불편하군요."

"왜요?"

"이제부터 나는 그런 남자가 아니라는 사실을 증명해야 하잖소."

"남자들한텐 그게 아주 어려운 일인가요?"

"아니요…… 사실 그렇지요…… 모르겠군. 두고 봅시다."

어색한 침묵이 흐른 뒤에 폴이 말을 이었다.

"난 다만 함께 식사하면서 이 얘기 저 얘기 하고 싶었소. 아가씨가 원하면 아가씨 이야기를 하고, 또 내 얘기를 듣고 싶다면 내 얘기를 하고. 부담 없이 진솔하게."

젊은 여자가 동의했다.

"좋아요."

"실은 무엇보다 아가씨한테 사과보다 좀 더 든든한 걸 먹이고 싶었소."

"사과로 점심을 때우는 게 습관이 돼놔서요."

"습관이 영양을 대신할 순 없어요."

"형편대로 해야죠."

"오늘은 풀코스로 먹도록 해요. 돌아올 때 내 차 계기판에 토하지만 말고."

줄리는 그제야 빙긋 웃으며 대답했다.

"노력해볼게요!"

세련된 식당이었다. 줄리는 자신의 단이 풀린 청바지와 깊게 팬 티셔츠, 색 바랜 운동화 차림을 의식하며 거북해했다.

"과연 절 받아줄까요?"

"당연한 거 아니오?"

"제가 여기 분위기랑 영 안 어울려서요."

"누가 아가씨를 여기 벽에 장식하기라도 한대요?"

"그게 아니라 제 차림이 좀 껄렁해 보이는 것 같아서요."

"그렇긴 하구먼! 하지만 상관없소. 신용카드가 있으면 껄렁해 보여도 되니까. 외려 고루하지 않아 보일 수도 있고."

"하지만 전 신용카드가 없는걸요."

"이봐요, 줄리, 이거 어떻게 말을 꺼내야 좋을지 모르겠군…… 당신이 확실한 기회를 주기만 하면 내가 말종이 아니라는 사실을 간단히 증명해 보이련만. 대개 교육을 잘 받은 남자는 식당에서 여자한테 밥을 산다오. 상대가 매너와 수작을 혼동하는 골수 페미니스트만 아니라면."

"페미니스트들은 신용카드가 있겠죠."

"아무튼 껌은 뱉는 게 좋겠소, 아니면 정말 껄렁해 보일 테니까."

줄리는 즉시 냅킨 한 귀퉁이를 찢어내 껄렁한 물건을 싼 다음 재떨이에 놓았다. 종업원이 다가와 메뉴판을 건넸다. 줄리가 잠시 메뉴판을 훑더니 탁 소리를 내며 덮어버렸다.

폴이 물었다.

"뭐, 문제라도? 땡기는 게 없소?"

줄리가 가라앉은 소리로 대답했다.

"저한텐 너무 비싸요."

"당신 페미니스트요?"

"아니요, 왜요?"

"그럼 당신이 지불하지 않아도 돼요."

"입에 음식이 한 입씩 들어갈 때마다 5유로짜리 지폐를 씹는 기분일 거예요."

"가격을 보지 마요!"

"그게 안 돼요. 어쩔 수 없어요. 뭐든지 가격을 확인하는 습관이 몸에 밴걸요. 아무리 애를 써도 가격이 적힌 델 자꾸 쳐다보게 돼요."

"그럼, 내가 메뉴를 읽어주겠소."

"사람들이 제가 글을 읽을 줄 모른다고 생각할 거예요."

"그럼, 소곤소곤 말하면 되겠군."

"그럼, 아버지뻘 되는 남자가 딸 같은 여자한테 달콤한 말을 속삭인다고 생각하겠죠."

폴이 재미있다는 듯 한숨을 내쉬더니 타일렀다.

"줄리, 다른 사람들일랑 자기들 멋대로 생각하도록 내버려둬요."

폴이 메뉴판을 읽기 시작했고 줄리는 그때마다 중단시킬 수밖에 없었다. 죄다 딴 세상의 식탁에나 차려질 법한 음식들이었다. 종업원은 9번 테이블에서 벌어지는 작은 소동을 지켜보다가, 남자가 웃으며 메뉴판을 내려놓자 두 사람에게 다가갔다.

"주문하시겠습니까?"

"네, 숙녀분한테는 전채로 훈제연어, 메인으로 지롤 버섯 안심스테이크를 주시고, 디저트로는 산딸기 소스 생크림 케이크를 주시오. 나도 같은 걸로. 그리고 맛있는 와인 좀 부탁합시다. 젊은 양반의 추천을 믿어보겠소."

"스테이크에 곁들이는 음식은 어떻게 드릴까요?"

"감자튀김 주시오. 사과 대신."

"네?"

종업원이 반문하자 폴이 줄리에게 한쪽 눈을 찡긋거리며 다시 대답했다.

"아무것도, 아무것도 아니오."

종원업이 메뉴판을 집어 들고 빠르게 물러갔다.

줄리가 호기심 어린 눈초리로 실내장식을 흘끔거리며 석류 소다수를 홀짝였다.

"이 식당은 처음이오?"

"당연하죠. 전 식당에 드나들 형편이 못 돼요."

"아주 가끔씩도?"

"네."

"인생에서 뭔가를 놓치고 사는구먼."

"놓치고 사는 게 어디 한둘이라야죠!"

"예를 들면?"

"죄다요. 한마디로 인생 자체를 놓쳤달까요. 그런데 왜 저한테 밥을 사시죠?"

"연민을 느껴서."

줄리가 놀라서 외쳤다.

"저한테요?"

"그렇소. 우리가 계산대에서 처음 만나던 날, 당신 눈에 먼지가 들어간 게 아니란 사실을 알 수 있었소. 그래서 뭉클해졌지."

"그러실 필요 없어요. 이젠 괜찮으니까요."

"무슨 일이었소?"

"그게 왜 알고 싶으신데요?"

"당신을 슬프게 만든 놈의 면상을 한 대 후려치러 갈까 해서. 난 여자들을 아프게 하는 치들이 혐오스럽소."

"상대가 남자라고 어떻게 단정하실 수 있죠?"

"당신을 높이 평가하니까."

"어떤 사연인지 정말로 알고 싶으세요?"

"아니, 실은 아무 관심 없소. 그저 전채를 기다리는 동안 얘깃거리가 필요해서."

"……"

"물론, 알고 싶소!"

"그 인간이 절 괴롭혀요. 제가 실수만 했다 하면 즉시 응징하겠다고 몇 달째 협박하고 있어요. 그날은 다음번엔 절 잘라버리겠다고 못을 쾅 박은 참이었죠."

"뭐라고요?"

폴이 삼키던 맥주를 흘릴 뻔하며 되물었다.

"전 선택권이 없어요."

"장난해요?"

"아니요. 저한텐 선택권이 없으니 그 인간이 얼마든지 궁지로 몰 수 있는 거예요."

폴이 분개했다.

"그게 대체 무슨 소리요?"

"그날 동료 하나가 제가 화장실에 간 사이에 제 계산대에서 50유로를 집어갔어요. 제 가방을 들었다 놓는 걸 이 눈으로 똑똑히 봤지요. 매니저한테 불려갔더니 당장 해고할 수도 있지만 이번엔 봐주겠다고, 다음번에 걸리면 자기한테 고분고분하게 굴어야 할 거라고 하더군요."

"왜 동료를 고발하지 않았소?"

"있을 수 없는 일이에요."

"그럼 매니저 맘대로 해고하는 건 있을 수 있는 일이고! 비는 돈을 두로 채워 넣으라고는 안 해요? 그리고 없던 일로 덮자고는?"

"장난해요? 그 인간이 이 좋은 기회를 놓칠 것 같아요? 영수증에

딸려 나오는 할인권 쪼가리를 슬쩍 했다고 쫓겨난 직원들도 있는 판인데. 원래 손님이 가져가지 않은 할인권은 폐기해야 하거든요. 만일 우리 중 누군가 1유로 80상팀짜리 할인권을 꿍쳤다가 걸리면, 설사 변상한다고 해도 그놈이 잘라버릴 수 있다고요. 그런 판에 50유로가 빈다고 상상해보세요."

"그렇게 위험하단 사실을 잘 알면서 왜 돈을 바로 채워 넣지 않았소?"

"돈이 없으니까요."

"슈퍼에 현금인출기가 있을 것 아니오?"

"돈이 없다니까요."

"아니, 통장에 단돈 50유로도 없는 사람도 있소?"

"그러게요. 월급날이 바로 코앞이었거든요."

폴은 호주머니에서 지갑을 꺼내더니 50유로짜리 지폐를 줄리한테 내밀었다. 줄리가 노려보았다.

폴이 지폐를 신경질적으로 흔들다가 말했다.

"넣어둬요!"

"안 될 말이에요."

"넣어두라니까. 안 될 말은 그런 일이 재발할 때 쓰는 거요. 지갑 깊숙이 숨겨뒀다가 유사시에 쓰라고."

"선생님이 이러실 아무런 이유가 없어요."

"이유가 있고말고! 당신한테 내가 말종이 아님을 보여줘야 하는데 마침 잘됐소. 이게 첫 번째 증거요."

"이제 사람들은 제가 문맹이라고 생각하는 것도 모자라 선생님의 숨겨둔 여자라고 생각하겠군요. 그래서 이렇게 돈을 주는 거라고 말이에요."

"사람들은 당신이 내 딸이고 아버지가 딸한테 용돈을 주는 거려니 생각하겠지."

"정말 제 아버지처럼 보이고 싶으세요?"

"혹시 그날 일에 대한 증거가 있소? 그런 일은 반드시 노동재판소에 고소해야 하거든!"

"어디요?"

"봉급쟁이들을 보호하는 재판소 말이오. 아무튼 이대로 가만있을 순 없지 않소."

"전 이 직장이 필요해요. 일자리를 잃을 위험을 감수할 순 없어요."

"어떻게 그럴 수가……."

"세상 일이 다 그렇죠, 뭐. 선생님은 어디 다른 행성에서 오셨어요?"

"그럴리가. 하지만 그런 짓거리가 어떻게 가능한지 도무지 이해가 안 되는군."

"선생님은 캔디 나라에서 대체 무슨 일을 하시나요?"

"난 부가티의 항공 엔지니어요."

"일은 재미있나요?"

"무척."

"돈은 잘 버세요?"

"돈으로 인한 불편함은 전혀 없소. 실은 회사는 이제 정리 단계요. 그만두려고. 그냥 들어오는 돈으로도 생활하는 데 지장 없으니까."

"유산이요?"

"아니, 일찌감치 특허를 등록했소. 적시에 좋은 아이디어가 떠올라 생계 걱정에서 헤어날 수 있었지."

"여자 걱정만 빼고요."

"난 여자가 필요 없소."

"부인과 헤어지지 않았나요?"

"헤어졌지! 그럴 때가 된 것뿐이오. 더는 그 사람을 견딜 수 없었으니까. 편리한 여자긴 했지만 뭐, 할 수 없지……"

"여자를 실용품 취급하시는 걸 보니 역시 선생님은 말종이군요. 저에게 신용카드가 없어서 천만다행이에요. 아님 페미니스트가 되어 선생님을 마구 공격했을 테니까요."

"돈 많은 남자와 결혼하면 매우 편리할 거라고 생각한 쪽은 그 여자요."

"자녀는 있으세요?"

"아들 하나. 첫 결혼에서 얻었소."

"선생님 결혼 이력은 어디에 내놔도 초라하진 않겠어요. 첫 부인도 선생님을 떠났나요?"

"얼추 그렇다고 봐야지……"

폴은 대답하며 잠시 다른 곳을 보더니 말을 이었다.

"안심 스테이크는 어때요, 맛있소?"

"기막혀요. 첫 영성체 이후 이렇게 잘 먹어본 적이 없어요."

폴이 화제를 바꿨다.

"남자친구는 있소?"

"왜 그런 걸 물으시죠?"

"그냥."

"없어요. 제 인생엔 뤼도빅 뿐이에요."

"뤼도빅이 누구요?"

"제 아들이요."

폴이 놀라며 물었다.

"아들이 있소?"

"네, 곧 세 살이 돼요."

그가 어안이 벙벙해서 물었다.

"나이가 몇이오?"

"스무 살이요."

"사고?"

"다시는 뤼도빅을 사고라고 부르지 마세요. 그 아이의 탄생은 제 인생에서 가장 아름다운 사건이니까요."

"애 아버지는요?"

"없어요."

폴이 장난스럽게 물었다.

"그럼 복제라도 했소, 아니면 단위생식이나 성스런 기적이라도?"

"만취한 어느 날 밤의 산물이랄까요."

"그래서 그토록 일자리가 중요했군. 매니저한테 당하는 온갖 굴욕을 감수하면서까지 말이오."

"네, 아들을 위해서예요."

"부모님이 안 도와줘요?"

"아버지는 제가 임신했다는 걸 알고는 그 길로 절 쫓아냈어요."

"어머니는요?"

"엄마는 그후 술을 마셔요, 잊으려고요. 엄마와는 아주 가끔씩 몰래 만나죠."

"기막힌 그림이구먼."

"피카소급이죠. 어디에서도 흔치 않은 인생이에요."

"아버지가 왜 내쫓았소?"

"광신적 가톨릭 신자거든요."

"광신적?"

"네, 그런 것 같아요. 안 그랬으면 저를 조금이라도 동정했겠죠. 아무튼 저도 더는 아버지를 견딜 수 없었어요. 집이 그야말로 지옥이 됐죠. 전 아버지가 강요하는 틀에 절대 끼워 맞출 수 없는 아이였거든요. 세상에, 눈밭에 놀러나가면서도 체크무늬 치마를 입으라니요. 어릴 땐 순종할 수 있지만 당장 청소년만 돼도 다른 생각이 들기 시작하죠. 반항도 하고요."

줄리와 폴은 디저트를 먹으며 대화를 이어나갔다. 그녀는 성년이 될 때까지 1년 동안 아들과 함께 보낸 위탁 가정 얘기며, 근무 시간은 살인적이고 보수는 형편없지만 생계를 위한 유일한 수입원인 슈퍼 계산원이라는 직업의 실체, 즐거움이라곤 찾아볼 수 없는 일상, 내일부터 휴가가 시작된다는 기쁨, 당분간은 머저리 매니저를 보지 않아도 된다는 기쁨, 특히 격일로 근무가 늦게 끝나는 바람에 얼굴도 제대로 못 보는 아들과 마음껏 시간을 보낼 수 있게 된 기쁨 등을 늘어놓았다.

"그럼 여행을 떠나진 않겠군요. 아들이 유치원에 다닐 테니."

"휴가 기간에는 애가 가고 싶어 할 때만 유치원에 보낼 거예요. 물론 여행은 안 떠나요."

"유치원은 의무교육 아니오?"

"아니요, 초등학교부터 의무교육이죠. 이제 세 살인데…… 적분이나 운동에너지를 공부할 것도 아니잖아요?"

폴이 놀랐다.

"당신이 그런 걸 다 알아요?"

"네, 그게 뭐라고요. 전 계산원이긴 하지만 멍청하진 않아요. 과학 바칼로레아°도 합격했고요."

"왜 공부를 계속하지 않았소?"

"무슨 수로요?"

폴이 난처한 미소를 지으며 대답했다.

"음…… 혹시 브르타뉴 좋아하오?"

"한 번도 가본 적 없어요. 브르타뉴라…… 굉장히 예쁠 것 같긴 하

° 프랑스 대학자격 입학시험. 문학, 사회-경제, 과학, 기술 분야로 나누어진다.

네요. 어렸을 때 휴가 여행은 늘 루르드°로 갔었죠."

"나랑 갑시다."

"뭐라고요?"

"마침 내일 아침에 브르타뉴로 떠나서 며칠 쉬고 올 생각이었소. 당신도 휴가라니 함께 갑시다."

"제 아들은 어떻게 하고요?"

"물론 데려가야지. 브르타뉴의 바닷가에서 파도의 운동에너지와 부력을 가르칩시다. 그렇게 예습을 하고 나면, 나중에 유치원 선생님도 놀라 자빠질 거요."

"선생님이 저한테 불순한 뭔가를 기대하고 있다는 생각이 드는군요."

"내 아들도 함께 갈 거요. 그 애도 머리를 식혀야 하거든."

"아드님도 이 일을 알아요? 그러자고 해요?"

"첫 번째 질문에 대한 답은 아직, 이고 두 번째 질문에 대한 답은 나도 모르겠소. 아들의 동의는 필요 없소. 그 애도 내 차로 내 별장에 내가 데려가는 거니까. 까다롭게 굴 처지가 아니지. 외려 당신이 그 애한테 새바람을 불어넣을 수도 있고."

"아드님도 싱싱한 몸뚱이를 찾고 있나요?"

"그놈도 말종은 아니오. 제발 당신한테 오직 그것 때문에 관심을 보인단 생각은 이제 버리는 게 어떻겠소?"

○ 세계 각국에서 순례자들이 모여드는 프랑스의 성지. 기적의 도시로 알려져 있음.

"그럼 대체 뭣 때문에 저한테 관심을 보이시는 거죠?"

"당신을 보면 뭉클해서."

"제가 불쌍하세요?"

"전혀. 하지만 우린 이 한 시간 동안 내가 지난 반년간 아내와 나눈 것보다 더 많은 대화를 했소. 이렇게 얘기를 하고 있으니 마음이 편안해지는군. 게다가 난 늘 당신 같은 딸이 있었으면 했거든."

"정말로 제 아버지 행세가 하고 싶으신가 보군요……."

"그럼 오케이요?"

"딸이 되는 거요?"

"아니! 브르타뉴에 가는 거 말이오."

"글쎄요, 생각해봐야겠어요."

폴이 명함을 건네며 제안했다.

"그럼, 생각해보고 오늘 밤에 전화해요."

"전 전화가 없어요."

"그래요?"

"세 달 전에 끊겼어요."

"그럼 일단 내가 내일 아침 7시에 집으로 데리러 가겠소. 그때 결정해요. 주소가?"

줄리가 주소를 대고는 옛 사제관 한복판에 있는 임대주택 단지라 찾기 쉽다고 덧붙였다.

"거, 재미있군. 종교에 과도하게 심취한 아버지한테 쫓겨나 옛 사제관에서 살고 있다니 말이오."

"옛날처럼 밤낮으로 종소리를 들어요! 하지만 종류가 다르죠."

제롬은 자갈이 깔린 집 마당에 들어서는 젊은 여자를 주시했다. 여자는 차를 세우고는 핸드백 속의 물건들을 주섬주섬 정리하더니 백미러를 흘깃 보며 기계적으로 앞머리를 매만졌다. 그러고 나서 눈을 감고 크게 한 번 심호흡을 한 뒤 차에서 내렸다. 제롬은 감시하는 인상을 주지 않으려고 눈치 채지 않게 창에서 떨어져 문가로 갔다. 벌써 초인종이 울렸다.

그가 문을 열자 신경이 곤두선 채 불안한 기색이 역력한 젊은 여자가 나타났다. 그녀는 마시멜로처럼 흐늘거리는 손을 내밀며 시선을 슬쩍 피했다.

"안녕하세요, 내일부터 근무할 카롤린 라가르드입니다."

제롬은 나름대로 미소를 지어 보이며 대답했다.

"안녕하세요, 카롤린."

결과는 신통치 않았다. 제롬의 미소는 찡그림에 가까웠다. 몇 달 전부터 내보이는 모든 언행이 어색하고 가짜 같다.

"집은 찾기 쉬웠어요?"

"내비게이터만 있으면 아무리 구석진 곳도 찾을 수 있는 세상인걸요."

"여기가 구석졌다는 뜻이에요?"

"아니, 전혀요. 그런 뜻이 아니었는데. 죄송합니다."

눈에 띄게 당황한 기색으로 여자가 시선을 내리깔며 대답했다.

"농담이에요. 차에서 내릴 짐이 있나요?"

"네, 가지고 올게요."

"함께 갑시다."

하이힐을 신은 여자가 얼음판을 걷듯 조심조심 자갈길을 걸으며 집주인에게 어색한 미소를 지어 보였다.

"여기서 일하려면 운동화를 신어야겠어요."

"외출할 때만요. 1층이 병원, 2층이 집이에요. 집 안이나 계단엔 자갈이 전혀 없지만, 왕진 시에는……."

"어쨌든 적응해야죠. 저로선 첫 부임인데, 걱정되지 않으세요?"

"그렇게 물어보시니 슬슬 걱정이 되는군요. 누구나 한때는 초보예요. 언제고 시작은 해야죠."

"절 받아주셔서 정말 감사해요."

"제게 휴식이 필요해서요."

"네, 그렇게 보이세요."

"칭찬 기술이 보통이 아니시네."

여자가 발잔등을 내려다보며 대답했다.

"죄송해요, 이번에도 그런 뜻이 아니었는데. 하지만 선생님 안색이 좀 안돼 보여서요."

"사과하지 않아도 돼요, 이번에도 농담이니까. 카롤린 선생을 편하게 해주고 싶었어요, 너무 긴장한 것 같아서."

"일을 처음 시작하는 거라 잘해내지 못할까봐 두렵네요."

"아무도 죽이지만 말아요. 그럼 되니까."

"저도 그러고 싶어요. 혹시나 전화드려도 될까요?"

"혹시나 사람을 죽이기라도 하면 말이오?"

"혹시나 필요한 경우에요."

"내 휴직 계획에 포함된 일은 아니지만 위급하면 그렇게 하도록 해요. 이 근방 의사들 연락처도 남겨둘 테니 급하면 주저 말고 연락하고요, 안 물어뜯으니까."

제롬은 실내로 안내했다. 1층 병원의 각종 설비 및 작동법, 컴퓨터 자료들을 보여준 뒤, 카롤린이 몇 주간 기거할 2층 손님방으로 데려갔다.

카롤린이 여장을 푸는 동안 제롬은 부엌으로 가서 저녁 식사를 준비했다. 여인의 존재가 몇 달 동안 혼자였던 남자의 가슴에 잔잔한 파문을 일으켰다. 기분이 묘했다. 마치 잃어버렸던 감각, 묻어두었던 감정을 되찾은 듯했다. 그게 무엇인지는 몰라도 여하튼 내면을 가득 채우며 블랙홀처럼 존재를 빨아들이던 두려운 공허감을 가라앉혔다.

여행 준비는 끝났다. 이제 몇 시간 동안 눈을 붙이는 일만 남았다. 가는 동안 차 안에서도 얼마간 눈을 붙일 수 있을 터였다. 부친은 거뜬히 몇 십 킬로미터를 연속으로 달릴 수 있었다. 제롬은 이제 무엇에도 쓸모 없는 존재가 되어가는 중이다. 심지어 음식이라는 이름에 걸맞은 식사를 준비하는 일도 힘에 부쳤다. 번번이 파스타는 너무 삶아 무르고, 다진 고기는 너무 익혀 퍽퍽했다.

빈약한 음식 솜씨를 한탄하고 있자니 복도 구석에서 훌쩍이는 소리가 들려왔다. 그는 부엌 수건을 어깨에 걸친 채 손님방 쪽으로 향했다. 젊은 여자가 침대에 앉아 두 손으로 얼굴을 감싼 채 울음소리를 틀어막고 있었다.

제롬이 곁에 앉으며 물었다.

"무슨 일이죠?"

그녀가 딸꾹거렸다.

"겁이…… 겁이 나요."

"뭐가 겁이 나죠?"

"해내지 못할까봐서요."

"걱정하지 말아요. 기껏해야 감기나 이염, 발바닥사마귀 환자들이에요. 좀 더 복잡한 증상은 나와 전화로 의논하면 되고요. 자신감을 가져요. 지금껏 해온 일만 봐도 당신이 능력 있다는 걸 알 수 있으니까. 혹시 시험 때 부정을 저지른 게 아니라면 말이에요. 그런가요?"

카롤린이 몸을 벌떡 일으키며 반박했다.

"당연히 아니죠!"

"그럼, 다 잘될 거예요."

제롬은 카롤린에게 부엌 수건을 건네 눈물을 닦게 한 뒤에 부엌 사정이 순조롭지 못하다고 실토했다. 고기는 너무 퍽퍽하고 면은 너무 무른 볼로네스 스파게티를 어떻게 수습해야 할지 모르겠다고.

잠시 후, 젊은 여자는 약간의 버터와 토마토소스 캔으로 상황을 수습했다. 스파게티에 뿌릴 파마산 치즈가 없음에 분개했지만 가능한 한 감정은 드러내지 않으려 했다. 이미 눈물을 보인 터였다.

두 사람은 식사를 하면서 문제를 일으킬 소지가 있는 환자들에 대해 이야기했다. 여자의 벌게진 눈자위가 희미한 미소로 반짝였다. 긴장이 가라앉은 표시일까. 그녀는 적어도 울 수 있는 행운을 누리는구나, 제롬은 생각했다. 눈물이 때로 고통을 덜어주니까. 하지만 모름지기 남자는 울지 않는다. 남자는 강인해야 하며, 감정을 드러내지도 감정에 휩쓸리지도 않는다. 이런 말을 어릴 때부터 들어왔다. "울지 마라, 넌 남자야!" 제롬은 지난 몇 달간 단 한 번도 울지 않았다. 슬픔이 봄 이파리에 붙은 게걸스런 애벌레처럼 그를 갉아먹었다. 한 번쯤 고통을 억누르지만 말고 터뜨린다면 눈자위가 엉망이 된다 해도 짐을 벗을 수 있으리라 생각했다.

그랬는데……

슬픔이 제롬의 의견을 묻지도 않고 가슴속에 들어앉았다. 더할 수 없이 자연스럽게. 그는 애써 딴 생각을 해보려 했지만 허사였다. 슬픔이 여차하면 고개를 쳐들 기세로 똬리를 틀었다. 집 안에 연기가 피어올라 아무리 문을 열어놓아도 슬픔은 틈새란 틈새를 죄다 파고들며 눈을 찌르고 호흡을 가쁘게 한다. 이런 종류의 화재엔 어떤 소방관을 불러야 할까?

제롬은 카롤린이 이날 밤 잠시라도 마음 놓고 잘 수 있도록 꼭 필요한 상황일 때라는 단서와 함께 전화를 받아주겠노라고 약속하고 말았다. 두 사람은 마지막으로 편안한 미소를 나누며 각자의 침실로 갔다.

묘한 만남. 필요에 의해 부른 여자를 정작 그가 위로한 셈이었다.

환멸이라면 신물이 나도록 맛보았다. 세상만사가, 모든 사람이 의심스럽다. 내일 아침, 잘 알지도 못하는 남자가 날 데리러 올 것이다. 각자 아들을 데리고 브르타뉴로 여행을 떠나기 위해. 그의 아들은 나보다 나이가 많을뿐더러 얼굴조차 모른다.

엄마가 이 사실을 안다면 완전히 돌았다고 하겠지. 엄마는 위험은 조금도 감수하지 않으니까. 특히 아빠한테 대적하는 위험은. 내가 집에서 쫓겨날 때조차.

혹시나 내가 겪을지도 모를 위험함은?

그가 아시아에서 활동하는 여성·아동 인신매매단의 일원이라면? 아, 그래! 그럴 수도 있겠네. 하지만 이런 걱정만 한다면 살면서 할 수 있는 일이 뭐가 있겠나. 죽을 때를 기다리면서 집에나 처박혀 있을 수밖에. 엄마처럼 말이지.

그가 진심이라면? 나한테 정말 뭉클함을 느낀 거라면? 그가 나의 수호성인이자 기적의 삶으로 이끌어줄 사람이라면? 처녀가 임신을 해도 아무도 의심하지 않는 성경 속의 기적 말고, 진짜 기적, 현실 속의 기적 말이야. 아침에 일어나고 싶게 하고, 밤에 '행복한 하루였어'라는 생각 속에 잠들게 하는 기적, 맛있는 고기를 못 먹이고 크리스마스에 좋은 장난감을 못 사준다는 죄책감 없이 아이를 기를 수 있는 기적.

그렇다면 나는 그 사람한테 무얼 기대하는 걸까? 날 먹여살리기를? 매춘부처럼? 〈프리티 우먼〉 같은 어마어마한 행운이라도 베풀어주기를? 그 사람한테는 그래도 리처드 기어 같은 면이 조금이나마 있는 반면 난 줄리아 로버츠랑은 하등 상관이 없잖아. 그리고 내게도 자존심이 있어. 단돈 50유로짜리 지폐도 어렵게 받아 넣는 판인데. 하긴 말은 그래도 지갑 안쪽에 단단히 숨겨놓았지. 머저리 샤송 놈한테 불려갈 때에 대비해서 말이야. 그래, 내가 이 돈을 애지중지하며 잘 간수할 테고 가끔씩 잘 있는지 확인할 거라는 사실은 인정해야겠구나.

쇼핑센터 공중전화에서 친구 마농에게 전화를 걸었다. 어쨌든 이 애의 의견이 필요했다. 제일 친한 친구니까.

"즐겨!"

마농은 조금도 망설이지 않고 대답했다. 이 애는 정말이지 나의 가장 신실한 친구다.

나는 뤼도빅의 행복해하는 눈빛을 보기 위해서 여행을 간다.

또한 모래성을 쌓기 위해서이기도 하다. 열 살 때 스페인에서 쌓았던 모래성, 매력적인 왕자님이 찾아와 어린 공주를 하얀 말에 태워 멀리 데려다주리라 믿었던 그 모래성이 아닌.

그리고 바다를 보기 위해.

잠 병

"즐겨!"

마농은 친구에게 이렇게 말했다. 그게 마농의 생각이다. 삶의 철학이라고 할까. 그녀는 이 철학을 실행하고 타인에게도 권한다.

마농은 줄리의 어릴 적 친구로 두 사람은 거의 떨어져 지내본 적이 없다. 줄리가 임신 테스트를 할 때도, 초음파검사를 받을 때도, 출산때 부여잡고 짓이길 필뚝이 필요했을 때도 곁에 있었다. 산후우울증으로 눈물을 흘릴 때도, 더러 만성적인 우울증으로 무너질 때도.

줄리가 울고 싶을 때, 마농은 늘 곁에 있었다. 즐거울 때도 마찬가지였다. 무슨 일이 일어나건 그녀는 줄리와 함께였다.

마농은 예쁜 아가씨다. 호리호리한 몸매, 담갈색 눈동자와 눈썹 위로 떨어지는 물결치는 갈색 머리칼, 조붓한 얼굴, 엷게 흩뿌려진 주근깨, 꾸밈없지만 여성스런 거동. 그녀의 자연스런 아름다움은 주로 한여름의 정원 테이블에 놓인 뚜껑 열린 잼 병 같은 효과를 낳는다. 남자들을 순식간에 윙윙거리며 몰려드는 벌떼로 만드는 것이다. 마농은 선택의 여지가 차고 넘치는 행운을 즐겼다. 비록 양이 많다해서 질도 좋은 것은 아니었지만.

마농은 바칼로레아 시험을 마친 뒤 예술가의 길을 택했다. 그녀는 색연필을 손에 쥘 수 있는 나이 때부터 그림을 그려왔다. '예술가' 딸을 두기에는 너무 잘난 가족들에게 억눌린 열정만큼 재능도 풍부했다. 가족들은 마농의 결심을 막아보려고 애를 썼지만 그럴수록 꿈을 위한 그녀의 도전 정신은 강해지고 투쟁 의지도 높아졌다. 마농은 결국 인근 미술학교에 입학했고 그 세계에서 봄볕을 받은 꽃처럼 활짝 피어났다.

마농은 솔직하고 직선적이지만 판단이 정확하다. 줄리는 이런 마농을 무조건 신뢰한다. 줄리가 조언이 필요할 때, 발을 헛디뎠을 때, 죄다 엉망일 때 전화하는 사람, 혹은 반대로 모든 일이 잘 풀려나갈 때 전화하는 사람이 바로 마농이다. 이런 친구와 함께 있으면 고통은 반이 되고 기쁨은 배가 된다.

여행을 떠나는 병아리들

줄리는 밤 11시가 다 되어서야 비로소 점심 식사 이후로 더부룩했던 배가 가벼워졌다. 풀코스 식사가 위에 익숙지 않았나 보다. 하지만 얼마나 맛있었던가. 줄리는 여행에 필요한 물건들을 주섬주섬 챙기며 저녁 시간을 보냈다. 아이의 동화책과 장난감을 담을 탄탄한 비닐봉투도 찾아놓았다. 다음 날, 잠에서 깨어난 이후로도 잊은 것이 없는지 확인하기 위해 두 차례나 가방의 내용물을 점검했다. 이제 한 시간 뒤면 남자가 찾아와 이곳 동쪽 알자스에서 프랑스 서쪽 끝으로 데려가리라. 믿기지 않는 일이다. 이제는 바다를 보고 싶은 마음, 뤼도빅에게도 바다를 보여주고 싶은 마음이 간절했다.

그녀는 간밤에 잠을 제대로 이루지 못했다. 들떴다고 할까. 줄리는 환상이 깨질 위험에도 불구하고 남자들이 멋진 약속을 할 때마다 번번이 흥분했다. 그러나 누가 장담할 수 있을까. 그 남자가 정말 나타나리라고. 줄리의 환심을 사거나 스킨십을 얻어내려고 빈말을 떠벌렸거나 공수표를 날린 게 아니라고. 물론 그 남자는 스킨십은커녕 그녀에게 손끝 하나 대지 않았고 무엇보다 진지해 보였다. 그렇다면 '인신매매단'일 확률이 남는다. 줄리는 꿈 없는 삶의 비루함을 거부하며 이 확률을 머릿속에서 털어냈다.

아이는 아직 자고 있다. 마지막 순간에 깨울 것이다. 혹여 운이 좋으면 차 안에서 다시 잠들 수 있으리라. 줄리는 유아용 카시트와 우유병과 과자 몇 봉지를 챙겼다. 모든 짐이 문가에 놓였다. 그녀는 작은 아파트 안에서 원을 그리며 서성였다. 운명의 시간이 45분 남았다. 남자란 남자는 죄다 말종이거나 혹은 그렇지 않다는 사실을 확인할 시간이.

"그렇지 않을 거야, 그렇지 않을 거야, 그렇지 않을 거야." 줄리는 끊임없이 원을 그리며 자신을 다독였다.

제롬은 자는 둥 마는 둥 밤을 보냈다. 생각이 똬리를 틀었다. 병원과 환자들을 초보 의사한테 맡겨도 좋을까? 달리 어쩌겠는가? 외려 하나라도 놓칠세라 두려워하며 환자가 털어놓는 증상을 낱낱이 새겨듣는, 신경세포 활동이 왕성한 젊은 여의사가 환자한테 덜 위험하지 않을까? 그녀의 신경세포는 알코올과 피로, 특히 슬픔으로 마비된 제롬하고는 다르리라. 따라서 그의 선택은 옳다.

유명 브랜드 트렁크들이 가지런히 배열되어 문가에 놓여 있다. 왕진용 가죽 서류가방도 섞여 있다. 제롬은 어딜 가든 이 왕진 가방을 떼어놓는 법이 없다. 언젠가 한번, 준비 없이 위급한 상황을 맞닥뜨린 후로 절대 이 가방을 떼어놓지 않는다. 아버지는 6시 30분에 오겠다고 통보했었다. 늦지 않을 것이다. 시간관념이 철저한 편이니까.

6시 15분. 봉두난발에 두 눈이 퉁퉁 부은 카롤린이 침실에서 나왔다. 간밤에 베갯머리를 적시며 울었으리라. 업무를 시작하기 전 마지막 불안의 흔적이랄까. 그녀가 엷은 미소를 지어 보이며 욕실로 사라졌다. 제롬은 누텔라 초코크림까지 곁들여 제대로 된 아침 식사를 준비했다. 여자를 기운 차리게 하는 데 이보다 효과적인 수단은 없다. 남자인 자기한테조차 통하는 방법임에야…… 게다가 여자는 다이어트를 운운할 정도로 살집이 넉넉하지 않다.

10여분 뒤, 카롤린이 옷을 갈아입고 모습을 드러냈다. 젖은 머리칼이 어깨로 흘러내렸다. 나름대로 화장을 했지만 전날 밤의 흔적이 여전히 가시지 않았다. 두 시간 뒤면 진료가 시작된다. 그때까지 얼굴이 도저히 회복될 것 같지 않았다. 할 수 없다. 어떻게든 태연을 가상하고, 호기심이 많은 환자들한테는 결막염이라고 둘러대리라.

몇 분 뒤, 회색 사륜구동차가 안마당에 들어섰다. 자갈길에서는 커다란 바퀴도 얌전할 재간이 없다. 폴은 초인종을 누른 다음 지체 없이 진료실로 들어가 계단 아래쪽에서 아들을 불렀다. 제롬이 올라오기를 청했다. 부엌의 젊은 여자를 발견한 폴이 놀라자, 아들이 해명했다.

"제가 없는 동안 환자들을 돌볼 카롤린이에요. 아예 집도 함께 빌려줬다고 말씀드렸던가요?"

"아, 맞다, 그렇구나. 안녕하시오, 카롤린. 그런데 컨디션이 썩 좋아 보이지 않는군요."

"안녕하세요, 칭찬 기술이 보통이 아니시네요. 결막염에 걸렸어요."

카롤린이 제롬에게 엷은 미소를 지어 보이며 대답하자 폴이 빙긋 웃으며 응수했다.

"당신이 결막염? 그렇다면 난 프레드 아스테어°요."

제롬이 해명했다.

"좀 긴장이 되나 봐요. 오늘이 첫 진료거든요. 브르타뉴에서도 휴대폰 터지죠?"

"땅끝이지만, 되긴 될 거다. 정 안 되면 유선전화도 있고. 연 단위로 가입돼 있으니까. 헌데 거기 가 있는 동안 세상과 완전히 연락을 끊는다고 하지 않았냐?"

"의사는 완전히 그럴 순 없어요."

"알겠다. 준비됐냐?"

"네, 커피 드시겠어요?"

"아니다. 가자꾸나."

° 미국의 영화배우.

제롬은 대리 의사한테 마지막으로 몇 가지를 당부했다. 그녀의 불안증이 바로 재발했다. 제롬은 차라리 이 순간을 길게 끌지 않기로 했다. 한도 끝도 없는 쓰라림을 멈추기 위한 반창고 처방이랄까.

두 남자가 차에 오르는 동안 카롤린은 부엌 창문에 거의 달라붙다시피 서 있었다. 제발 떠나지 말라고 간청이라도 하듯.

그녀는 실제로 간청했다.

"저 여자한테 대체 무슨 짓을 한 거냐?"

폴이 차문을 철컥 닫으며 물었다.

"제 대리 의사로 채용했어요."

"그게 다야?"

"오늘이 처음이거든요."

폴이 웃으며 받아넘겼다.

"아, 처음!"

제롬이 걱정했다.

"잘 해내야 할 텐데요."

"왜 잘 해내지 못하는데? 의사면허증을 장터에서 줍진 않았을 거 아냐?"

"아버지, 농담이 너무 구식이에요! 행여 심각한 실수라도 저지르지 않을까 두려워하는 거예요."

"대개 면허를 갓 딴 의사들 머리가 더 꽉 차 있지 않아? 모자라서라기보다 외려 넘쳐서 실수하잖아. 돌아와보면 기껏해야 감마선탐지기 검사 열두 건, MRI 검사 세 건, 혈액검사 쉰세 건 정도만 해놓았을걸?"

"그렇겠군요."

"긴장 풀어. 그러려고 브르타뉴에 가는 거잖아."

폴은 잠시 침묵했다. 고민이었다. 아들한테 줄리와 그녀 아들을 데리러 간다는 사실을 미리 알려야 하나? 당연히 그래야겠지만, 아들이 반발하고 분노하며 원망할 터였다. 불 보듯 훤했다. 젊은 여자네 집으로 곧장 가서 기다린다면 아들은 어쩔 수 없이 분노를 삼킬 테고 여행하는 동안 충분히 원망을 누그러뜨릴 수 있으리라.

폴은 줄리를 데리러 가기 위해 우회하면 아들이 의문을 제기하리란 사실을 알았지만 후자를 선택했다. 아니나 다를까, 고속도로에서 채 벗어나기도 전에 제롬이 물었다.

"어디로 가는 거예요?"

"사제관에."

"왜요?"

"마지막으로 고해성사 좀 하고 가려고."

제롬이 짜증을 냈다.

"장난해요?"

"조금만 가면 돼. 실은 누구랑 좀 같이 가려는데, 너한테 얘기하는 걸 최대한 미뤘다."

아들이 으르렁거렸다.

"누구를요?"

"매력적인 여자."

"만나는 분이 있다는 말씀 안 하셨잖아요? 적어도 제 의견은 물으셨어야죠."

폴이 거의 변명하다시피 말했다.

"그게 아주 최근이라서."

"얼마나요?"

"일주일."

제롬이 폭발했다.

"만난 지 고작 일주일밖에 안 된 여자랑 저를 데리고 프랑스 반대편 끝으로 여행을 간다고요?"

"왜, 안 되냐?"

"전 들러리 설 생각 조금도 없어요! 그러려고 브르타뉴에 가는 게 아니라고요."

"걱정마라. 내 딸 뻘 되는 애야."

"그런데 왜 사제관에 살죠?"

"임대주택이 거기 있나 봐."

"아, 거기다 사회복지 대상자예요? 젠장, 대체 아버지 머릿속엔 무슨 생각이 들어 있는지. 마를렌느 여사와 헤어진 후유증인가요? 가난뱅이들을 도우면서 양심의 가책이라도 덜게요?"

"양심의 가책을 느낄 만한 일은 전혀 없다. 다만 이 여자애한테 짠한 마음이 들어서 그래. 그뿐이다."

"어디서 만났는데요?"

"슈퍼에서."

"말도 안 돼, 이거 꿈이죠?"

"다 왔다. 넌 원하면 차에 있어라. 난 이 애를 데리러 가야겠다."

폴은 초인종을 누른 뒤 문가에서 잠시 기다렸다. 줄리는 문의 반대편에서 숨을 죽인 채 서 있었다. 기다리고 있었다는 인상을 주지 않기 위해 얼마간 뜸을 들이는 중이다.

그녀는 열까지 센 뒤, 마침내 문을 열고는 놀라는 척했다.

"아, 정말 오셨어요?"

"줄리, 놀라는 척하지 말아요. 연기가 영 엉성하니까. 준비됐소?"

"글쎄요, 아직 결정하지 못했어요."

줄리는 폴의 어깨 너머를 보려고 옆으로 몸을 틀었다.

제롬은 무표정한 얼굴로 두 사람을 지켜보았다. 앞 유리창의 반사광을 믿으면서도 구경하는 꼴이 너무 티 나지 않도록 주의했다. 저게 매력적인 여자야? 낡은 청바지에 오만하게 봉긋 솟은 둥근 젖가슴을 훤히 드러내는 딱 붙는 티셔츠를 걸친 후줄근한 여자애가? 하기는 오만한 젖가슴이야 딱히 잘못될 건 없지. 하지만 계획에 없던 여자야. 불길하고 귀찮은 존재.

줄리가 말을 이었다.

"아드님도 왔어요? 괜찮대요?"

"지금 차에서 소처럼 되새김질을 하고 있소. 쉬지 않고 구시렁대는 거지. 걱정 말아요, 위가 넓어서 곧 소화할 테니까."

"아니, 아니에요, 방해가 된다면 가지 않겠어요. 안 그래도 망설이던 참이니까요."

"왜죠?"

"모르는 사람하고 땅끝 마을로 여행한다 생각하니 좀 아닌 것 같아서요."

폴이 발길을 돌리며 말했다.

"오케이! 좋을 대로 해요."

다음 순간, 줄리가 외쳤다.

"잠깐만요!"

"벌써요?"

"뭐가 벌써죠?"

"적어도 시동을 걸고 출발하면서, 차 뒤를 좇아 달려오며 손을 흔드는 당신을 백미러로 보는 즐거움은 줘야 하지 않겠소? 그럼 내 에고가 얼마나 우쭐하겠소?"

"네, 그래요, 알았어요. 가겠어요."

"짱이군!"

"'짱'이라는 말은 선생님 입에서 나올 법한 말은 아닌데요. 안 어울려요."

"어제 식당에서의 당신 옷차림처럼? 대체 어울리고 안 어울리고가 어디 있지? 그런 거에 얽매이지 말아요, 우스우니까. 내가 '짱'이라고 하고 싶으면 '짱'이라고 하는 거요. 아들은?"

"걔도 알아요. 종종 쓰는 말이에요."

"그런 뜻이 아니잖소. 아들도 떠날 준비가 됐느냐 말이오."

"아직 자고 있어요. 떠나기 직전에 깨울 작정이었죠. 혹시 운이 좋으면 다시 잠들 거예요."

"짐은?"

줄리가 문가 구석을 가리키며 대답했다.

"저기요. 얼마 없어요."

폴이 놀랐다. 순간 줄리의 빈한한 삶이 인식되었다.

"그렇군. 카시트는 규격에 맞는 거요?"

"그럴리가요. 카시트가 엔간히 비싸야 말이죠. 어쨌든 우리 집엔 이거뿐이에요."

"오케이! 내가 들고 가지. 당신은 덧문을 잠그고 아들을 데려와요. 우리가 빨리 움직일수록 내 황소 아들이 되새김질하는 시간이 짧아질 거요."

폴은 카시트 위에 커다란 비닐봉투를 얹어 한꺼번에 들어 올린 다음 사륜구동차로 향했다. 제롬한테 턱짓으로 차 뒷문을 열라는 신호를 보냈다.

젊은 남자가 물었다.

"카시트는 뭐예요? 몇 살짜리 여잔데요?"

"그 여자 아들 꺼야."

"아, 게다가 어린애까지 끼는 거예요? 암탉이 필요하면 병아리는 놔두고 데려가도 되잖아요?"

"난 암탉 따위 필요 없다. 굳이 따지자면 이 구도에서 암탉은 나고. 내 날개 밑으로 연약한 병아리 몇 마리를 거둬서 바다를 보게 해줄 작정이니까. 너도 그 병아리 중 하나다. 그러니 이제 그만 부리 좀 닫아라. 우리 모두는 행복할 권리가 있어. 난 내 행복 중 일부를 저 여자애와 아들한테 좀 나눠주려는 것뿐이고."

제롬이 앞좌석으로 돌아가 쾅 소리가 나게 문을 닫았다. 속한 세계가 전혀 달라 보이는 행색의 스무 살짜리 여자와 시골 병원 진료실에서 전염병 기간에 마주쳤던 어린애들처럼 온종일 목청이 터져라 빽빽거릴 세 살짜리 꼬마를 끼고 있어야 하다니, 당연히 애초에 생각했던 브르타뉴 생활은 이게 아니었다.

평온함과는 도통 거리가 먼 별장 생활과 의심스런 대리 의사 사이에서, 아무래도 제롬은 잠들기 위해 위스키에 의지하는 습관을 버리기 힘들 것 같았다.

차 뒷문은 열린 채였다. 줄리가 반쯤 잠든 상태로 엄마의 목에 힘없이 매달린 뤼도빅을 내려놓았다. 그녀가 아이를 카시트에 붙들어 매는 동안, 폴은 열쇠를 돌려 아파트 문을 잠그려 했다. 여전히 자물쇠와 씨름하는 폴을 보다 못한 줄리가 다가가 이 변덕스런 길쇠의 비밀을 알려주었다.

그때까지 고집스럽게 앞만 보던 제롬은 어린애를 힐끗 쳐다보았다. 아직 잠에 취한 듯한 아이가 멍하면서도 호기심 어린 눈초리로 자신을 뚫어져라 보고 있었다. 밤의 끝자락에서 갓 빠져나온 이 작고 연약한 존재는 뭔가 감동적인 데가 있었다. 이윽고 아이가 인형 구실을 하는 듯한 헝겊 뭉치의 끝자락을 그러쥐더니 창문 쪽으로 얼굴을 돌려 무거운 눈꺼풀을 끔뻑거리며 엄지손가락을 빨았다.

폴이 돌아와 운전석에 앉았고 줄리는 뒷좌석에 자리 잡았다.

"제롬, 줄리를 소개하마. 줄리, 내 아들 제롬이오."

"……"

폴이 덤덤한 말투로 상기시켰다.

"교육을 잘 받은 사람들은 소개를 받으면 대개 '안녕하세요'라고 말하지."

두 사람 사이에 오간 인사말에서 조화로운 여행을 즐길 기미가 거의 보이지 않았다. 젊은 여자의 인사는 의기소침하고 서먹했으며, 의사의 인사는 냉랭하고 뜨악했다.

조짐이 좋군!

차가 출발하고 채 몇 분도 지나지 않아 줄리는 폴의 제안을 받아들인 게 과연 옳은 선택인지를 자문하고 있었다. 만일 재앙 같은 이런 분위기가 계속된다면 여행에서 뭘 얻을 수 있을까? 줄리는 여덟 평 아파트에서 최소한의 생계를 위해 분투하는 엄마와 살면서 자선단체에서 얻어온 장난감을 갖고 놀 운명을 스스로 선택한 적이 없는 아들한테 바다를 보여주겠다는 생각만 했다. 기회를 붙들지 않았다면 오히려 그게 잘못이었으리라.

젊은 남자도 결국 받아들이겠지.

혹은 아닐지도.

하지만 그건 내 문제가 아니다.

줄리는 타인의 문제에 신경 쓰지 않는 데 익숙했다. 자신의 문제만으로도 이미 버거웠다. 그녀는 스웨터를 둘둘 말아 아들이 평화롭게 잠든 카시트에 받치고 머리를 기댔다.

온종일 웅웅거리는 슈퍼마켓의 소음, 생계의 압박과 두려움으로 인한 잦은 불면의 밤. 줄리는 지칠 대로 지쳤기에 고민을 접어버리고 금세 잠이 들었다.

폴은 수시로 백미러를 흘끔거렸다. 문득 상황이 생뚱맞음을 깨달았고 아들의 구시렁거림이 이해되었다. 하지만 이 여자나 자기나 서로에게 좋은 영향을 미치리라는 예감이 들었다. 행동하기 전에 온종일, 몇 주, 몇 달을 고민으로 보내는 데 진저리가 났다. 방금 '머리에 스친' 생각은 자발적이고 솔직하다는 장점이 있다. 길을 건너는 데 어려움을 겪는 사람을 도우면 오랫동안 마음이 밝아진다. 묘하게도 폴은 줄리와 길게 갈 인연임을 직감했다. 때로 설명할 수 없는 예감들이 있다. 어쩌면 요즘 자유롭다고 느껴 행복하기 때문인지도 모른다. 두 사람이 좋은 때와 장소에서 만났고, 줄리가 혜택을 보고 있는 건지도.

그녀는 지금껏 나쁜 때와 장소만을 맞닥뜨렸으니 말이다.

생트마리오민느 터널을 지나는 동안 폴은 연속되는 네온 불빛으로 빗금이 드리운 줄리와 아이의 얼굴을 백미러로 관찰했다. 그런 자신에게 화들짝 놀라며. 터널을 빠져나오자 샌디에 산업단지 내의 대형 슈퍼마켓 쪽으로 방향을 틀었다. 왜 벌써 차를 세우느냐는 아들의 물음에는 세 살 난 어린애를 불안한 카시트에 태우고 다니자니 영 마뜩찮다고 설명했다.

폴이 아들에게 물었다.

"여기서 두 사람을 지키고 있을 테냐, 아니면 다리도 풀 겸 네가 다녀올 테냐?"

제롬이 당연하다는 듯 대답했다.

"제가 갈게요."

"저기서 카트를 가지고 가라. 카시트가 무거울 테니."

"아버지가 지금 무슨 일을 하고 있는지는 아세요?"

"넌 늘 그렇게 무슨 일을 하는지 다 알고 해서……?"

"물론 그렇진 않죠, 하지만 전 조심한다고요."

"자식한테 카시트 하나 사줄 형편도 안 되는 여자한테 카시트 좀 사주면 어때서?"

"저 여자가 돈 냄새를 맡은 거라면요? 아버지도 모르는 사이에 아버지를 벗겨 먹는다면요?"

"자, 자! 돈이라면 내가 좀 있고, 난 저 여자한테 넋이 나가지도 않았다. 사실 기분전환이 되긴 하지만 넋이 나간 정도는 아니야. 내가 돌봐줄 수 있을 것 같은 애지. 사랑의 감정이 아니라고. 사랑에 빠졌어야 정신을 못 차리든지 하지."

"그럼 대체 저 여자에 대한 아버지 감정은 뭐죠?"

"이간애! 아름다운 감정이지. 너도 해보렴, 제롬."

"아버지가 언제부터 그런 사람이었는데요?"

"저 여자애를 만난 다음부터. 계시를 받은 기분이라고 할까. 어느 날 갑자기 사도들의 신비로운 광휘에 휩싸여 간택된 기분이야."

"안 지 이제 겨우 일주일 된 여자예요!!!"

"그래서? 분명한 사실을 깨닫는 데는 많은 시간이 걸리지 않는다. 찰나에 깨닫는 거야."

"그러고도 사랑에 빠지지 않았다고요?"

"아니다, 난 저 애를 건드릴 엄두조차 나지 않는다. 망가뜨릴까봐 겁나서 말이다."

"그리 연약해 보이지는 않는데요. 그보다는 쉬운 여자 같아 보여요. 또래의 다른 여자아이들이 고무줄놀이를 하며 뛰놀 때, 벌써 다른 데로 뛰어드는 여자 말이에요. 열여섯에 임신을 했다고 하지 않았어요?"

"때론 겉으로 보이는 게 전부가 아니야. 난 저 여자애가 아무 걱정 없이 편안히 쉴 수 있는 포근한 솜털이불이 필요하다고 확신한다."

"거봐요, 아버지 입으로도 솜털이불이라고 하잖아요. 저 여자가 아버지 털을 몽땅 뽑아버릴 거라니까요."

"삶은 사랑과 인정이라는 바람에 흔들릴 때 깃털처럼 가벼운 법. 뽑힐 털이 있다면 나도 얼마간 내려놓고 싶구나……."

제롬이 물었다.

"그건 또 누가 한 말이죠?"

"내 말이야."

제롬이 비아냥거렸다.

"아버지 말이요?"

"불쾌해지려고 하는구나."

"저 여자가 아버지한테 적어도 영감을 불어넣긴 하나 보네요. 하긴 그게 어디에요. 만일 브르타뉴에서 상황이 여의치 않으면요? 집이 크지도 않고 서로 복닥거릴 텐데요."

"만일 잘 지내면? 서로 사이좋게 지낸다면?"

"전 도저히 이제 갓 성인이 된 잘 알지도 못하는 여자애, 그것도 채 성인이 되기도 전에, 남동생이라 할 법한 아들과 부대끼는 여자애랑 잘 지낼 수 있을 것 같지 않군요."

"사람을 함부로 재단하지 마라. 저 아이가 가난하고 어린 미혼모라고 해서 미성숙하고 시시한 사람은 아니니까."

제롬이 냉소적으로 제안했다.

"그 얘긴 돌아올 때 다시 해보죠."

"꼭 그러자꾸나! 그전에 얘긴데, 저 아이는 책을 많이 읽는 것 같더라. 너는 어떠냐? 책을 언제 펴봤어?"

"바로 엊그제요! 빨간 표지의 아주 무겁고 두툼한 책 있어요."

"비달 의학사전 말이냐? 그런 거 말고 널 다른 세계로 데려가고 새로이 눈뜨게 해줄 소설이나 에세이는?"

"시간이 없어요."

"아니, 시간은 있지. 네가 만들지 않는 것뿐이다. 넌 다른 세계로 떠날 필요도, 새로이 눈뜰 필요도 없다고 생각하니까."

"제겐 이렌느가 필요해요."

폴이 단호한 어조로 받아쳤다.

"이렌느는 죽었어."

제롬은 입을 다물었다. 비극이 일어난 지 몇 달이 흘렀건만 이 말은 여전히 잔인하게 울렸다. 아버지는 이 문장을 냉랭하게 내뱉었다. 제롬 역시 이제는 다른 일을 하드디스크에 입력해야 한다는 사실도, 운명을 한탄해도 누가 도와주지 않는다는 것도 알고 있었다. 폴은 그를 위로하려고 애썼다. 비극이 일어난 후 아들을 자주 품에 안아주었고 묘지에서도 손을 꼭 붙들었다. 하지만 몇 주 전부터 폴은 작전을 바꾸었다. 지나친 연민이 아들한테 외려 해롭다고 판단했기 때문이다. 때로 전기충격 같은 자극이 더 낫지 않을까, 그래서 냉혹한 현실을 직시하게 할 수 있다면……

이렌느는 죽었다.

감히 '죽었다'는 말을 입에 올릴 수 있는 사람은 아버지뿐이었다.

다른 이들은 이 잔인한 표현을 꺼렸다. 있는 그대로 말하지 않고 완곡어법을 사용하면 사실이 희석되고 현실의 고통이 완화된다고 여겼으리라.

떠났어.

어디로?

유명을 달리했지.

격조 있긴 하지만 말이 길고 허세가 느껴져. 너무 사무적이고.

하늘로 갔어.

다른 데겠지!

죽었어.

바로 그거야, 죽었어!

삶의 반대. 꺾어버린 꽃과 따버린 과일의 아름다움이 오직 캔버스에만 구현되는 거장의 그림처럼. 그가 서재에 꽂아둔 이렌느의 사진들처럼. 시골 의사의 삶이라는 벽에 걸린 정물화처럼. 이 그림을 벽에 걸기 위한 못을 박아야 하는 순교로 인해 제롬은 고통스러웠다. 그의 살 속엔 못이 더 깊이 박혔다. 벌어진 상처는 결국 삶을 쑤석이는 무뎌진 흉터가 되리라.

폴은 카시트를 발견했다. 물론 가장 비싼 것으로 골랐다. 최대한 안전한 제품일 터였다. 아니면 제조사의 과장에 보기 좋게 걸려들었거나.

차로 돌아오니 줄리가 문을 열며 말했다.

"뤼도빅은 아직 자요. 난 오줌 좀 누어야겠어요. 다녀올게요."

제롬은 멀어지는 줄리를 보며 저렇게 천박하게 구는 여자는 거의 본 적이 없다고 사흘짜리 수염 사이로 중얼거렸다.

폴이 불쑥 끼어들었다.

"평가가 너무 박하구나, 언제는 '오줌을 누다'가 의학용어라고 그러지 않았어?"

"그렇다 해도 일상생활에서 사용하기에는 천박한 말이죠."

"아, 그럼 일상생활에서 '오줌을 눈다'고 말하고도 천박하지 않으려면 꼭 의사여야겠구나? 줄리도 알고 썼는지 모르지, 방광 비우기를 학술용어로 오줌을 눈다고 한다는 사실을."

"아버지는 스무 살 난 여자가 그런 식으로 말하는 걸 많이 보셨어
요?"

"내 주변엔 스무 살 난 여자들도 별로 없지만, 그들이 어떤 식으로
말하든 상관없다. 얼마나 생명력이 넘치느냐 하는 게 중요하지. 거
기다 긍정적이면 더욱 좋고."

"이렌느 말인가요?"

"그럴지도. 그 애도 차라리 천박할지라도 행복했다면 좋았을 텐
데. 나도 오줌 좀 누고 오겠다. 난 이렇게 말해도 되냐?"

"그만하시죠."

"꼬마 좀 봐줄래?"

"안 그럴 도리가 있어요?"

"너도 오줌 누고 싶냐?"

"아니요."

"그렇다면 도리 없지. 다녀오마."

폴은 지극히 온당한 제안을 하기 위해 여자화장실 앞에서 줄리를
기다렸다.

몇 분 뒤 줄리가 손으로 머리칼을 쓸며 화장실에서 나왔다. 세면
대 거울에 비친 자신의 모습을 흘깃 본 모양이었다. 잠을 잔 증거로
부스스해진 머리칼.

폴이 줄리한테 지갑을 내밀며 말했다.

"서적 코너에 가서 마음에 드는 책이 있으면 사요. 뤼도빅이 좋아

할 만한 것도. 한참 가야 하거든. 그럼 차에서 봅시다."

"뤼도빅은요?"

"뤼도빅은 안전한 사람한테 맡겼으니까 안심하고."

"아무렴요."

"아무렴요라니?"

"아무렴요, 선생님이 말씀하시는 안전한 사람이 전 걱정이라고요."

"걱정 마요. 사람은 겉보기와는 다른 경우가 많은 법이니까. 두 가지 측면 모두 말이오."

"어떤 두 가지 측면이요?"

"난 알지. 자, 서둘러요. 갈 길은 멀고, 해는 부쩍 짧아졌으니까. 해 떨어지기 전에 브르타뉴에 닿았으면 해요. 이미 글렀지만 어쨌든 노력합시다."

줄리는 서적 코너에서 오래 지체하지 않았다. 무슨 책을 고를지 이미 알고 있었으므로. 그녀는 프레드 바르가스의 신간이 도서관에 들어오는 즉시 대출받으려고 벼르던 터였다. 뤼도빅을 위해서는 요정과 정령이 등장하는 동화책을 골랐다, 자신의 어린 시절을 토닥여주었던. 줄리는 이런 책을 너무 많이 읽었는지도 모른다. 아름다운 동화를 철석같이 믿으면 헤어 나오기 쉽지 않다. 어느 날 갑자기 삶은 동화와는 달리 그리 목가적이지 않다는 점을 자각하며 꿈에서 깨어나게 되니까.

"그들은 결혼해서 자식을 많이 낳고 행복하게 살았습니다."

터무니없는 얘기지!

매력적인 왕자를 찾는 일부터가 쉽지 않았다. 아름다운 이야기에서는 여자들이 혼자 아이를 기르지 않고, 생계를 유지하기 위해 온종일 일하지도 않는다. 아름다운 이야기에서는 여자들은 예쁘고 남자들은 늠름하며 그들은 서로 사랑하고 삶이 포근하고 윤택하다.

너무너무 터무니없는 이야기.

줄리가 주차장으로 돌아오니 30분 전쯤 차를 세워두었던 자리가 비어 있었다. 가슴이 덜컥 내려앉았다. 이 자리가 틀림없는데, B출구 맞은편 카트 보관소 바로 뒤. 이런저런 생각들이 머릿속을 빠르게 스쳤다. 아마 죽기 직전의 찰나가 이런 빠르기로 스쳐 가리라. 그들이 가버렸어, 룰루를 데려간 거야. 미친 짓이라던 엄마 말이 맞았어. 하지만 왜? 아시아의 거대 인신매매 조직에 팔아먹기 위해? 룰루는 안 돼! 나의 룰루는 절대 안 돼! 아, 왜 멀리 보지 못하고 눈앞의 조그만 즐거움 때문에 아무나 믿어버린 걸까? 복부를 호되게 한방 얻어맞은 듯한 얼얼한 충격이 가시자 줄리는 사륜구동차를 찾아 출구 쪽으로 마구 달렸다. 말도 안 돼, 말도 안 돼, 상상조차 할 수 없는 일이야.

개자식들!

숨도 쉴 수 없었다. 더는 주위 사람들도 눈에 들어오지 않았다. 서로 부딪치는 바람에 넘어질 뻔한 여자의 고함도 들리지 않았다. 룰루를 찾아야 해. 그녀는 도주 중인 차를 찾기 위해 아래쪽 길을 두리

번거렸다. 생각해보니 작전이 치밀했다. 둘의 연기가 보통이 아니었다. 아아, 너무 순진하게 함정에 걸려들었다. 이제 어떡하지? 어떡해? 눈물이 차올랐다. 전화를 찾자. 마농한테 전화하자. 마농은 어찌해야 하는지 알 거야. 줄리는 몸을 돌려 쇼핑몰 쪽을 절망적으로 바라보았다. 비어 있던 자리, 다른 차가 막 들어서는 그 자리를. 그때, 뒤에서 경적이 울렸다. 줄리는 바로 돌아보았다. 폴이 운전석에서 미소를 짓다가 줄리 눈빛에 어린 공포를 읽고는 순간 당황했다. 줄리는 뒷좌석에서 아들의 실루엣을 발견하고는 눈을 감았다. 기절할 것만 같았다. 안도의 감정이 돌연 분노로 변했다. 줄리는 차에 올라 부서질 듯 세차게 문을 닫았다.

그녀가 악을 썼다.

"대체 어딜 간 거예요!"

"진정해요, 줄리. 정비소에서 타이어 좀 점검했소. 아무래도 불안해서 말이오."

"다시는 그러지 마요. 무서웠단 말이에요!"

"뭐가?"

"가버린 줄 알았어요!"

"당신을 놔두고 어디로 간단 말이오?"

"몰라요, 하여튼 다시는 이러지 마세요."

줄리는 순하게 웃는 룰루를 껴안으며 늬까렸다.

"엄마, 왜 울어?"

잠시 후 차가 다시 고속도로로 접어들었다. 뤼도빅은 젖병을 빨았고, 줄리는 아직도 심장을 벌렁거리게 하는 공포를 잊기 위해 조금 전에 산 책을 읽기 시작했다. 제롬은 차창 밖의 풍경을 무덤덤하게 바라보았고 폴은 생각에 잠겼다.

그는 이전과 이후, 그리고 지금 이 순간을 생각했다. 과거의 삶과 지금도 꾸는 꿈에 대해. 젊음과 판타지와 유쾌한 기분과 애정이 필요했다. 특히 애정이.

폴은 두 번째 결혼에 일찌감치 실망했지만 체면 때문에 결혼생활을 유지했다. 아내와는 공통점이 거의 없었다. 그녀는 주로 외모를 가꾸는 데 몰두했다. 피부관리실과 헬스클럽을 집처럼 드나들었고 오후의 쇼핑, 친구들과 저녁 모임이 주요 일과였다. 가족을 충분히 먹여 살릴 만큼 많은 월급을 받는 남편을 둔 가정주부로서 배우자에 대한 이렇다 할 고마움도 배려도 없이 안락한 생활에 안주했다. 부부의 대화는 아내가 종일 읽는 여성지만큼이나 밋밋하고 무미건조했다. 폴은 틈틈이 탐독하는 고전과 현대문학 작가들에 대해 이야기 나누길 바랐지만, 아내의 유일한 관심사는 물질이거나 남편의 눈에 하찮게 보이는 것들이었다.

폴은 지난 몇 년 동안 가능한 한 집에서 시간을 덜 보내기 위해 일에 파묻혀 지냈음을 깨달았다. 특히 제롬이 자신의 날개를 달고 날아가버린 다음부터 더욱 그러했다.

따라서 마를렌느와의 이별은 해방이자 새로운 출발이었다. 폴은 이 출발이 풍요롭고 유쾌하기를 바랐다. 혜성을 좇기보다는 현재를 즐기고 싶었다.

어떤 혜성?

그의 혜성은 폴린느였다.

폴린느는 30년도 더 전에 궤도를 수정했다. 폴하고는 수십 광년이나 떨어져 있다. 그의 혜성은…….

어쩌면 줄리는 그가 자진해서 충돌한 소행성쯤 되리라. 하지만 충격이 강하면 더러 궤도에서 벗어날 수도 있다.

누가 알겠는가?

여하튼 폴은 적어도 이날의 남은 시간이 어떠할지에 대한 확신은 있었다. 여정이 길 거라는 확신…….

차는 쉼 없이 달렸다. 아이는 얌전했고 엄마는 아이의 주의를 끄는 데 선수였다. 모자母子는 언덕 꼭대기의 저수탑 찾기 놀이를 하는가 하면 오른쪽 길로 지나가는 트럭의 수를 세기도 했다. 줄리는 눈앞에 나타나는 풍경에 따라 즉흥적으로 이야기를 지어냈고, 더러 풍경이 빈약해지면, 특히 나무도 없는 평원이 끝없이 이어지면 각자책 속으로 빠져들었다. 제롬은 슈퍼마켓을 들린 이후로 거의 말이없었다. 폴의 운전은 안정적이었다. 그런데 슬슬 식사 시간이 가까워오자 아이가 보채기 시작했다. 폴도 시장했다. 고속도로 한가운데에서 지헐딩이 오면 이겨낼 수 없을 터였다.

20킬로미터 남짓을 더 달린 후에 폴은 식당 표시가 있는 고속도로 휴게소 쪽으로 방향을 틀었다. 오후 2시가 다 된 시각이니만큼 그리 북적이지 않을 터였다.

제롬이 제일 먼저 차에서 내려 주차장 아래쪽의 잔디밭으로 향했다. 그는 수평선을 바라보며 양팔을 활짝 벌리고 얼마간 서 있었다. 이렇게 조용히 불만을 다스려보았다.

줄리는 아들의 안전벨트를 풀기 위해 차를 반 바퀴 돌아 건너편으로 갔다. 아직 익숙지 않은 카시트의 안전벨트와 씨름하느라 짜증이 났다. 예전 물건은 덜 안전하긴 했으나 작동법이 간단했다. 폴이 줄리의 어깨를 잡아끌며 자신이 해보겠노라고 했다. 그가 이내 안전벨트를 풀고는 뤼도빅을 힐끔 쳐다보았다. 아이가 그를 물끄러미 바라보다가 방긋 공모자의 웃음을 지어 보였다. 폴에게 선물처럼 다가오는 웃음. 여우를 길들이는 어린왕자처럼, 길들이기의 첫 단계. 다만 그들의 경우는 늙은 여우가 어린왕자를 길들이는 셈이겠지. 하지만 중요하지 않다. 길들이기는 늘 양방향이니까.

특히 그가 길들이고 싶은 사람은 엄마 공주다.

폴이 줄리한테 제안했다.

"내가 말을 놓으면 어떨까? 너도 편하게 말하고."

"선생님 좋으실 대로요."

"시작부터 틀렸군!"

"전 시간이 좀 필요해요."

폴이 의아해했다.

"왜?"

"나이 차가 있잖아요."

"그놈의 나이 차가 문제군. 그걸로 날 얼마나 더 지치게 할 셈이오?"

"다시 존댓말하시는 거예요?"

"불만의 표시랄까."

"죄송해요."

"걱정 말라고. 난 내 방식이 있으니까."

"저도요."

폴은 미소 지으며 양손으로 줄리의 얼굴을 감싸쥐고는 이마에 키스했다. 줄리가 뻣뻣하게 굳어지더니 풀어질 줄 몰랐다. 그녀는 애정 표현에 익숙지 않았다. 자신의 목에 매달리는 뤼도빅을 제외하고는 이제껏 진실하고 부드럽게 접근해온 사람이 드물었다.

폴이 제안했다.

"우선 요기부터 한 다음에 다리를 좀 풀기로 할까?"

"좋아요. 전 휴게소에 가서 샌드위치를 사오겠어요."

"아니, 아무것도 사지 마. 우리는 식당에 편히 앉아 따뜻한 음식을 먹을 테니까."

"전 돈이 없어요."

"어제부로 페미니스트로 돌변했나?"

"얻어먹고 싶지 않아요."

"얻어먹는 게 아니라 나한테 초대받은 거야. 내가 너와 꼬마를 초대하는 거라고. 내 아들도 마찬가지고."

"부담스러워요."

"전혀 그럴 필요 없어. 난 돈이라면 넘칠 만큼 있으니까. 그러니 이 여행을 '전액 완불된' 선물로 여기라고."

줄리가 물었다.

"선생님 아드님은 뭐라고 할까요?"

폴이 정정했다.

"아들."

폴이 말했다.

"아들은 뭐라고 할까?"

"세 살짜리가 돈에 대해 뭘 알겠어요."

"네 아들 말고 내 아들 말이야."

"무슨 말씀인지 도무지 모르겠네요."

"편하게 말하라고 했잖아. 아드님 말고 아들!"

"아…… 그러니까 아드…… 제롬은 뭐라고 할까요?"

"뭘 말이지?"

"선생님이 저한테 제공한 '전액 완불된' 선물 말이에요."

"그 애가 뭐라든 상관 안 해."

"질투할지도 몰라요."

폴이 결론지었다.

"그 애도 돈 걱정은 없어. 그러니 신경 쓰지 마."

"말수도 별로 없는 데다 솔직히 절 좋아하는 눈치가 아니에요."

"시간을 좀 주라고."

폴이 아들한테 식당에 가자는 신호를 보냈다. 줄리가 뤼도빅에게 손을 내밀었지만 아이는 "하나, 두울, 세에에에" 수를 세기 시작하며 폴의 손을 잡았다. 폴이 애 엄마와 동시에 아이를 번쩍 들어 올리자 아이는 한없이 행복해했다. 제롬이 10여 미터 뒤에서 이 믿기지 않는 세 사람의 조합을 어떻게 생각해야 할지 모른 채 뒤따랐다. 때로는 아무 생각도 하고 싶지 않았다. 그러면 이렌느에 대한 추억도 잊을 수 있을 터였다. 하지만 아예 끊어버릴 순 없었다. 끊어버리려 할수록 더 어려워졌다. 그저 이렌느의 부재에 집착하는 자신의 영혼이 브르타뉴 바닷가의 파도에 점령당하기를 바랐다.

그들은 접시에 무엇이 들었는지 보고 싶어 하는 뤼도빅을 말리며 각자 음식을 떠 담은 뒤 테이블에 자리 잡았다. 제롬은 절망적으로 말이 없이, 맞은편에 앉은 꼬마를 바라보았다. 감자튀김을 케첩에 정성스럽게 찍다가 티셔츠에 유감스런 얼룩을 만드는 꼬마를 바라보자니 마음이 눅진해졌다. "괜찮나." 아이는 엄마가 무슨 말을 하기도 전에 안심시키는 어조로 차분하게 말했다. 다른 부모였다면 조심하지 않았다며 화를 내거나 꾸짖었을 테지만, 줄리는 아무 말도 하지 않았다. 그저 수건으로 얼룩을 닦아주며 "응, 괜찮아"라고 대답할 따름이었다.

제롬이 어렸을 때, 부친의 두 번째 부인 마를렌느는 그가 식탁에서건 잔디에서건 운동장에서건 옷과 몸을 더럽히면 꾸짖느라 세월을 다 보냈다. 제롬은 잘 정돈된 유년 시절을 보냈다. 예상을 벗어나는 일이 없는 슬픈 유년 시절을. 멋진 옷을 망칠 위험이 있는 일은 절대 해서는 안 되었다. 줄리를 보면서 제롬은 문득 아버지가 자신의 생모에 대해, 생모가 돌보아주었던 처음 3년에 대해 한 번도 이야기한 적이 없다는 사실을 깨달았다. 어쩌면 내 어머니도 이 젊은 엄마가 아들한테 그러하듯, 다정하고 너그럽게 아들에게 귀를 기울이고 맞장구치지 않았을까. 줄리는 청소년 티를 채 벗지 않은 얼굴로 매우 다정하고 자연스럽게 아들을 돌보는 부인할 수 없는 능력을 보여주었다. 어쩌면 유년 시절을 겪은 지 그리 오래되지 않았기 때문일 수도 있고, 그냥 자신이 그런 사람이기 때문일 수도 있다. 그도 아니면 티셔츠에 묻은 케첩 따위엔 신경 쓰지 않는 사람이든가. 어떻든 지구는 멈추지 않고 돈다.

이게 무슨 소리람!

폴이 음식을 삼키고 다시 떠 넣기 전에 물었다.

"아직 받침은 발음을 못 하나?"

"하긴 해요. 몇 개만요. 다는 못하고요. '먹는다'는 '먹는다'고 해요, 하지만 '춥다'는 '추다'고 하죠."

그러자 폴이 아이를 돌아보며 말했다.

"추, 해봐."

뤼도빅이 자신 있게 대답했다.

"추!"

"추워, 해봐."

"추워!"

"춥다, 해봐."

"추우·우우······ 더워!"

제롬은 유머라고까지 할 수 있는 세 살 난 어린애의 분별력에 웃음이 나려 했지만 그러면 불만이 풀린 표시가 될 테니 당분간은 그럴 생각이 없었다. 너무 이르다. 표정관리를 해야지. 자신이 엄연히 존재하고, 나름의 의견이 있으며 그것도 아주 단호하다는 사실을 보여주어야 한다. 요컨대 두 모자의 동행이 부적절하다는 것을. 따라서 양 볼에 힘을 주며 스멀스멀 번지는 웃음을 참았고, 다른 두 사람의 웃음에 전염되지 않으려고 안간힘을 썼다. 아무래도 유쾌한 분위기에 휩쓸려버릴 것 같아서 제롬은 입술을 꽉 깨물며 테이블에서 벌떡 일어나 식기수거대에 쟁반을 가져다놓았다.

줄리가 웃음을 거두며 정색을 하고 폴에게 물었다.

"선생님과 아드님의 여행을 망치기 전에 제가 돌아가야 한다고 생각지 않으세요?"

"그건 잘 모르겠고, 네가 그 선생님 소리는 그만해야 한다고 생각해. 제롬에겐 시간을 좀 주지. 요 몇 주 동안 많이 힘들었으니까."

줄리가 받아넘겼다.

"그렇다면 더더욱 웃음이 필요하겠네요!"

"울 수만 있어도 좋겠군. 좀 울기라도 한다면 말이야."

"왜 힘들었죠?"

"나중에 말해줄게. 이젠 다시 길을 떠나야겠어. 도착했을 때 적어도 해기 지는 광경은 보여주고 싶으니까."

"해는 매일 지지 않나요?"

"아니. 일몰은 첫날에 가장 아름다운 법이거든. 특히 바다를 한 번도 본 적이 없는 사람에겐 더더욱."

잠시 후, 네 사람을 태운 사륜구동차가 다시 고속도로에 접어들었다. 뤼도빅은 새로 산 반짝거리는 카시트에서 낮잠에 빠져드는 참이었고, 줄리는 새로 사서 반짝거리는 책 속에 빠져들었으며, 제롬은 차창에 바짝 붙어 바깥에 시선을 고정했다. 집요한 슬픔과 견딜 수 없는 고독뿐, 그에게 반짝반짝 새로운 것이라곤 전혀 없었다. 폴은 생각에 잠겼다. 이 체험이, 지구상의 어떤 위대한 탐험가도 부럽지 않을 브르타뉴 여행을 떠나는 것이 즐거웠다. 이 여행에서는 지리보다는 인간의 깊이, 쉽지 않은 인간이란 숲의 깊이를 헤쳐가야 한다.

오후 4시 30분 무렵, 폴이 다시 방향지시등을 켰다. 앙제 근처에 휴게소가 있었다. 폴은 이 순간이 좋았다. 이제 3시간 남았다. 3시간만 있으면 마음이 평온해지는 망망대해를 볼 것이다. 30년 전에 돈이 넉넉했을 때 구입해둔 작은 집을 볼 수 있다. 마을의 외진 데서 바람과 조수간만을 겪으며 세월을 견뎌온 소박한 집. 약간 높은 데 위치한 이 집에서는 창을 통해 첫 여명을 받으며 물결치는 파도를 찬미할 수 있다.

만일 혼자 하는 여행이었다면 폴은 멈추지 않고 달렸겠지만 그동안 얌전하게 있어 주었던 아이가 다리를 펴고 싶어 했다. 줄리는 또 '오줌을 누고' 싶어 했다. 아침에 채웠던 기저귀를 갈아주기 위해 아이도 데려갔다. 자기 능력으로는 절대 못 사줄 카시트를 더럽힐까 두렵기도 했으니까.

줄리는 폴이 책을 사라고 준 돈에서 남은 걸로 주유소 슈퍼에서 쿠키를 사들고 돌아왔다. 제롬은 이미 조수석에 앉아 있었다. 폴이 웃으며 모자를 맞았다. 꼬마는 이제껏 얌전했다. 남은 여정도 평탄하리라고 낙관할 수 있었다.

줄리가 폴한테 쿠키 상자를 내밀며 물었다.

"선생님, 쿠키 좀 드시겠어요?"

"선생님 대신 아저씨나 폴이라고 하면 하나 먹지."

"쿠키 드세요, 아저씨."

"거봐, 어렵지 않잖아."

"그건 선생님 생각이죠…… 여기 쿠키요!"

폴이 인상을 구기며 상자에서 쿠키 한 개를 집어 들었다. 아직 성공하지 못했다. 그는 운전석에 앉아 꼬마의 안전벨트가 채워지기를 기다렸다가 차의 시동을 걸었다.

줄리가 뒷좌석에 앉아 제롬에게도 쿠키를 내밀었다.

"쿠키 드시겠어요?"

제롬이 뒤도 돌아보지 않은 채 대답했다.

"됐어요, 고마워요. 음식을 조절하는 중이라서요."

젊은 여자가 입안 가득 쿠키를 우물거리며 말했다.

"글쎄요. 한 번 사는 인생인데 가끔씩 작은 즐거움조차 못 누려서야 되겠어요?"

폴이 끼어들었다.

"줄리 말이 맞다. BN 쿠키 하나로 수명이 줄진 않아."

"저 좀 내버려두세요. 먹고 싶지 않아요. 그뿐이에요."

폴이 쿠키 주인한테 물었다.

"쟤껄 내가 먹어도 될까?"

뤼도빅이 단호하게 주장했다.

"나도, 먹어!"

"착하게 말하면 줄게."

"나도, 착하게 먹어!"

"'먹을래요'라고 해야지."

폴이 아들한테 말했다.

"너도 보고 배워라."

젊은 남자가 쏘아붙였다.

"됐으니 그만하시죠."

"기분 풀어, 제롬. 농담 좀 했다. 너한테도 이 여행이 아주 즐거울 거야."

"뭐 그렇겠지요."

제롬의 휴대전화가 울리기 시작했다. 그가 볼멘소리로 전화를 받았다.

"여보세요?"

"네, 안녕하세요, 아니, 다시 안녕하세요, 라고 해야 하나요? 카롤린이에요."

제롬이 누그러진 어조로 물었다.

"벌써예요?"

그녀로서도 어쩔 수 없었으리라.

"죄송해요, 죄송해요, 정말 죄송합니다."

"농담이에요. 무슨 일이죠?"

"제가 혈압계를 깨뜨렸어요. 변상할 테니 안심하세요. 다만 내일
진료하기 전까지 사러갈 시간이 없을 것 같아요."

"비품실에 여분이 하나 있어요. 지금 진료실이에요?"

"네."

"자, 원격조종 들어갑니다! 비품실로 가면 커다란 삼단 서랍장이
보일 거예요. 맨 아래 칸 왼쪽 서랍에 있어요."

카롤린이 서랍을 열며 말했다.

"지금 보고 있는데 수술용 마스크들뿐인걸요."

"그럼 다른 서랍을 봐요."

"……"

"진료는 잘하고 있어요? 간 촉진은 오른쪽, 심장박동 청진은 왼쪽
으로 하고 있지요?"

"네, 그건 왜요?"

"그냥 물었어요. 찾았어요?"

"네. 다른 서랍에 있었네요."

"오늘 근무 첫날인데 잘 보냈나요?"

"네. 선생님 말씀대로였어요! 죄다 감기 아니면 무좀, 이염, 후두염

환자들이더라고요. 고약하고 어려운 병을 앓는 사람은 없어요."

"거봐요. 간밤에 푹 자둘 걸 그랬죠? 급성 폐혈전 환자는 첫날엔 절대 찾아오지 않아요."

"지금 절 안심시키려고 하시는 말씀이세요?"

"웃기려고 한 말이에요."

"그럼, 실패예요."

"미안해요, 괜한 소릴 했어요. 이러면 안심이 되겠어요? 내가 있는 동안 그런 환자는 한 번도 찾아오지 않았고, 35년 경력의 내 전임자도 마찬가지라고."

"조금은요."

"모든 경우에 최선을 다하세요, 하지만 운명은 카롤린 선생의 힘으로도 어쩔 수 없을 거예요. 이건 내가 알고 하는 말이니 날 믿어요."

젊은 여자가 말했다.

"노력할게요. 그럼 이만, 즐겁게 여행하셔요!"

제롬이 대답했다.

"내일 통화합시다."

"아니, 아니에요. 매일 방해하진 않겠다고 약속드릴게요."

"급성 폐혈전 환자는 대개 둘째 날에 찾아와요."

"이번에도 안 웃겨요."

"잘 있어요, 카롤린."

남은 여정이 비교적 조용히 끝나가고 있었다. 앞좌석의 두 남자는 거의 대화가 없었고, 뒤쪽은 책에 코를 빠뜨리고 있거나 차창으로 스쳐 지나가는 풍경들에 맞춰 수수께끼 놀이에 몰두하는 면학 분위기를 연출했다. 화창한 날이었지만 반느에 이르자 해가 서서히 기울기 시작했다. 집 앞에 주차하기까지 채 한 시간이 남지 않았다. 해넘이에 딱 맞춰 도착할 수 있는 시간이었다. 긴장을 풀며 이 여정을 훌륭히 마무리 지을 수 있게 되었다.

그들이 바닷가 도로에 접어들었을 때 뒷좌석엔 아이가 하나가 아니라 둘이 되었다. 풍경에 압도당하고 마법 같은 첫 경험에 감동하여 오렌지색으로 물든 눈빛을 반짝이는 두 아이. 모자는 아침에 터널을 통과할 때처럼 뜨문뜨문 비치는 네온 불빛이 아니라 지속적인 빛이었고 더 찬란했다. 터널과는 거리가 먼 바다가 눈앞에 펼쳐졌다. 폴이 집 앞에 주차했다. 줄리는 꿈을 꾸는 기분이었다. 집 뒤로 바로 바다가 보였고 파도소리까지 들려왔다. 그녀는 뤼도빅의 안전벨트를 풀고서 폴에게 미소를 짓고선 집 뒤로 사라졌다.

폴이 아들에게 물었다.

"함께 바다에 가지 않으련?"

"아니요, 열쇠 주세요. 짐을 가져다 놓을게요."

"좋을 대로 하렴. 열쇠는 늘 숨겨놓는 데 뒀다."

그는 이미 어린 아들을 품에 안고 모래밭을 거니는 젊은 여자를 향해 소리쳤다.

"기다려, 같이 가자고!"

줄리가 웃으며 대답했다.

"그럴 수 없어요, 발이 절로 나가는걸요."

폴이 가까이 다가가자 줄리는 미동도 없이 굳어 있었다. 그녀는 아들을 품에 안은 채 수평선을 바라보았다. 태양의 마지막 불꽃이 더없이 행복하게 웃고 있는 모자의 얼굴을 환하게 비추었다. 어느 때보다 닮아 보이는 모자의 얼굴에 세 번째 얼굴이 보태졌다. 함께 소박한 즐거움을 나누는 것에, 그리고 이 즐거움에 자신이 어느 정도 기여했다는 것에 행복해하는 폴의 얼굴이었다. 그가 슈퍼마켓에서 보았던 줄리의 눈물은 이제 아득한 옛일이었다. 햇빛이 점점 희미해졌지만 세 사람은 얼마간 해변을 거닐었다. 파도소리가 줄리의 머릿속에서 노래처럼 찰랑거렸다. 그녀는 이 아름다운 선물을 준 폴에게 감사를 표했다. 한 번 꼬집어달라고 부탁하고 싶을 정도였다. 그녀의 인생에서 극히 드문 순간이었기에 막상 닥치고 보니 잘 믿어지지 않았다. 이윽고 그들은 줄리가 가장 허황된 꿈에서조차 상상할 수 없을 바닷가의 작은 집으로 들어갔다.

제롬은 말 한마디 없이 침실로 들어갔다. 그는 지붕 밑의 작은 방을 차지했다. 조용히 있기 위해. 그리고 나니 더블 침대가 있는 큰방과 작은 침대가 있는 협소한 손님방이 남았다. 협소한 환경에 익숙한 줄리가 좁은 방에 자신의 짐을 가져다놓자, 폴이 일언반구도 없이 짐들을 큰방에 옮겨놓았다.

그가 해명 대신 선언했다.

"내가 작은방을 쓸 거야."

"오, 아니에요, 룰루랑 붙어서 자면 돼요. 노하우가 있어요."

"지금 장난하나? 편하게 있어. 난 친구 놈들 방에 얹혀 지내고 아무 데서나 잠자던 학창 시절을 추억할 테니까."

"선생님 생각이 그렇다면요."

"선생님 소리 좀 그만할 수 없겠어? 네가 그럴 때마다 내 젊은 날의 추억은 온데간데없이 사라지고 이놈의 나이 차만 신경 쓰이니 말이야. 뭐 좀 먹을래?"

"아니요, 룰루가 지쳤어요. 재워야겠어요."

"벽난로에 불을 땔 거야. 원하면 와서 몸을 녹이도록 해. 집이 아직 쌀쌀하니까."

"아이를 재워놓고 올게요."

뤼도빅은 엄마의 목에 매달려 있었다. 아이는 엄마의 귀에 대고 바다가 멋있다고, 내일 또 갈 거냐고 속삭였다. 물론 또 갈 것이다. 수영을 할 순 없겠지만 적어도 모래밭에서 즐길 수는 있으리라.

아이는 차 안에서 오래 잠을 잤는데도 쉽사리 잠들었다. 오랜 여행으로 녹초가 돼버렸다. 잠든 아이의 얼굴에 바닷가에서 보았던 미소가 어렸다. 오늘 밤, 줄리는 커다란 침대에서 이불을 덮고 잠든 아들을 바라보면서 그녀로서는 드문 행복을 맛보았다. 파도의 토닥임과 은은하게 퍼지는 바다 내음. 세 살 난 아이한테 안겨준 시궁창 같은 삶에 대한 회한이 거의 잊히는 순간이었다. 보모가 뤼도빅은 원하는 걸 죄다 가진 아이들보다 더 행복해 보인다고 아무리 위로해도, 줄리는 아이를 볼 때마다 죄책감을 느꼈다.

줄리는 거실에 있는 폴한테로 갔다. 그는 술잔을 쥐고 소파에 앉아 벽난로에서 일렁이는 불꽃을 바라보고 있었다.

"한잔하겠어?"

"뭔데요?"

"늙은 독신남의 잼."

"젊은 여자한테도 괜찮아요?"

"넌 머슴애 기질이 있잖아. 아마 맛있다고 할걸. 작년에 집에서 담근 술이야."

"그럼 마실게요. 제롬은 안 마시나요?"

"그럴 거야. 벌써 잠들었을걸. 요즘 좀 많이 자니까."

"대체 무슨 사연이죠?"

"세 달 전쯤 아내가 자살했어."

"아……."

한참 동안 말문이 막혀 있던 줄리가 물었다.

"왜요?"

"중증 우울증. 이렌느는 내가 처음 보았을 때부터 우울증이었어. 육체와 정신 모두 허약했지. 돌풍 한 방이면 저항해보지도 못하고 저 멀리 나가떨어질 만큼. 감정적 자극도 못 견뎠어. 조금 과한 말 한 마디, 조금 석연치 않은 시선에도 금세 고개를 푹 숙였지. 추풍낙엽처럼 흔들리는 모습을 들키지 않기 위해서. 그래, 이렇게 얘길 하다 보니 나도 이렌느한테 어떤 느낌을 받았는지 정확히 알 것 같군. 힘찬 가지에서 떨어져 나와 더는 수액을 공급받지 못하는 낙엽 말이야. 대체 그 애는 왜 가을 외에 다른 계절을 알지 못했을까. 나로선 도무지 이해할 수 없었지. 이렌느는 어느 날 바람에 실려 제롬의 정원에 떨어졌어. 어쩌면 제롬은 자신도 의식하지 못한 채 그 애를 구할 수 있다는 생각으로 사랑에 빠졌는지도 몰라. 의사 정신이 밴 녀석이니까. 그날, 제롬이 좀 늦었지. 몇 분만 빨랐어도 이렌느는 아직 살아 있었을 거야. 그래서 녀석은 자책을 하고 있어. 문가에서 환자랑 얘기를 주고받다가 집 안에서 울리는 총성을 들었던 거야."

"총으로……? 끔찍해요."

"말을 좀 삼가면 좋겠군."

"총은 어디서 났어요?"

"외조부의 유품. 2차 세계대전 때 물건이야. 제롬은 이렌느가 사용법을 알리라고는 상상도 못했어. 자, 사연이 이래. 그러니 녀석한테 너를 비롯한 모든 것에 익숙해질 시간을 좀 주자고. 녀석이 다시일에 파묻히기 전에, 바람이나 쐬면서 기분전환을 했으면 하고 여기 데려온 거야. 슬럼프에서 도무지 빠져나올 줄을 모르고 상태가 점점 악화돼가서 걱정이었거든."

"이해할 수 있을 것 같아요. 조용히 내버려둘게요. 그러다 보면 결국 절 받아들이겠죠."

"그렇고말고. 나쁜 놈은 아니야. 짐을 내려놓을 시간이 좀 필요할 뿐이지. 괜찮아질 거야. 워낙에 수선스러운 성격은 아니지만 필요할 땐 유쾌해질 줄 아는 녀석이니까."

"아이는 없어요?"

"응. 그럴 시간이 없었어. 한편으론 다행이야. 일찍부터 반쪽 고아가 되느니……."

"아이가 있었다면, 제롬을 일으켜 세워주었을지도 몰라요."

"대신 뤼도빅을 빌려주라고. 꼬마가 틀림없이 효과적일 테니까."

"이제 겨우 세 살이에요. 모든 사람을 끌어올려줄 순 없을 거예요."

"왜, 또 끌어올려준 사람이 있나?"

"저요. 그 애 때문에 아침에 일어날 수 있고 직장 일을 참아낼 힘을 얻고 더 나은 날들을 꿈꿀 수 있어요."

"행복하지 않구나?"

줄리가 선언했다.

"그렇다고 불행하지도 않아요. 무엇보다 지쳤고요. 그만 자러 가야겠어요."

"네 얘기를 하지 않기 위해서?"

"내일 봬요."

"무슨 설명이라도 해야 하는 거 아닌가? 네 아들이 가지고 노는 헝겊 뭉치 말이야, 그게 정확히 뭐지?"

줄리가 웃으며 대답했다.

"제 옛날 싸개예요."

"싸개?"

"브래지어요. 수유 브래지어. 어느 날 밤, 잘 기어 다니지도 못하는 애가 세탁기 밑에 쌓아둔 빨랫감 속에서 그걸 찾아내 껴안고 자더

94

라고요. 젖 냄새가 났나 봐요. 그후로 한시도 떼어놓으려고 들질 않아요. 그래서 끈은 잘라줬어요. 이리저리 거치적거리기도 하고 끈을 떼어내면 브래지어처럼 보이진 않으니까요. 제가 이거 때문에 유치원에서 정신 나간 여자 취급을 받았죠. 유치원 원장이 사고가 경직된 여잔데, 한 달 전에 불려가 이 특이한 장난감을 두고 일장연설을 들었다니까요. '이런 장난감은 이제껏 한번도 본 적이 없어요, 아예 팬티로도 만들어주지 그러세요!' 이러지 뭐예요."

"아주 틀린 말은 아니군. 그래서 뭐라고 대답했어?"

"아이가 제 젖 냄새를 좋아한다고요. 혹시 유치원에서 선생님 브래지어 가지고도 장난을 치면 어쩌나 염려가 되기도 했지만, 지금으로서는 미리 걱정할 필요는 없을 것 같다고요. 끈도 떼고 이리저리 보수하다 보니 원래 형태가 거의 사라졌거든요. 게다가 교실 입구에 비치된 장난감 상자에는 온갖 종류의 헝겊 인형들이 들어 있어서 수유 브래지어 정도는 아무것도 아니에요."

"제롬은 어렸을 때 냥이를 갖고 놀았어."

"뭐요?"

"냥이. 쿠션 속에 끼워 넣는 합성 라텍스 조각. 제롬이 그걸 냥이라고 이름 붙였어. 녀석은 늘 라텍스 조각을 끼고 살았지. 그걸 손에 쥐고 짓이기면서 엄지손가락을 빨곤 했어."

"룰루의 싸개만큼이나 이상하군요."

"그래도 추억이 깃들어 있지. 제롬이 여섯 살 때였나, 산장에 간 적이 있는데 거기 방 하나에 라텍스 매트리스가 있었어. 커버를 씌우

지 않고 벽에 기대 세워놓았었지. 냥이와 같은 재질이었어. 녀석이 입을 헤 벌리고 감탄하면서 소리쳤어. '와, 거인 냥이예요.' 좌우간 제롬이 열다섯 살 먹었을 때도 전 부인 마를렌느가 녀석의 청바지 주머니에서 수없이 많은 냥이들을 찾아내곤 했으니까. 냥이 얘기를 하자면 끝도 없어……."

줄리가 침실로 가며 말했다.

"각자 나름의 방식으로 위안을 얻나 봐요."

폴은 잔에 술을 조금 더 따랐다. 늙은 독신남의 잼이 정말이지 맛있었다. 살아온 세월이 녹록지 않고 최근에 이혼까지 했으니 이제는 명실상부한 늙은 독신남인 만큼 입에 착 감겼다. 적어도 어깨 너머로 마를렌느가 나타나 그만 마시라고 잔소리할 염려는 없다. 그녀는 벽난로 앞에서 한잔하면서 함께 분위기를 즐길 여자가 아니었다.

저 여자애한테는 30년 이상을 착실하게 살아온 남자의 음울한 인생에 결여된 반짝임이 있다. 그녀는 비록 생활이 어렵고 풍파를 겪어왔지만 바닷가에서 해넘이를 보고 탄복할 줄 알았다. 희망이 있다는 신호였다. 줄리는 폴린느하고도 전혀 다르다. 폴린느는 품위 있고 우아하고 조신했다. 줄리는 다소 속되고 괄괄하고 단호하다. 하지만 줄리한테는 보통 사람 이상의 특별한 면, 분출하는 열정이 있었다. 뜨거운 동시에 두근거리는 것이.

이렌느는 죽기 전부터 이미 꺼져 있었다. 그녀가 한번이라도 활활 타본 적이 있었던가?

마를렌느는 빙산처럼 차가운 여자였다. 오존층 전체보다 더 큰 구멍이 뚫린다 해도 조금의 온기도 기대할 수 없는.

하지만 줄리는…….

동네 정신과의사한테 이런 말을 했다간 감정전이라는 진단을 받으리라. 폴린느와 이루지 못한 것을 줄리한테서 찾고 있으며 이건 옳지 않은 생각이라 하겠지. 게다가 아들도 같은 의견이다. 하지만 지난 세월, 삶이 흘러가는 것도 못 보고 미친 듯이 일만 해온 폴은 지금 오직 한 가지 일에 빠져 있을 뿐이다. 불을 활활 피운 벽난로에 바짝 붙어 따뜻하게 몸을 쬐는.

볼을 꼬집어본다, 이건 꿈이야.

어렸을 때, 매력적인 왕자님의 존재를 믿었을 때 꾸었던 공주님 꿈. 지금 내 앞에 나타난 사람은 늙은 왕이지만 내게 더할 나위 없이 아름다운 동화를 선사했다. 거기에 늙은 독신남의 잼까지 주는 바람에 지금 머리는 빙빙 돈다. 룰루와 함께 바다를 보러 갈 수 있도록 어서 내일이 되었으면. 실은 룰루를 위해서만이 아니다. 내 발도 모래의 감촉에 황홀했고, 내 눈은 끝없이 아득한 수평선에 감동했고, 내 귀는 파도의 노래에 즐거웠다.

나는 누구지? 아버지뻘 되는 남자를 만난 당나귀 공주°?

신데렐라? 내일 모래밭에서 가죽신발°°을 신고 있는 모습이 얼마나 멍청해 보일까!

빨간 모자처럼 되진 말아야지. 늑대한테 잡아먹히지 않도록 조심해야 한다고.

늑대라면 이미 너무 많이 봐왔어. 지금은 오직 바다를 다시 보고 싶을 뿐이야.

○ 어머니가 죽자 어머니와 가장 비슷한 여인인 자신과 결혼하려는 왕 아버지를 피해 당나귀 가죽을 뒤집어쓰고 숨어 사는 공주의 이야기다. 나중에 아내를 잃은 충격에서 벗어나 정신을 차린 왕이 공주에게 용서를 구한다. 프랑스에서는 영화로도 제작되었다.

○○ 샤를 페로의 〈신데렐라〉 원작에서 유리구두는 실은 다람쥐 가죽 신발이었다. 다람쥐 가죽(vair)과 유리(verre)가 '베르'로 발음이 같다 보니 와전되었고 세월이 흐르면서 유리구두로 굳어졌다.

오늘 밤 룰루가 춥지 않아야 할 텐데. 이불을 하나 더 덮어주었지만 창문만은 열어두고 싶다. 파도소리가 그렇게 좋을 수 없다. 완만하고 규칙적인 이 리듬이 인간사의 혼잡함을 잊게 해주네. 대양 앞에서 난 무엇일까? 이 지구상에서 난 무엇일까? 다른 모든 이들과 마찬가지로 한낱 모래알일 뿐. 밑에 깔린 모래알들을 짓눌러 숨 막히게 하는 다른 모래알들과 함께 사는.

곤하게 잠든 룰루. 추우면 내게 몸을 바짝 붙여올 테고 나는 아이의 보드라운 살결을 느끼며 쌔근거리는 숨소리를 자장가 삼겠지. 틀림없이 파도소리와 환상의 궁합일 거야. 삶이 그러하니까. 우리는 평안한 삶을 위해 조화를 꿈꾸지. 다른 모래알들에 짓눌려 헉헉거리는 모래알이 된 처지를 견디기 위해.

길들이기

폴이 잠에서 깨어나자 반쯤 열린 전면창으로 파도소리가 들렸다. 이어 부엌에서 그릇 부딪히는 소리가 들려왔다. 그는 잠옷 삼아 입고 있던 티셔츠에 바지만 꿰입은 채 살금살금 부엌으로 향했다. 뤼도빅이 턱받이를 목에 두르고 식탁에 앉아 비스코트°를 와그작거리고 있었다. 줄리가 뒤를 돌아보았다. 그녀의 피로한 얼굴에 엷은 미소가 피어났다.

폴이 물었다.

"잘 잤어?"

"네, 아주 잘 잤어요. 바다가 이렇게 신기한지 몰랐어요. 양들의 마

○ 바게트나 식빵을 바삭하게 구운 과자로 신선한 빵이 준비되지 않았을 때 아침식사로 이용된다.

리 수를 셀 필요도 없이 토닥토닥 즉시 잠들게 해주더라고요."

"다행이네…… 아침 먹을거리 좀 찾았어?"

"별 게 없네요. 비스코트가 있길래 급한 대로 룰루한테 줬어요. 배고파서요. 찬장을 뒤졌는데 그게 다예요."

"빵집에 가자, 거길 가면 없는 게 없지. 뤼도빅한테 옷을 더 입혀. 날씨가 제법 쌀쌀하니까."

"어떻게 가는데요?"

"걸어서. 여기서 50미터 거리야."

그들이 빵집에 들어서니 여자 주인이 기분 좋은 함박웃음을 짓는다. 카운터를 돌아 폴에게로 와서 반갑게 얼싸안으며 볼키스를 했다.

"안녕하세요, 폴? 왔군요!"

"안녕하세요, 아네트. 여긴 줄리예요."

그러자 빵집 주인은 방금 전과 같은 진심 어린 태도로 젊은 여자를 얼싸안으며 볼키스를 했다.

"이리도 어여쁜 젊은 아가씨를 잘도 숨겼군요!"

"무엇보다 내 딸뻘이라는 말은 절대 하지 않도록 해요. 내가 아버지처럼 구는 걸 질색하니까."

"그럼 잘못 생각했는데요, 아가씨. 폴은 멋진 남자고 완벽한 아버지거든요."

줄리가 당혹스러운 시선으로 폴을 바라보며 예의 바르게 미소를 지었다.

"심지어 행복한 할아버지도 될 수 있을걸요."

빵집 주인이 엄마 뒤에 숨어 흘금거리는 뤼도빅 쪽으로 고개를 기울이며 덧붙였다.

그녀는 카운터 뒤로 돌아가 브리오슈° 한 덩이를 집어 들더니 진열대 위에 조각조각 썰어 하나를 아이한테 내밀었다.

"자, 우리 강아지, 이거 먹으렴! 폴, 브르타뉴에 왔으니 원기를 회복하고 가셔야죠? 얼마나 계실 작정이에요?"

"한 두세 주쯤. 제롬도 같이 왔는데 아직 자고 있어요."

"오, 가엾은 제롬. 우리 가게에 들르라고 전해줘요. 이렌느 소식을 들었을 때 우리도 어찌나 가슴이 아프던지."

아네트는 화덕 구석에서 부푸는 빵 반죽처럼 투실투실할 것만 같은, 흔히 생각하는 빵집 여자가 아니었다. 나이가 지긋한데, 작고 가녀린 몸에 심플한 앞치마를 두르고 있었다. 그녀의 남편이 단지 쿠이냐망°° 솜씨 때문에 반하진 않은 듯했다. 그녀는 초콜릿 상점의 쇼윈도를 흘깃 바라보는 것만으로도 지방덩어리를 만들어내는 불행한 여인들과 달랐다. 어쩌면 단 1그램도 찌지 않고 마음껏 먹어델 수 있는 가히 원자로 같은 신진대사를 가진 운 좋은 여자에 속하는지도 몰랐다. 본래 쾌활한 성격인지라 비극을 언급하고는 이내 명랑함을 되찾았다. 한마디 할 때마다 따라붙는 날카롭고도 시원시원한 웃음소리가 빵집 안에 울려 퍼졌다.

"마를렌느는 같이 안 왔어요?"

° 눈사람 모양의 유지가 많은 버터빵.

°° 브르타뉴를 대표하는 버터파이. 프랑스에서 가장 만들기 어려운 디저트 중의 하나로 알려져 있다.

"마를렌느는 이제 내 인생에 없는 여자예요."

여자가 웃으며 대답했다.

"아? 드디어!"

"이 이상 아무 말 맙시다. 아네트 여사, 당신이 옳았으니까. 나한테 맞는 여자가 아니었어요."

"내가 어디 옳았다며 뽐내는 여자던가요, 알잖아요?"

"아무럼요!"

돌아오는 길에, 뤼도빅은 커다란 브리오슈 조각을 손에 쥐고 앞장서서 걸었다. 아이는 이따금씩 멈추어 서서 몸을 굽히고는 조약돌을 주워 호주머니에 넣었다. 마을이 한적했다. 아직 지나가는 차 한 대도 마주치지 못했다.

젊은 여자가 말했다.

"여긴 정말 조용하군요."

"비수기거든. 10월 중순이면 마을 주민뿐이지. 지금도 파도소리를 들으러 오는 정신 나간 사람들이 뜨문뜨문 있긴 하지만. 보트는 다 엎어놓았고 바닷가로 난 덧문들도 닫혔지만 아직 공기는 따뜻해."

"이곳에선 다들 선생님을 아나 봐요."

"30년 넘게 매년 여름에 여길 왔으니까."

"물리지 않으세요?"

"전혀. 난 이 동네가 좋아. 바닷가에 있다는 느낌, 무한의 끝에 이르렀다는 느낌이. 동네 인심도 후하고."

"그건 확실해요. 우리 동네 빵집 아줌마라면 브리오슈를 그렇게 크게 잘라 룰루한테 주진 않았을 거예요. 이런 식이라면 우리 룰루가 일주일 만에 3킬로그램은 거뜬히 찌겠어요."

"그것도 나쁘지 않겠네. 녀석이 꼭 둥지에서 떨어진 참새 새끼처럼 비쩍 말랐으니까. 너도 그렇게 해. 그럼 덜 참새 같을 거야."

"벌써 청바지가 꽉 끼기 시작했는걸요. 그저께 식당에서 하도 잘 먹어서요."

"잘됐군. 어쨌든 넌 연민을 좀 불러일으켜."

"전 선생님이 절 동정하지 않는 줄 알았죠. 동정심을 불러일으키는 것은 좋지만 청바지는 맞았으면 좋겠어요."

"더 큰 걸로 사면 되지."

"돈 없어요."

"아, 돈 얘기 좀 그만할 수 없나?"

"머릿속에서 자동으로 계산 전쟁이 일어나는 걸 어떡해요. 돈 없인 아무것도 못하는 세상이라고요."

"중요한 건 돈으로 살 수 없어."

줄리가 반발했다.

"그건 부자들이나 하는 얘기죠. 중요한 게 뭔데요? 사랑, 선의, 행복 같은 거요? 무슨 말씀인지 알겠는데요, 아쉬운 게 없는 사람들이나 돈은 중요하지 않다고 말하죠. 아무리 그렇게 말해봐야 어쨌든 돈이 있어야 뭐라도 할 수 있다는 사실은 변하지 않아요. 돈이 있어야 우울할 때 친구하고 통화라도 할 수 있게 전화도 놓고, 가끔씩 맛있는 음식도 사먹고, 바퀴벌레들이 우글거리는 슈퍼 맨 밑바닥 선반에 진열된 싸구려 브랜드 식품들을 집기 위해 몸을 굽히지 않지요. 돈이 있어야 마음이 동할 때 유행이라도 조금 따를 수 있고요. 돈이 넘쳐나는 마음씨 좋은 아줌마들이 싫증나서 헌옷 센터에 기증한 옷들을 입고 2년이나 뒤처져서 돌아다니는 대신 말이에요. 또 돈이 있어야 구동벨트가 끊어지더라도 별일 아니라고 생각할 여유도 생기고, 또……."

"그만해, 알았으니까. 미안하다. 하지만 내가 이번 여행은 이미 완불됐다고 했던 말 잊지 마. 전액 포함, 알지? 그러니까 바지도 포함이야, 만일 네 허벅지가 도와주면 말이야."

"제가 부담스럽다고 했던 말도 잊지 마세요."

"아, 참, 그렇지. 넌 페미니스트지."

"아니요, 누가 뭘 사주는 데 익숙지 않아서 그래요."

"사주는 게 아니야. 그런 생각을 머릿속에서 지워버려. 내가 너와 네 아들을 위해 사는 거야. 이 둘은 전혀 달라."

"선생님이 왜 저한테 여길 오자고 하셨는지 전 지금도 이해가 안 돼요."

"꼭 이해하지 않아도 돼. 어쩌면 이해하고 말고 할 것도 없는지도 몰라. 다만 줄리 네가, 내가 걷는 길가에 있었을 뿐이야. 부싯돌처럼 말이다. 난 불을 지피기 위해 길가에서 부싯돌을 애타게 찾아 헤매던 크로마뇽인이고."

"무슨 말씀인지 도무지 모르겠어요."

"네가 내 심장을 따뜻하게 해."

"어떻게요?"

"그건 나도 몰라. 그냥 알 뿐이지. 세상사를 죄다 이해하고 살아야 해?"

"절 사랑하기라도 하는 거예요, 뭐예요?"

"안심해라. 난 아직도 젊은 애들을 후릴 수 있다고 뻐기며 널 호텔 방에 데려가려는 치들과는 다르니까. 네 안엔 반짝이는 뭔가가 있어. 그게 다야. 난 내 음울한 일상에 조금이나마 빛이 스며들기를 바라는 거란다."

줄리는 그가 대체 어디서 이 빛줄기를 보았을까 자문했다. 정작 자신은 아들만 보고 아등바등 사는 판인데.

"대체 어디서 그 빛줄기가 보인다는 거예요?"

"네 눈빛에서."

"아이코, 저한텐 그런 말 써먹지 마세요! 여자 눈이 예쁘다, 너무 상투적인 수법 아니에요?"

"난 예쁘다고 한 적 없어, 반짝인다고 했지."

"음……."

"그렇다고 안 예쁜 건 아니지만."

"오, 거봐요?!"

"폴린느가 약간 너 같았지."

"폴린느요?"

"내 첫 부인이자 제롬의 생모."

"그런데 왜 과거형이에요?"

"제롬이 세 살 때 죽었어."

"난 또 선생님이 차인 줄 알았죠."

"알겠다."

"왜 돌아가셨어요?"

"외음부암. 그렇게 젊은 나이엔 절대 걸리지 않는 병이지. 발병한 지 석 달 만에 가버렸어. 칼집 몇 번 냈을 뿐 의사들도 속수무책이었지. 폴린느는 나의 작은 태양이었어. 그 사람이 가버린 후에 나는 결코 따뜻해지지 못했지. 그랬는데…… 일주일 전부터 척수에 어떤 느낌이 오더니 가슴께하고 배, 그리고 손가락 끝까지 온기가 전해오더군. 여기저기 작은 불꽃들이 일면서 어쩌면 내 안이 다시 따뜻해질 수도 있겠다는 생각이 들었어."

"두 번째 부인도 있었잖아요?"

"그 사람은 차가운 빛이야. 마를렌느와 산 지난 30년 동안 문이 열린 냉장고 앞에서 있는 기분이었어."

"그럼 적어도 환하긴 했겠네요."

"정반대야, 어두웠지. 내 인생의 30년을 잃은 뒤 비로소 악몽에서 깨어난 기분이랄까."

"강제로 떠밀려서 결혼하진 않았잖아요?"

"그래, 그때 난 세 살배기 어린애와 함께 어찌할 바를 몰랐어. 그랬는데 마들렌느를 친구 집에서 만났고 인생길을 함께할 수 있겠다고 생각했지. 제롬한테도 잘해줄 거라고 믿었고."

"그래서 잘해줬어요?"

"모르겠어. 해롭게 하진 않은 것 같아."

"그럼 됐죠."

그들은 집으로 돌아와서 테이블 위에 장을 본 물건들을 펼쳤다. 루도빅은 제 몫의 브리오슈를 다 먹고는 우유를 달라고 했다. 폴이 커피를 내리고 줄리는 찻잔과 숟가락을 꺼냈다. 아이가 엄마를 부르며 발루를 달라고 보챘다.

폴이 궁금해했다.

"뭘 달라는 거야?"

"발루요. 룰루가 발루를 좋아해요. 오늘 아침에 우리를 즐겁게 해주고 싶은가 봐요."

폴이 더욱 호기심을 보이며 물었다.

"발루가 뭔데?"

"룰루, 발루가 뭔지 선생님께 보여드릴까?"

줄리가 묻자 아이가 동의의 표시로 고개를 주억거렸다.

폴이 방긋 웃으며 말했다.

"이거 겁나는걸."

"왜요? 자, 뒤를 도세요. 선생님은 나무예요. 내일은 선생님이 발루를 하세요."

"발루가 대체 누구야?"

"《정글짐》의 갈색 곰 발루 모르세요? 아이고, 고전 좀 다시 읽으세요. 자, 뒤로 도시라니까요!"

줄리가 단호한 어조로 명령했다.

폴이 즉시 개수대 쪽으로 몸을 돌렸다. 줄리가 그에게 몸을 바짝 붙이며 등을 맞대더니 흥얼거리기 시작했다.

"행복해지는 데는 많은 게 필요하지 않답니다. 정말 아주 조금만으로도 행복해질 수 있지요." 등을 맞댄 줄리는 몸을 흔들었고 폴은 다소 놀랐지만 이내 부인할 수 없는 편안함이 온몸에 퍼지는 기분이 들었다.

"머릿속에서 걱정거리를 몰아내세요, 삶의 아름다움만을 집어 넣어요……."

줄리는 세차게 등을 비비며 계속해서 노래를 불렀다. 바로 그때, 제롬이 나타났다. 그는 두 사람을 흘깃 보더니 비위가 상한 듯 입을 삐죽거렸다. 줄리는 그를 보았지만 흥얼거림을 멈추지 않았다. 폴이 웃으며 뒤를 돌다가 제롬을 발견했다.

폴은 웃음을 수습하려 애쓰며 말했다.

"오, 왔구나?"

"네, 왔어요. 이제 다 된 거예요? 서커스 끝났어요?"

"너도 해봐라, 기분이 아주 좋아져."

제롬이 냉소적으로 받아넘겼다.

"어련하시겠어요."

"잠은 잘 잤니?"

"네."

제롬이 누구에게도 시선을 주지 않은 채 작은 소리로 대답했다.

아침 식탁은 바다에 가자고 끊임없이 보채는 아이 때문에 어수선했다. 줄리도 눈을 뜬 이후로 바다에 나갈 생각에 사로잡혀 있었기에 서둘러 커피 잔을 비웠다. 잠시 후 그녀는 뤼도빅을 등에 업고 집을 나와 바다로 향했다.

커피를 다 마신 폴은 입이 귀에 걸린 채 모래밭으로 달려가는 두 모자를 바라보았다.

제롬이 아버지에게 물었다.

"대체 저 여자가 아버지한테 무슨 짓을 했기에 그렇게 멍청한 눈으로 저 여잘 바라보시는 거죠?"

"내 얼굴이 멍청해 보이냐?"

"거울 보여드려요?"

"그래서?"

"그래서 뭘요. 걱정돼서 그러죠."

"행복한 아버지를 보는 게 걱정돼?"

"아버지를 행복하게 만드는 그게 걱정돼요."

"난 말이다, 불행한 아들놈을 보는 게 걱정이다."

"전 타당한 이유가 있잖아요."

"나도 마찬가지다. 나도 타당한 이유가 있어. 불행할 타당한 이유가 있는 것보다 행복할 타당한 이유가 있는 쪽이 훨씬 낫다는 점만 알아둬라."

"좋을 대로 생각하세요. 오늘 계획은 어떻게 되죠?"

"두 사람을 데리고 키브롱에 가서 장을 볼 거야. 찬장을 채워야겠어. 너는?"

"저는 바닷가도 거닐고 책도 좀 읽을 생각이에요. 밀린 의학 잡지가 있어요."

"그런 건 잊어버리고 진짜 휴식을 취하렴. 줄리한테 프레드 바르가스 소설을 빌려달라고 해. 아주 좋다는구나."

줄리는 바다 바로 앞에서 멈춰 서서 양말과 신발을 벗었다. 뤼도빅도 엄마를 흉내 냈다. 바닷물은 살이 에일 듯이 차가웠지만 물속을 걷고 싶은 욕구를 누를 수 없었다. 나중에 바다에서 나가면 즉시 발을 말리고 양말을 세 개 껴 신고 이불을 둘러쓰리라. 지금은 젖은 모래 위를 걸으며 밀려오는 파도와 장난할 시간이다. 뤼도빅은 조개껍질을 주워 모으고, 줄리는 모래 위에 하트들을 그리거나 '룰루'라는 글자를 크기별로 써댔다. 파도가 밀려와 줄리의 작품을 순식간에 지워버렸지만 그녀는 끊임없이 되풀이되는 바다와 땅의 만남에 넋을 잃었다. 내일 아침, 다시 와서 바닷가를 달릴 것이다. 운동화를 가져오길 잘했다. 땅이 완벽하다. 일출 때 달리면 기분이 상쾌하리라.

줄리는 하마터면 일용할 양식을 잔뜩 사러 가겠다는 폴의 계획도 잊을 뻔했다. 간신히 정신이 들어 아들한테 이제 돌아가자면서 모래밭에서 가지고 놀 삽과 양동이에 덤프트럭까지 사주겠다고 약속했다. 10월에도 슈퍼마켓에서 이런 종류의 장난감을 진열해놓고 있을지 모르겠지만.

사륜구동차가 출발했디. 부익에 앉아 허공에 시선을 둔 채 파도소리에 귀를 내맡긴 제롬을 남겨두고서. 이렌느가 바로 가까이에, 있었다. 그녀는 하루 종일 곁에 있다가 더 가까이 다가가려 하면 사라져버렸다. 이렌느는 우울했지만, 온화했다. 불행했지만, 다정했다. 제롬은 품에 안을 때마다 자신에게 폭 감겨드는 그녀를 느끼기를 좋아했다. 그녀를 위로했고, 그녀가 비탈을 넘을 때마다 조금씩 끌어올리겠다는 희망을 품었다. 하지만 이렌느는 비탈이 얼음으로 뒤덮이기라도 했는지 쉼 없이 미끄러졌다. 제롬이 빙판에 아무리 소금을 뿌려봐도 소용없었다.

벌써 시간은 11시를 넘겼다. 제롬이 식탁을 치우려고 했을 때 전화벨이 울렸다. 그는 액정화면에 뜬 상대방을 확인하고는 희미하게 미소 지었다.

"안녕하시오, 카롤린. 폐혈전 환자가 예정보다 일찍 찾아오기라도 했어요?"

"여전히 안 웃기시네요. 폐혈전 환자 얘기 좀 그만하세요. 그러다 정말 액운이 낄까 봐 겁나요."

"내가 아주 강력한 액운 자석이에요. 죄다 나한테 들러붙어 다른 사람한테 갈 액운이 별로 없죠."

"잘못 생각하신 거예요. 액운은 인간의 어리석음과 같아서 끝도 없거든요."

"정말 다시 없이 긍정적이시구먼."

카롤린이 반박했다.

"선생님은 어떻고요."

"설마 그런 친절한 말만을 하려고 전화하진 않았겠죠?"

"네, 파켕 부인 문제로 전화했어요. 이 환자를 어떻게 해야 할지 모르겠어요. 배가 아프다는데 촉진을 해봐도 아무런 이상이 느껴지지 않아요. 그래서 확신은 없지만 혈액검사와 복부 엑스레이 처방을 내렸어요."

"확신이 없었다니 그나마 직감은 좋군요. 엑스레이 찍고 혈액검사 해봤자 아무것도 발견하지 못할 테니까."

"왜 파켕 부인 얘기는 해주지 않으셨어요?"

"파켕 부인이 대리 의사를 테스트하는 기쁨을 빼앗지 않기 위해서죠."

"설마, 농담이시죠?"

"아니, 불쌍한 여자요."

"그럼 전 어떡해야 하죠? 오늘 저녁에 검사 결과를 가지고 온다고 했어요."

"잠자코 얘기를 들어줘요."

"그게 다예요?"

"그게 얼마나 대단한 건데요. 마음 때문에 배가 아픈 겁니다. 얼마간 배출하면 통증이 가라앉을 거예요. 바로 그래서 파켕 부인이 대리 의사만 왔다 하면 병원에 오는 거예요. 난 이미 죄다 알고 있는 터라 자기 내력을 신선한 귀가 들어주는 맛하고는 비할 바가 아니거든요. 하지만 너무 빠져들지는 말아요. 공감이란 수렁에서 올라오는 사람을 돕기 위해 손을 내미는 것이지 함께 뛰어드는 게 아니니까."

"왜 그런 말씀을 하시죠?"

"카롤린 선생이 딱 수렁에 뛰어들 사람의 프로필을 하고 있거든요."

"저는 근처에도 가지 않을 거예요."

"가긴 가야죠, 아무튼 조금이라도. 그러지 않으면 얘기를 들어줘봐야 아무 소용이 없을 테니까. 하지만 확실히 근처까지만 가요. 같이 빠지지는 말고."

"벌써부터 걱정이시군요."

"무슨 말인지 알게 될 거예요. 찾아오게 내버려둬요."

"알겠어요! 오늘은 더는 시간 빼앗지 않을게요. 거긴 어떤가요? 화창해요?"

"안이요, 밖이요?"

"둘 다요."

"밖은 해가 쨍쨍한데 안에는 비가 와요."

"그럼 나가서 바깥바람 좀 쏘이세요!"

그녀가 당연하다는 듯이 충고하며 쾅 소리가 나게 전화를 끊었다.

정오가 조금 지니자 믿기지 않는 조합을 이룬 트리오가 집으로 돌아왔다. 뤼도빅은 차 안에서 잠이 들었다. 폴은 집 뒤편의 바닷가로 난 통로 끝에 차를 세웠다. 테라스에 앉아 아이가 깨어나는 모습을 지켜보기 위해서였다. 태양이 최적의 온도로 테라스를 덥혀놓았다. 트렁크 문이 덜컹거릴 수 있으니 장을 봐온 물건들은 아이가 낮잠에서 깨어나면 부릴 터였다. 폴은 바람에 춤을 추는 수풀 사이로 아들의 모습을 보았다. 황량한 해변 한가운데 덱체어를 놓고 비스듬히 누워 있었다. 폴은 줄리에게 다 읽은 책을 제롬에게 갖다주면 어떻겠느냐고 제안했다. 혹시나 두 사람이 가까워질 수 있지 않을까 하는 마음으로. 줄리도 은근히 같은 희망을 품으며 그렇게 해보기로 했다.

제롬은 줄리가 다가오는 소리를 듣지 못했다. 파도소리를 자장가 삼아 졸고 있었으니까. 줄리는 행여 그를 놀라게 할세라 조심하며 헛기침으로 기척을 냈다. 그가 몸을 일으키며 말했다.

"아, 당신이군요. 오는 소리를 못 들었어요."

줄리는 책을 내밀며 변명하듯 황급히 설명했다.

"읽을거리를 가져왔어요."

"아버지가 시켰어요?"

"아니라고는 말 못하겠네요."

제롬이 물었다.

"좋아요?"

"아버지요?"

"아니, 책 말이에요."

"네, 아주 좋아요."

"우리 아버지는요?"

"마찬가지예요."

제롬이 질문을 이었다.

"뭘 기대하죠?"

"책에서요?"

제롬이 짜증을 냈다.

"아니, 우리 아버지한테!"

"제가요? 아무것도요! 날 여기 데려온 사람은 당신 아버지예요. 날 여기 데려다놓고 뭘 기대하는지는 당신 아버지한테 물어야 한다고요."

"경고하는데 당신이 아버지 혼을 쏙 빼도록 그냥 내버려두지는 않을 거요. 우리 아버진 깃털을 죄다 뽑힐 비둘기가 아니란 말이오."

"당신 아버지가 비둘기라면 이만저만 큰 비둘기가 아니겠네요. 80킬로그램은 충분히 넘겠던데. 확인해보진 못했지만 가슴이 깃털로 뒤덮인 것 같지도 않고요. 난 차라리 털을 택해야겠군요."

제롬이 성을 냈다.

"말 다 했소?"

"제가 당신한테 뭐 잘못한 거라도 있나요?"

"아니요."

"그렇다면 왜 저를 미워하죠?"

"경계하는 거요."

"뭘요?"

"당신을."

"왜죠?"

"당신이 상황을 자기한테 유리하게 이용할 줄 아는 여자의 프로필을 하고 있으니까."

"프로필을 너무 믿지 마세요. 그러다 사람들을 정해진 틀에 놓고 보는 편견에 갇히는 수가 있어요. 그보다는 정면을 바라보는 편이 나을걸요."

줄리가 발길을 돌리며 말하자 제롬이 외쳤다.

"그렇게 가버리면 정면을 볼 수 없잖소!"

제롬은 멀어지는 그녀를 바라보며 낮은 목소리로 덧붙였다.

"뒷모습밖에 안 보인다고."

줄리에겐 젊음의 특권과 동그랗고 완만하게 잘 빠진 몸매라는 이점이 있었다. 잠시 이를 감상하며 즐기던 제롬은 모래에 발을 헛디디며 휘우뚱거렸다. 확실히 남자에겐 여성의 신체 중에서도 특히 가슴에 집중하는 욕구가 있다는 사실을 확인해버렸다. 마치 여성을 만날 때마다 뇌의 원초적인 영역에서 이 여성과 더불어 종족보존을 할 수 있는지 확인 명령이 떨어지기라도 하는 모양이다. 뇌의 원초적인 부위는 모험을 부추길 테고 사고하는 부위는 자제시킬 터. 제롬은 이성이 우세한 남자였다.

그는 딱히 할 일이 없었기에 자신을 위해 특별히 대령된 책을 펼쳐들고 읽기 시작했다.

오후의 끝 무렵, 제롬은 해변에서 돌아왔다. 부엌에 들어서자 맛있는 냄새가 풍겼다. 거실 바닥에 앉아 꼬마와 함께 메모리 게임°에

° 동물이나 사물이 그려진 카드를 죽 배열해놓은 뒤 일정 시간 관찰하고서 그대로 뒤집어놓은 다음 기억을 되살려 똑같은 그림의 쌍을 고르는 게임.

한창 열중한 아버지가 보였다. 꼬마가 반세기 이상 더 살아온 경쟁자보다 능숙하게 동물들의 짝을 기억해내는 모양이다.

제롬은 하마터면 냄비에서 풍기는 냄새가 좋다고 말할 뻔했다. 그럼 줄리를 칭찬하는 셈이 된다. 그래서 벽난로 옆의 안락의자에 앉아 드러내지 않고 꼬마의 신경전달 능력을 가늠해보는 데 만족했다.

제롬은 뭐랄까, 안정감을 느꼈다. 가을날 일요일 오후에 가족과 함께 있는 느낌……. 이렇게 생각하자 갑자기 우울해졌다. 그는 이렌느와 함께 보낸 일요일들을 떠올렸다. 다시는 그때로 돌아갈 수 없으리라. 제롬은 서둘러 다시 독서에 열중했다. 기억을 되씹느니 차라리 허구 속 이야기에 빠져드는 편이 나았다.

줄리가 아들 곁에 와서 앉았다. 폴은 게임 세 판에 녹초가 되었다. 체면을 잃지 않으려고 헛되이 안간힘을 쓴 탓이었다. 이번엔 줄리가 꼬마 천재를 상대했다. 제롬은 책 너머로 몰래 아들과 함께 노는 줄리를 훔쳐봤다. 기억을 아무리 멀리 되돌려봐도 이런 게임을 즐긴 추억이 없었다. 줄리는 반사신경과 집중력이 뛰어났다. 결국 뤼도빅이 패했고, 아이는 숱한 응석받이들이 그러하듯 우는 대신 빙긋 웃더니 다시 게임을 청했다. 하지만 아이의 엄마는 식사 시간이라고 선언했다.

제롬은 잠자코 접시를 비우더니 음식을 한 번 더 담았다. 폴이 대신 물었다.

"요리는 어디서 배웠어?"

"엄마한테요. 전 외동딸이에요. 엄마는 전통을 아주 중시하는 분이라 오래된 가치를 저한테 물려주셨죠. 저도 여건만 된다면 요리하기를 좋아해요."

"여건이 안 될 때도 있나?"

"좋은 요리를 하려면 좋은 재료가 필요하니까요."

"여기 있을 동안 요리할 재료가 충분한가?"

줄리가 반발했다.

"설마 절 매일 부엌에 붙들어놓을 심산은 아니시겠죠? 이래봬도 제가 약간 페미니스트거든요. 신용카드는 없지만 하여튼 페미니스트예요. 식사 준비는 돌아가면서 하기로 해요."

폴이 동의했다.

"난 찬성, 제롬, 너는?"

"제 차례가 되면 맥도날드로 모시죠."

줄리가 이의를 제기했다.

"그건 너무 쉬워요."

"좋아요, 먹을 걸 만들죠. 다음번엔 나한테 차례를 돌릴 생각이 싹 가실 겁니다."

줄리가 불쑥 제안했다.

"선생님, 내일 아침에 저랑 조깅하실래요?"

"나랑? 조깅을? 내 꼴을 보고도 그런 말이 나와? 이 불룩한 배와 후들거리는 다리를 하고 뛰라고?"

섦은 여자가 걱정스럽게 말했다.

"그럼 아쉽지만 혼자 가죠, 뭐. 새벽 6시엔 동네에 나다니는 사람이 많지 않겠죠?"

"제롬, 네가 같이 뛰렴. 너한테도 좋을 거야. 조깅한 지 꽤 오래됐잖아."

제롬이 웅얼거리는 소리로 빈정거렸다.

"저더러 2백 미터 간격으로 기다렸다 뛰고 기다렸다 또 뛰라고요?"

줄리가 끼어들었다.

"그거야 두고 봐야죠."

"그럼 내일 아침 6시 30분에 집 앞에서 봅시다. 만일 2분 이상 기다리게 하면 내가 당번일 때 당신이 요리해요."

"좋아요! 만일 그 반대면요? 내가 당번일 때 당신이 요리할 거예요?"

"그런 걱정일랑 붙들어 매시지요."

룰루가 사실을 밝혔다.

"우리 엄마, 무지 빨리 뛰는데."

"네 엄마가 나보다야 확실히 덜 빠르지 않을까?"

아이가 천진하게 물었다.

"왜요?"

줄리가 대신 대답했다.

"엄마가 여자라서. 어디 정말 그런지 내일 다시 얘기해보자꾸나."

"네, 아주 좋은 생각이군요."

제롬이 비아냥거리는 웃음을 줄리한테 지어 보이며 테이블을 치우기 위해 일어섰다.

뤼도빅이 젊은 남자에게 외쳤다.

"아저씨 브로코리야!"

"브로코리?"

줄리가 정정했다.

"브로콜리요."

제롬이 웃음을 터뜨렸다.

"나더러 브로콜리라고?"

줄리가 부연했다.

"나 같으면 그렇게 좋아하진 않겠네요. 룰루한텐 그게 최상급 욕이거든요!"

제롬이 놀라며 빈정댔다.

"브로콜리가 최상급 욕이라니? 왜죠?"

"룰루가 브로콜리를 아주 싫어하거든요."

폴이 룰루를 번쩍 안아 올리며 조용히 말했다.

"애들처럼 툭탁거리는 거 다 끝나면 말해라. 자, 룰루, 넌 이리 와. 메모리 게임 복수해야지! 제롬, 식사 준비는 줄리가 했으니 설거지는 네가 해라."

"네, 아버지."

제롬이 인상을 쓰며 대답하자 줄리가 똑같이 빈정거리는 웃음을 되돌려주며 선언했다.

"전, 이만 샤워하러 갈게요."

제롬이 설거지를 마칠 무렵, 전화가 걸려왔다.

"아니요, 카롤린. 폐혈전 얘기는 더 이상 하지 않겠어요."

"정말 그거 때문에 저한테 액운이 낄지도 모른단 말이에요. 통화 괜찮으세요?"

"괜찮아요. 설거지를 하던 중이었어요."

"그럼 저한테 감사하세요."

"어차피 내가 마저 할 텐데, 뭘…… 이번엔 무슨 일이죠?"

"그냥 제가 수렁에 뛰어들지 않았다는 말씀을 드리려고요."

"잘했군."

"하지만 쉽지 않았어요."

"알아요. 그래, 효과가 있었나요?"

"파켕 부인이 제 손을 꼭 잡으며 활짝 웃었어요. 배도 덜 아프다고 했고요."

"효과가 있었군요. 파켕 부인이 둘째 날이고, 내일은 알프레드 몰이란 환자가 찾아올 텐데 조심하도록 해요. 꼭 대리 의사가 있을 때만 병원에 오는 양반이니까. 무슨 얘긴지 알죠?"

"무서워요."

"아, 그래도 그 양반 나이쯤엔 더 이상 사나울 순 없으니 안심해요."

"내일은 전화 안 드릴게요."

"이거, 섭섭해지는걸요."

"말도 안 돼요, 아닌 거 알아요."

"맞아요, 아니에요. 하지만 귀찮아서가 아니라 정말로 모두 잊은 채 쉬고 싶어서 그래요."

"이해해요. 그럼 급성 폐혈전 환자가 오지 않는 한 전화드리지 않기로 하죠."

"이제 농담도 하는 거요, 카롤린 선생?"

・ ━ ○ ━ ○ ━

  룰루가 막 잠들었다. 나도 푹 잘 작정이다. 내일 아침에 컨디션이 최상이어야 하니까. 내기에서 지면 정말 꼴불견일 것이다. 룰루한테 내가 여자라는 이유로 남자보다 무능하지 않다는 사실을 증명해줘야 한다. 남자와 여자가 동등하다는 사실을 룰루가 깨달았으면 한다. 우리 룰루는 이다음에 자라서 마누라는 오븐 앞에 보내놓고 자기는 소파에 드러누워 신문을 읽는 남자가 되지 않았으면 한다. 집 안에서 허리가 휘도록 묵묵히 일만 하는 엄마를 얼마나 많이 봐왔던가.

  제롬은 날 기다려주지 않으리라는 것을 안다.

  아무리 괴로워도 절대 내색하지 않을 것이다.

  그럼 제롬이 얼마나 흡족해하겠는가.

  자기가 아무리 슬프다 해도 남한테 불쾌하게 굴 필요가 있을까.

  내기에서 지고 체면을 잃으면 교훈을 얻겠지. 내가 당번일 때 식사 준비를 할 테고.

유년의
나라

오전 6시 20분.

줄리는 근처 오솔길을 몇 차례 돌다가 속력을 줄이며 집 앞에 이
르렀다. 마을 초입 쪽에서 해가 솟아오르고 있었다. 지평선이 확연
히 드러나는 태양 저 끝에선 아직 어둠이 머물러 있었다.

바다는 고요했다.

하지만 여자는 그렇지 않았다.

넘쳐나는 에너지를 느꼈다. 남자, 그것도 여자를 깔보는 경향이
살짝 내비치는 남자와 대적할 때면 샘솟는 이 힘은 대체 어디서 나
오는 걸까? 아마도 학교 다닐 때부터 시작되었으리라. 그때부터 줄
리는 가능한 대로, 또 나름대로 저항해왔다. 물론 슈퍼의 매니저 샤
송에게는 맞설 수 없다. 생계가 걸렸으니 방법이 없지. 하지만 오늘

아침, 제롬과의 승부에는 전력을 다할 터였다. 이 남자의 체력이 어느 정도인지는 몰라도 줄리는 본능적으로 자신감이 생겼다. 자신이 더 강할 테고 잘 뛸 자신이 있었다. 적어도 룰루를 위해. 또 조금은 자기 자신을 위해.

몇 분 뒤, 제롬이 나타나 문가에 앉아 운동화 끈을 묶었다.

줄리가 물었다.

"어느 쪽으로 달리죠?"

"바닷가로 가서 남쪽으로 달리다가 해안을 따라 난 길로 접어듭시다. 올 때도 바닷가를 경유하고. 컨디션은 어때요?"

"확실히 당신보다는 좋아요. 난 어젯밤에 위스키 반병을 꿀꺽하지 않았으니까요."

"그것 때문에 당신을 못 이기진 않아요."

"워밍업 좀 하시겠어요?"

"괜찮아요."

줄리는 제롬이 몸을 일으킬 겨를도 주지 않고 달리기 시작했다. 작은 언덕들 사이로 난 좁은 길을 달리다가 보폭을 줄이며 젖은 모래 지대를 건넜다. 다시 속력을 낼 때쯤 자신을 거의 따라잡은 제롬이 보였고, 몇 분 뒤 추월당했다. 이제 줄리는 약간 뒤로 처져 제롬을 따랐다. 너무 빨리 모욕을 안겨주지 말아야 한다. 예의가 아닐뿐더러 후반의 체력 안배도 염두에 두어야 하니까. 15분 남짓 지났을 때 줄리는 상대의 힘이 바닥 났음을 감지했다. 제롬이 헐떡이는 것 같았다. 반면 그녀는 완벽하게 호흡을 조절하고 있었다.

줄리가 힘들이지 않고 물었다.

"조깅 자주 해요?"

"난…… 헉헉…… 가끔 달렸는데 요새는…… 헉헉…… 달린 지 한참 됐어요…… 헉헉, 당신은요?"

"일주일에 두 번쯤. 꾸준히 달렸어요."

앙큼한 계집 같으니, 잘도 참았다 이제야 얘기하는군!

줄리는 대화를 이어나갔으나 제롬은 그렇지 못했다. 그녀는 이제 힘을 아끼기 위해 침묵하고 싶었다. 내기에 질 위험을 무릅쓰고 싶지 않았다. 하지만 경주에 속력이 붙으면서 이 위험이 멀어져갔고 눈부신 경치를 여유롭게 누릴 수 있었다. 바위에 규칙적으로 파도를 보내 부서뜨리는 저 바다가 마치 상대보다 앞서 발을 내딛는 어린 여자, 사람들 사이에 자기 자리가 있음을 입증하기 위해 힘껏 달리는 어린 여자를 박수치며 격려하는 관객인 것만 같았다. 아주 미미하나마 자리는 자리였다. 그녀의 자리.

30여 분 뒤, 결승점이 코앞으로 다가왔다. 바닷가가 보였다. 줄리는 경쟁자의 상태를 확인하기 위해 살짝 속력을 냈다. 아니나 다를까, 제롬은 쓰러지기 일보 직전이었다. 그래서 줄리는 점차 보폭을 넓혀나갔다. 간밤에 상상했던 쾌감, 이 날아갈 듯한 느낌이 손끝에 만져질 것만 같았다. 바닷가 달리기. 그녀는 모래로 미끄러져 들어오는 도발적인 파도를 간신히 피했다. 저 멀리 집이 보였다. 돌아보니 제롬도 저 멀리 보였디. 줄리는 입이 귀에 걸린 채 달렸다. 이제 어쩐다? 말할 것도 없이 식사 준비하는 제롬을 도울 터였다. 줄리,

그녀는 이렇게 생겨먹었다. 거만하지도 않고 상대를 멸시하지도 않는 순수한 여자. 하지만 이 순간만은 승리의 기쁨을 만끽했다. 집 앞 수백 미터 근처까지 달려가니 테라스에 나와 있는 폴이 보였다. 아기 우주복으로 몸을 감싼 뤼도빅을 품에 안은 채. 아이가 손을 크게 휘저어 엄마에게 응원의 신호를 보냈다.

폴은 제롬을 너무 자극해선 안 된다는 사실을 알았다. 도발이 곱게 받아들여지진 않을 터. 제롬이 패배를 받아들이고 스스로 인정할 시간을 줘야 하리라. 폴이 확신하는 한 가지는 이번 일이 제롬한테 해롭지 않으리라는 것이었다.

잘했어, 꼬마 아가씨!

폴은 말했다.

"아주 조금으로도 행복해질 수 있지?"

"정말 아주 조금으로도…… 헉헉…… 행복하네요."

테라스에 이른 줄리가 이번엔 별 수 없이 헐떡거리며 대답했다.

"저기 해변 끝에 꼬물거리는 작은 점이 제롬인가?"

"아직 꼬물거리긴 해요?"

"심술 맞긴!"

"전 갓 구운 빵을 사러 가야겠어요. 제롬이 기운을 차리려면 누텔라를 듬뿍 바른 빵이 필요할 거예요. 선생님 지갑 좀 가져갈게요."

"룰루 먹을 브리오슈도 사와."

"집에 돌아가면 전 매일 못 사줘요."

"룰루는 휴가하고 일상쯤은 구분할 아이거든!"

줄리가 빵을 사서 돌아왔을 때 제롬은 오렌지 주스 잔을 앞에 두고서 식탁에 앉아 있었다. 그는 줄리한테 눈길조차 주지 않았다. 되새김질이 풀가동 중이었다. 줄리가 폴에게 의문이 담긴 시선을 보내자 그가 한쪽 눈을 찡긋거렸다.

저러다 말겠지…….

제롬이 돌연 벌떡 일어나더니 일언반구도 없이 바닷가로 향했다. 아침 첫 햇살이 비치고 있었다. 줄리는 따뜻한 우유와 브리오슈에 열중한 뤼도빅을 폴한테 맡겼다. 알 수 없는 힘이 줄리를 해변으로 향하는 남자에게로 이끌었고 그녀는 직감에 따랐다. 제롬은 모래밭과 키 큰 수풀 사이를 반쯤 걷다가 그대로 주저앉더니, 양팔로 무릎을 감싼 채 대양을 바라보았다. 몸이 경직돼 있었다. 줄리는 가까이 가기도 전에 이를 알 수 있었다. 마치 보이지 않는 지대에 고립되겠다는 듯한 모습. 그녀는 이 지대에 발을 들이려 했다. 줄리는 잠자코 제롬의 곁에 앉아 밀려오고 밀려가는 파도의 발레를 바라보았다. 넘실대는 물결과 북쪽 항구 위를 나는 갈매기들의 울음소리로 방점이 찍히는 기나긴 몇 분이 흘렀다.

마침내 줄리가 제롬의 손 하나를 양손으로 부여잡고 나지막하게 말했다.

"사는 게, 고역일 때가 있어요. 우리가 할 수 있는 일이, 아무것도 없을 때가요."

제롬은 깊은 한숨을 토해내더니 젊은 여자의 품에 무너지며 울음을 터뜨렸다. 그는 한참을 울었다. 부엌의 창문 뒤에서 이를 지켜보던 폴이 미소 지으며 한숨을 내쉬었다. 드디어! 지난 몇 달간 제롬을 물어뜯던 슬픔이 은신처에서 빠져나왔다. 태연을 가장한 모습 뒤에 숨어 있던 슬픔이……. 모습을 드러내, 빌어먹을 슬픔아! 널 처단하겠어! 짭짤한 눈물 속에 녹아버려! 바다 깊은 곳으로 사라져버려! 줄리가 제롬을 더 꼭 끌어안기 위해 그의 무릎에 걸터앉고는 뤼도빅이 슬퍼할 때처럼 다독여주었다. 과연 좋아하는 장난감을 망가뜨린 세 살배기 어린애의 슬픔에 아내를 여읜 남자의 슬픔을 비유할 수 있을까? 누가 알겠는가?

슬픔과 땀이 섞였다. 좀 전에 혼신의 힘을 다한 결과로 쉰 냄새를 풍기든 말든 두 사람은 개의치 않았다. 지금 가장 중요한 것은 오로지 위안뿐이었다.

침묵과 눈물 속에서 30분 남짓을 흘려보낸 뒤 줄리는 제롬을 이끌고 집으로 돌아오는 데 성공했다. 그는 샤워를 하러 갔다. 땀을 씻어내고 부어오른 눈두덩을 진정시켰다. 몇 분 뒤, 수건을 목에 두르고 돌아오니 젊은 여자가 커피와 누텔라를 두둑이 바른 빵을 준비해놓았다. 단맛이 갓난아이들에게 위안을 가져다준다면 나이 상관없이 심사가 뒤틀린 사람들한테도 통할 터였다. 우리는 결코 유년의 나라와 완전히 이별하지 않는다.

폴은 제롬에게 숨통 틀 시간을 주기 위해 꼬마를 데리고 마을 산

책에 나섰다. 줄리도 욕실로 사라졌다. 제롬이 초콜릿크림 빵을 오롯이 즐길 수 있도록. 아마 누군가에게 들키지 않고 초콜릿크림 병을 싹싹 비우고 싶었던 적도 많았으리라. 줄리는 어쨌든 내일까지 누텔라가 남아 있기를 바랐다. 그녀 역시 유년의 나라와 완전히 이별하지 않았으므로.

오후 시간, 그야말로 눈부신 날이었다. 해변에는 연을 날리는 사람들이 있는가 하면 바닷물에 발을 담그는 사람들도 있었다. 파도 너머로 아이들의 즐거운 비명이 들려왔다. 제롬은 처음으로 세 사람과 함께 시간을 보냈다. 그가 앞서 걸었고 폴과 줄리가 룰루와 함께 작은 게들을 관찰하기 위해 이따금 멈춰서며 따라 걸었다. 그러다 아이가 문득 관심의 대상을 바꾸더니 10여 미터 앞에서 걷는 젊은 남자에게 종종걸음으로 다가가 손을 잡았다. 제롬은 이 돌연하고도 다정한 제스처에 움찔했으나 이내 자신의 차가운 손안에 이 조그마한 다섯 손가락을 받아들였다.

잠시 후, 룰루가 물었다.

"왜 아저씨는 한 버도 안 웃어?"

"슬퍼서."

"왜 스퍼?"

"아저씨 부인이 죽었어."

"왜 주었어?"

"슬퍼서."

"그럼 아저씨도 죽을 거야?"

"난…… 아니야, 절대!"

"그럼 안 죽을 거면 왜 한 버도 안 웃어?"

이 말에 제롬이 아이를 보면서 미소 지었다. 때로 삶은, 이토록 간단하다. 그가 아이를 번쩍 들어 올려 공중에서 둥실둥실 띄우다가 목말을 태웠다. 아이는 제롬을 볼 수 없었지만, 제롬의 입가엔 여전히 미소가 떠나지 않았다. 마치 아침의 눈물 이후로 자신에게 이를 허용했다는 듯.

아이가 몇 차례 콜록거렸다.

"어디 아프니?"

"아니, 그냥 감기 먹었어……."

그야말로 눈부신 날이었다. 해변에는 연을 날리는 사람들이 있는가 하면 바닷물에 발을 담그는 사람들도 있었다. 파도 너머로 아이들의 즐거운 비명이 들려왔다. 그리고 마음에 작은 위안이 깃들었다. 슬픔이 물러나면서 나머지 감정에 약간의 자리를 내주듯이.

마법사들의 시대엔 남자의 눈물이 매우 귀한 채집 대상이었다. 두꺼비 침처럼 희귀했다고 할까. 마법사들이 그것으로 무얼 했는지는 모르겠다. 사람을 더 착하게 만드는 마법의 시약을 만들었나? 아니면 더 인간적이거나 감정에 덜 인색하게 만드는 시약? 혹은 털이 덜 나게 만드는?

사내다움을 구실 삼아 남자들은 인생 최악의 순간에조차 끊임없이 눈물을 삼켜야했다. 마치 그러면 무언가 달라진다는 듯이. 하지만 눈물은 좋은 치료제다. 뇌를 씻어주고 슬픔의 때를 벗겨준다. 대체 불알이 달렸다는 이유로 울면 안 된다는 희한한 생각은 어디에서 나온 것일까?

오늘 아침, 제롬의 눈물 홍수를 유발한 것이 피로였는지 아니면 간밤에 마신 술기운이었는지 아니면 경주에서 졌다는 패배감, 또는 온통 복잡하게 뒤섞인 감정이었는지는 몰라도, 그가 웃었다는 것만은 안다. 그가 마음의 평정을 되찾을 날이 그리 멀지 않았음을 예감하게 하는 단순하고 진실한 웃음.

다행히 나는 제롬이 지독한 슬픔의 무게에 짓눌려 있음을 알고 있었다. 그렇지 않았다면 페브°가 들어 있지 않다고 징징대는 응석받이 아이처럼, 경주에 패했기 때문에 운다고 생각했을 것이다. 난 남을 이기게 해주기 위

○ 주현절에 먹는 갈레트 파이에는 사기로 만든 페브(잠두콩)가 들어 있어, 파이를 나누었을 때 자기 몫의 파이에 페브가 들어 있는 사람이 왕으로 뽑혀 왕관을 쓰게 된다. 사기 잠두콩 대신 작은 사기 인형을 쓰기도 한다.

해 슬쩍 봐주는 성격이 아니다.

열흘 전만 해도 눈물을 쏟은 사람은 나였다. 슈퍼 계산대에서 말이다. 그때 내가 물건을 계산해준 남자가 날 식당에도 데려가고 브르타뉴 여행에도 데려왔다. 오늘은 그가 내게 아들을 울게 해주어 고맙다는 인사까지 했다.

이게 말이 되는 이야기인가!

저 두 사람은 부녀자와 아동을 납치, 매매하는 거대 조직하고는 상관이 없어 보인다. 외려 아주 진실한 사람들 같다.

난 남의 돈을 이렇게나 많이 써본 적도 결코 없다. 맛들이지 않도록 조심해야 한다. 물론 지난 3년간 상팀 하나하나 계산해야 하는 생활에 하도 단련된 나머지 그리 빨리 변하진 않겠지만 말이다. 꿈에 부풀지 마, 줄리. 이런 날들은 지속되지 않아. 휴가가 끝난 3주 뒤엔, 슈퍼의 계산대가 널 기다리고 있어. 참을성 없는 진상 손님들과 악질 매니저와 지긋지긋한 동료들, 그리고 개 같은 삶이……

그러니 즐겨. 바다를 바라보며 눈빛이 별빛이 되는 세 살배기 사내애가 있잖아. 얼마나 달콤한 일이니……

그냥 아무 생각 말고 누리라고.

오늘 밤, 그 아이가 나한테 "사랑해"라고 말했다. 나도 "사랑해"라고 대답했다. 그랬더니 아이가 덧붙였다.

"그럼, 우린 서로 사랑하는 거야, 엄마."

그래, 나의 룰루, 우린 서로 사랑해.

손끝에
느껴지는

제롬은 새벽 무렵 잠에서 깨어났다. 간밤엔 잠들기 위해 술을 마시지 않았다. 작은 승리. 그는 운동화를 꿰신고 바닷가로 향했다. 어제 굴욕감을 안겨주고 자신이 폐인이 되었음을 자각하게 해준 어린 여자에게 다시 도전하려면 약간의 훈련이 필요하다. 물론 그동안에도 아침에 일어날 수야 있었지만 일어나야 할 이유를 잊고 있었다. 자, 이제 이유가 하나 생겼다. 게다가 고무적인 이유다. 체력을 되찾자. 줄리에게 이길 수 있다는 걸 보여주자. 그녀의 엉덩이가 뒤에서 쳐다보기에 즐거울 만큼 탄력 있긴 하지만, 알자스로 돌아가기 전까지 적어도 나란히 뛰는 수준에는 이르겠다고 다짐했다.

줄리는 창가에서 제롬이 나서는 모습을 지켜보았다. 그녀는 바지를 걸쳐 입고 아직 잠들어 있는 아이를 뒤로 한 채 조용히 방문을 닫고는, 최대한 소리를 내지 않으며 아침식사를 준비했다. 누텔라가 병 밑바닥에 조금 남아 있었다. 줄리는 작은 숟가락을 병에 넣어 작년 크리스마스 이후로 자신에게 허락지 않은 이 즐거움을 만끽했다. 그날 밤, 생일 파티에서 술만 과하게 마시지 않았다면, 친구의 창고 방에서 그녀를 유심히 보던 남자의 다정한 눈길에 넘어가지만 않았다면, 계획대로 분자생물학 엔지니어가 되기 위한 공부를 계속했다면, 누텔라를 일주일에 한 병씩은 살 수 있었으리라. 고등학교 졸업반 선생님이 줄리를 대학에 보내기 위해 무진 애를 썼고 심지어 등록을 위한 해결책까지 마련해주었다. 하지만 나머지가, 나머지가 문제였다. 결국 그녀는 '우수' 평가를 받은 과학 바칼로레아를 끝으로 학업을 중단했다. 셈을 할 줄 아는 능력이 슈퍼 계산원이 되는 데 유용했다. 하지만 '우수'라는 평가에는 다들 관심이 없었다. 그녀의 장래 희망에 대해서도.

'우수' 평가만으로는 누텔라를 사기에 충분치 않다.

학업을 계속했다면 누텔라를 컨테이너째로 살 수 있었을 텐데.

하지만 룰루는 존재하지 않았으리라.

아이를 생각하면 자신이 꿈꾸었던 분자생물학 엔지니어는 아무래도 좋았다.

그렇지 않은가?

제롬이 땀에 흠뻑 젖어 헐떡거리며 돌아왔다. 하지만 전날보다 표정이 좀 더 밝았다. 엔돌핀 한 방으로 삶을 다른 각도로 보게 되고 우그러들었던 얼굴의 주름도 펴졌다. 폴은 뤼도빅과 함께 빵을 사러 갔다. 매일 아침 먹는 바삭거리는 바게트가 누텔라만큼 맛있어서 금세 맛을 들였다. 그러니 둘을 함께 먹어야 마땅했다.

제롬은 샤워하러 가고, 줄리는 부엌 식탁에 앉아 전날 발행된 지역 신문을 훑었다. 그녀의 시선이 사건사고 면에서 멈췄을 때 의사의 휴대전화가 부르르 진동하더니 이어 벨소리가 울렸다. 줄리는 받지 않았다. 그녀는 비서가 아니니까. 액정화면에 '병원'이라고 떴다.

이놈의 여의사. 정말 거머리가 따로 없네!

전화벨이 멈췄다가 몇 초 뒤에 다시 울렸다. 똑같은 발신처. 줄리는 전화를 받았다. 응급상황일지도 몰랐다.

"여보세요?"

다급한 목소리가 외쳤다.

"여보세요, 카롤린이에요. 산모가 제대 탈출이에요. 어떡해야 하죠? 내가 뭘 어떡해야 하느냐고요?"

줄리가 의자에서 튀어 올라 욕실로 향하며 대답했다.

"제롬 선생을 바꿔줄게요."

남자는 샤워기의 물을 막 잠근 참이었다. 줄리는 그가 알몸인지 아닌지 개의치 않았다. 그녀는 다짜고짜 욕실로 들어갔다. 여의사가 얘기한 용어의 뜻은 몰라도 목소리에서 다급한 상황임을 감지할 수 있었다.

줄리는 제롬에게 전화기를 건네며 설명했다.

"카롤린이에요. 제대탈증이래요."

제롬이 전화기를 건네받으며 다른 손으로는 수건을 집어 들었다. 전화기에 물방울을 떨어뜨리지 않기 위해 얼굴과 머리칼을 닦으려는 것이었다.

"산모가 누구예요? 어떻게 된 거죠?"

"엄베르 부인이요. 엊저녁에 진통이 시작됐다면서 찾아왔어요. 검사했더니 자궁경부가 열려 있었어요. 양막 속의 아이가 위로 높이 들려서 엉덩이부터 보이더라고요. 제 손이 스치기도 전에 양막이 파열되더니 손으로 제대가 떨어졌어요."

제롬이 뒤로 돌자 줄리가 다른 곳을 보지 않기 위해 그의 눈을 똑바로 쳐다보면서 폴의 목욕 가운을 건넸다. 제롬은 팔을 목욕 가운의 한쪽 소매에 꿰고는 전화기를 다른 손으로 바꿔든 다음 반대편 팔도 마저 꿰고서 부엌으로 갔다. 최대한 집중하기 위해 창가에 서서 통화하려는 것이었다.

"그래서 조치는 어떻게 했어요?"

"손끝 하나 움직이지 않고 있어요. 아이 엉덩이를 최대한 위로 밀어 올렸고요. 구급차를 불렀으니 올 거예요."

"잘했어요. 계속 그러고 있어요. 엉덩이 쪽이라 천만다행이에요."

제롬은 손 두 개가 허리로 들어와 목욕 가운을 여미는 것을 느꼈다. 어렴풋한 전율이 등골을 훑고 지나갔다. 그는 고맙다는 손짓을 해 보였다.

젊은 여자가 딸꾹거리는 목소리로 불안해했다.

"설마 구급차가 여기까지 오는데 몇 시간씩 걸리진 않겠죠?"

"곧 도착할 거예요. 탯줄에 박동이 느껴져요?"

"네."

"박동수는요?"

"130, 140."

"좋아요. 남편한테 메모를 써서 병원 앞에 붙이라고 해요. '응급 환자 발생. 오후에 다시 오세요'라고."

카롤린이 잠시 전화기를 떼고 제롬이 시킨 대로 했다.

"그리고 또 뭘 하죠?"

"산모 남편한테 당신 가방을 가져오라고 해요. 당신은 산모한테서 손을 떼면 안 되니까."

그녀가 여전히 매우 불안한 목소리로 물었다.

"혹시 다른 방법이 있어요?"

"주먹 전체로 막아요. 힘이 덜 들 테니. 물론 탯줄을 터뜨리지 않도록 조심하고요. 그리고 기도해요. 자, 이제 끊읍시다. 그 사람들한텐 당신이 필요하니까. 그만 불안해해요. 불안은 전염될 뿐만 아니라 의원성醫原性 질환과 당신이 바라지 않는 사태를 유발할 수 있어요. 불안해하면 좋을 게 하나도 없다고요. 환자와 가족을 안심시켜요. 지금으로선 이상이 없고 당신이 필요한 조치를 했다고 말해주라고요. 당신은 구급차를 타고 제왕절개를 위해 수술실에 들어갈 때까지 그대로 있어요. 남편더러는 다른 차로 구급차 뒤를 따라오라고 하고. 아, 당신 차를 끌고 가라면 되겠군요. 그럼 일 끝난 후에 그 차를 타고 집으로 돌아오면 되니까. 손하고 팔이 무척 아플 테니 각오

해두는 게 좋을 거예요."

"지금도 이미 아파요."

"점점 심해질 거요. 좀 지나면 아예 아무런 감각도 없을 테고. 그래도 반드시 버텨야 해요. 당신 손끝에 생명이 달렸으니까. 그러니 지금은 절대 포기할 때가 아니에요. 육체적으로나 정신적으로나 끝까지 힘을 내요. 오직 당신만이 저들 셋이서 처음 맞는 크리스마스에 대한 희망과 기쁨을 줄 수 있어요. 자, 이제 전화를 끊고 부부를 안심시켜줘요. 진통은 있어요?"

"아니요, 엊저녁 이후로는 전혀 없어요."

"양막이 파열됐으니 진통이 시작될 위험이 있어요. 그건 구급대가 해결하겠지요. 심장박동은?"

"아직 괜찮아요. 아기가 꽤 위로 가 있어요. 만일 박동이 느려지면요?"

"손가락으로 엉덩이를 세게 눌러서 안으로 들여보내요. 트렌델렌버그 자세°로 만들라고요. 아니면 엉덩이 밑에 커다란 쿠션이라도 받치든가."

"손가락에 더 이상 아무런 감각도 느껴지지 않아요."

"그건 내 알 바 아니요. 당신은 무조건 눌러요. 그러면 돼요. 일이 다 끝나는 즉시 전화하고요."

제롬은 걱정스러운 얼굴로 전화를 끊었다.

___

° 누운 상태에서 머리는 두고 다리만 올린 자세.

"차라리 폐혈전 환자가 나을 뻔했어요."

그가 의문이 담긴 눈길을 던지는 줄리한테 말했다.

"제대탈증이 뭐예요?"

"제대 탈출. 양수가 터지면서 아이 밑으로 탯줄이 떨어지는 거예요. 탯줄이 자궁경부로 나오고 아이가 밑에 깔린 탯줄을 압박하면 영양을 공급하는 혈관이 끊어져요."

"그럼 아이가 죽는 건가요?"

"카롤린의 힘에 달렸소. 양자택일의 상황이요. 카롤린이 버티면 병원까지 가서 제왕절개 수술을 할 수 있고, 그렇지 못하면, 네, 아이가 죽을 수도 있어요. 엉덩이가 밑으로 가 있다니 그나마 다행이지만."

줄리가 외쳤다.

"젠장, 차라리 슈퍼 계산원이 낫겠어요."

"무엇을 추구하느냐에 달렸죠."

"이젠요?"

"이젠?"

"이젠 어떡할 거냐고요?"

"전화가 오기를 기다려야죠. 그리고 기도하고."

"푸, 시시해라."

"기도하는 게요?"

"네."

"난 묵주를 돌리면서 사도신경이나 주기도문을 암송하겠다고 말한 적 없어요."

"그럼 어떻게 기도해요?"

"당신과 마찬가지일 듯한데요."

"전 기도 따윈 절대 안 해요."

"그럼 '믿는다'고 해두죠."

"뭘 믿어요?"

"자기 자신이 아닌 다른 사람의 목숨이 달린 문제에 직면했을 때 발휘되는, 우리 모두에게 깊이 간직된 힘이요. 당신이 당신 아들한테 그렇듯 말이에요. 난 카롤린도 그렇길 바라는 거예요."

"믿음만으로는 언제든 충분치 않죠."

"그래요, 하지만 도움이 돼요."

줄리가 큰 확신 없이 물었다.

"알았어요, 그럼 나도 당신과 함께 믿어볼게요. 그런데 과연 우리가 이렇게 믿는다고 해서 프랑스 저쪽 반대편 끝에 있는 여의사 선생한테 도움이 될까요?"

"난들 알겠어요? 달리 내가 할 수 있는 일이 없는걸."

"음…… 아침 식사 준비했어요."

"별로 시장하지 않군요. 무력감이 밀려와서 또다시 속수무책이 돼버렸어요."

"왜 또다시죠?"

"이렌느한테도 속수무책이었거든요."

줄리가 결론지었다.

"믿음만으로는 언제나 충분치 않으니까요."

45분 뒤, 전화기가 다시 울렸고 제롬이 즉시 전화를 받았다. 줄리와 그사이 돌아온 폴이 제롬의 입술을 주시했다.

"축하해요, 카롤린 선생. 정말 훌륭해요. 아프가°는요?"

"1분에 3점, 5분에 6점, 10분에 8점이에요. 건강해요. 여자앤데, 빅토리아라고 이름 지었어요. 2.78킬로그램이고요. 아이가 크지 않아서 저한테도 도움이 됐어요."

줄리가 물었다.

"아프가가 뭐죠?"

제롬이 얼굴에서 전화기를 떼고 설명했다.

"신생아의 건강 상태 점수예요."

제롬이 다시 전화기에 대고 여의사한테 물었다.

"당신은요? 당신 아프가는요?"

카롤린이 무너져 내리며 대답했다.

"저도 3점이요. 그런데 저는 점수가 오르질 않아요. 아이가 정말 어떻게 되는 줄 알았거든요."

"하지만 무사하잖아요."

카롤린이 울먹였다.

"하지만 죽을 뻔했어요."

○ 출산 시 신생아의 상태를 피부색, 심장박동수, 근육의 긴장도, 호흡 상태, 자극에 대한 반응, 이렇게 다섯 항목으로 나누어 출생 1분과 5분에 측정한 수치. 10점이 만점이며 6점 이하의 신생아는 특별 관리에 들어가야 한다.

제롬이 차분한 목소리로 재차 말했다.

"하지만 무사하잖아요."

"네, 하지만 간발의 차이였어요. 구급차 안에서 맥박이 느려지는 걸 느꼈거든요."

"하지만 무사해요."

"만일 아이가 죽었더라면요?"

"그 아이가 지금 어떻죠?"

젊은 여자가 인정하기에 이르렀다.

"무사해요."

"좋아요. 손은 좀 어때요?"

"최악이에요. 팔도 마찬가지고요. 등까지 저릿해요. 살면서 이렇게 아파본 적이 없어요."

"대신 아이 하나가 목숨을 건졌잖아요. 그만하면 정당한 거래 아니에요?"

"맞아요, 더 무슨 불평을 하겠어요, 안 그래요?"

"내가 잘 아는 물리치료사한테 전화해둘게요. 곧장 가보도록 해요. 예약 환자들 틈에 당신을 끼워줄 거예요."

"그 사람이 뭘 해줄 수 있는데요?"

"그 친구가 병원 공사를 끝낸 지 얼마 안 됐거든요. 아마 아직 원내 구석을 돌아다니는 톱이 남아 있을 거예요. 지금 당신 상태로는 절단 말고는 방법이 없어요. 제 친구 일솜씨가 아주 깔끔하죠. 게다가 대단한 위스키 마니아라서 술 저장고가 이만저만 화려하지 않아요.

위스키 반병이면 아무런 아픔도 느끼지 못할 거예요. 나머지 반병은
잘린 자리를 소독하는 데 쓰면 되고요."

"고마워요, 확실하게 위로가 되네요!"

"그 친구가 마사지를 잘해줄 거예요. 하도 잘해서 왜 양손을 다 넣
지 않았는지 후회할 정도로요."

카롤린이 비죽이 웃으며 대답했다.

"옆에서 선생님 말을 듣고 있는 여환자가 없어 천만다행이군요."

"그 친구한테 환상을 품어봐야 소용없어요. 유부남이니까."

"전 지금 환상을 품을 상태가 아니거든요."

"그게 나라도 말이에요? 내가 이래봬도 조금 전에 당신 전화를 받
았을 때 알몸이었다고요."

"……"

"여보세요?"

"그만하세요, 선생님. 거북해요."

"아픔을 잊게 해주려던 거였어요."

"차라리 물리치료사 친구 분한테 전화해주세요. 그분이 전문가일
테니까."

"그 친구보단 내가 더 자유로운데……."

"지금 저한테 작업거시는 거예요?"

"작업이라고 해도 좋고요. 어쨌거나 당신은 죽을 뻔한 어린애의
목숨을 구한 사람이에요. 꽤 감동받았다고요."

카롤린이 진단했다.

"선생님 많이 좋아지신 것 같아요."

"그래요. 머릿속을 청소했거든요. 거미들의 할로윈 파티가 벌어지는 귀신 들린 성보다 더 지저분했었죠. 지금도 방들을 한칸 한칸 청소하는 중이에요. 가구들을 덮었던 천들도 털어내고요. 먼지가 날리긴 하지만 이젠 좀 더 선명하게 보이죠."

"다행이군요. 끊기 전에 마지막으로 한 가지만 여쭤볼게요."

"뭐죠?"

"제대 탈출이 폐혈전 대신인가요?"

"그런 것 같아요. 아니라면 당신한테 정말 액운이 끼었다고 봐야죠. 자, 그럼, 내일 또 통화합시다."

"어머, 아니에요. 더는 전화할 일 없을 거예요. 위급 상황은 지나갔으니까요."

"내가 궁금해서 그래요. 병원이나 환자들, 그리고 당신 소식을 전해 들으니 나도 좋군요."

"그럼 매일 저녁 할까요?"

제롬이 장난을 쳤다.

"이런, 힘이 넘치는군요! 내가 매일 그럴만한 컨디션이 될는지 모르겠는데."

"알겠어요, 이만 끊을게요. 뭐든 삐딱하게 해석하시니 말이에요. 안녕히 계세요."

제롬이 웃으며 전화를 끊었다. 이런 식의 도발을 하며 슬거워해본 지 오래다. 카롤린은 정말 좋은 상대였다. 반응이 즉각 왔다. 갑자기 얼굴을 붉히는 모습이 전화기를 통해 전달되었다. 계속해서 짓궂게 굴고 싶은 마음을 부추긴다고 할까. 제롬이 고개를 드니 줄리와 폴이 재미있어 하며 그를 관찰하고 있었다.

"뭐가요?"

"아무것도!"

두 사람이 합창으로 대답하고는 낄낄거리며 자리를 떴다.

위기에서 살아난 아기가 모두의 기분을 밝게 만들었다.

그럴만하지 않은가.

알고 보니 슈퍼 계산원은 그리 괴로운 직업이 아니었다. 내가 겪는 위기라곤 유리병을 깨뜨린다든가, 계산을 잘못한다든가, 반쯤 개봉된 밀가루 봉지를 떨어뜨린다든가, 도난방지 태그 제거를 잊어버린다든가 하는 일이다. 이런 일에는 누군가의 목숨이 달려 있지 않다.

나는 이제껏 손끝으로 심장박동을 느껴야 하는 이 직업을 깊이 생각해 본 적이 없었다. 제롬은 침착성을 유지했지만 나한텐 그의 불안이 고스란히 전해졌다. 그는 정말로 불안해하는 여의사에게 자신의 불안을 드러내지 않았다. 내가 그들의 처지였다면 혼비백산했을 것이다. 그런 상황에 대처하려면 막강한 정신력이 필요할 듯하다.

제롬은 꽤 잘 빠진 남자다. 육체적으로 말이다. 더러운 성격만 아니었다면 사랑에 빠질 수도 있을 남자. 하지만 점점 나아지고 있다. 폴이 왜 그가 울기를 바랐는지 이제는 더 잘 이해할 수 있다. 눈물이 그리스도의 십자가를 짊어진 것 같은 그를 해방시켰다. 조깅이 그런 변화를 가져오리라곤 생각지도 못했다.

그래도 더러운 성격이 어디로 가진 않는다.

그리고 언뜻언뜻 드러나는 여성 혐오 경향.

쳇!

양파

미소가 번지고, 입이 풀리고, 시선이 부딪친다. 서로가 서로에게 서서히 길드는 분위기. 제롬은 아직 약간의 불신으로 병풍을 치고 있지만 상황을 서서히 받아들이기 시작했다. 되새김질은 끝나지 않았고 되씹을 거리들은 또 생겨나겠지만, 지금으로서는 식욕이 없는 사람이 서 있기 위해 아무 맛도 모른 채 음식을 기계적으로 삼키듯 두 모자로 인해 힘을 얻는 데 만족한다. 적어도 서 있긴 하니까. 어쩌면 이것이 이렌느가 죽은 이후로 가장 그리웠던 무언가가 아닐까? 인간의 온기. 눈짓 하나, 미소 하나, 유쾌함 하나. 주변을 감싸는 각양각색의 사람들의 무지개.

오늘 아침, 뤼도빅은 물감과 붓 상자를 꺼내 종이에 커다란 반원을 그렸다. 파란 물잔에 간간이 붓끝을 적시며 그림을 그린 아이가 엄마에게 말했다.

"이거 봐, 엄마. 파라 무지개야."

줄리가 아이를 다정하게 바라보았다. 아이는 새로운 종이를 집어들며 덧붙였다.

"이제 노라 무지개르 그리 거야."

제롬이 평가했다.

"말을 곤잘 하네요. 받침이 제대로 안 나와 아쉽긴 하지만."

줄리가 대답했다.

"눈물과 마찬가지죠. 때로 제대로 나오지 않아 아쉽다는 점에서요. 하지만 언젠가는 나오게 돼 있죠……."

제롬은 그저 웃어 보였다. 그는 부엌에서 한창 분주하게 몸을 놀리는 아버지를 바라보았다. 폴은 소고기 스튜 요리법을 꺼내놓고 소금의 무게까지 재면서 지시사항을 철저히 따랐다. 줄리는 피식 웃음이 났다. 요리는 직관이라 믿었기에. 제롬은 따분하다고 생각하는 편이었다. 줄리가 아니라 요리 말이다. 줄리는 절대 아니다.

결국 폴이 눈물을 줄줄 쏟았다. 양파 때문이다. 눈을 점점 세차게 끔뻑거리더니 급기야 도마와 칼을 왈칵 팽개치고는, 허둥지둥 더듬으며 밖으로 나가 눈에다 바닷바람을 맞았다. 줄리가 잠자코 일어나 폴이 팽개친 양파들의 껍질을 마저 깠다.

몇 분 뒤, 젊은 남자가 물었다.

"당신은 눈물 안 나요, 양파에?"

"아니요, 난 쉽게 울지 않아요."

"그러면서 내 눈물이 쉽게 안 나온다고 타박한 거예요?!"

"정말 필요할 땐 울 줄 알아야 해요. 하지만 한낱 양파 때문에 울어야 할 이유가 있겠어요? 적어도 이 채소한테 각별한 애정이 있어서 반으로 자르는 꼴을 견딜 수 없다면 몰라도요. 혹시 아버지가 양파한테 각별한 애정이 있나요?"

"단순한 화학반응일 뿐이에요. 무슨 허무맹랑한 설명이 듣고 싶어서 그래요?"

"장난 좀 쳤어요. 난 양파에 울어본 적이 없어요. 체질이 그래요. 발가락 관절이 유난히 유연한 사람들이 있잖아요. 또 어떤 사람들은 혀를 동그랗게 말 수도 있기도 한 것처럼, 난 양파 때문에 눈물을 흘리진 않아요. 아무래도 플랑베 파이° 식당에 취직해야 할까 봐요. 양파 껍질 벗기기 담당으로. 정말 멋진 직업 아닌가요?"

"워낙에 남자들도 잘 벗기니 괜찮겠군요!"

줄리가 놀라서 물었다.

"내가 남자들을 잘 벗겨요?"

"남자들을 한 꺼풀 한 꺼풀 벗겨내 속살을 드러내게 하잖아요. 껍질을 벗으면서 우는 쪽은 당신이 아니라 남자들이지만……."

"정말요? 하지만 전혀 의도한 바가 아니에요."

그때 폴이 들어왔다. 아직 해로운 물질로 뒤덮인 손가락을 사용하지 않기 위해 손등으로 마지막 눈물을 훔치면서.

° 동그랗게 썬 생양파와 베이컨을 올린 생크림 파이로, 알자스 지방의 전통 음식.

줄리가 그를 가리키며 변호했다.

"저건, 정말 양파가 그런 거예요."

폴은 줄리가 양파 껍질 까기 단계를 마쳐놓은 것을 보며 눈에 띄게 안도하는 모습을 보였다. 그가 그녀의 이마에 키스하며 아주 조금으로도 행복해질 수 있다고 말했다.

때론 아주 조금으로도.

제롬이 아버지한테 물었다.

"오늘 배 좀 타도 될까요?"

"좋도록 하렴. 점검해놓긴 했을 텐데, 그래도 항구에 가서 레옹한테 한 번 더 물어봐라."

잠시 뒤, 폴이 아들한테 제안했다.

"줄리도 데려가지 그래?"

젊은 여자가 난색을 표했다.

"오, 안 돼요, 안 돼요, 안 돼. 전 물하고 거리가 멀어요. 모래밭은 얼마든지 달릴 수 있지만 물 위를 가르는 일은 안 돼요, 안 돼. 제 특기가 아니에요."

젊은 남자가 거들었다.

"오늘 바다가 얌전해요."

줄리가 반박했다.

"그래도 파도는 늘 있는걸요."

"당신은 울지 않고 양파 껍질을 까지만 난 발가락이 매우 유연하고 혀도 동그랗게 말 수 있어요, 자, 봐요!"

그가 자신의 말을 입증해 보였다.

"특히 당황하지 않고 배로 대양을 횡단할 수 있지요."

"좋아요! 가겠어요."

"당신을 설득하려면 자존심을 건드려야 하는군요, 그렇죠?"

"뤼도빅은요?"

폴이 대답했다.

"내가 데리고 있을게. 내 메모리 실력이 일취월장하는 중이거든, 이럴 때 고삐를 늦추면 안 되지."

"오후에 뤼도빅이 낮잠을 자면 선생님 혼자서 연습해보세요."

폴이 곤혹스러워하며 제안했다.

"배 위에서 나한테 그 선생님 소릴랑 그만둘 생각이나 해봐."

줄리는 뤼도빅을 재운 뒤, 물에 젖었을 때를 대비해 바꿔 입을 옷가지를 챙겼다. 겁이 나긴 했지만, 갈 것이다. 사실, 줄리는 체면이 깎이는 일은 질색이다. 구명조끼가 있으니 그리 위험하진 않으리라. 게다가 대서양 횡단에 나서는 것도 아니다. 그저 해안을 따라 한두 시간 바다를 돌 테고, 그러면 바다를 두려워하지 않는다는 사실도 증명할 수 있을 터.

혀를 동그랗게 말기는 3년째 연습 중이다. 선천적인 문제인 듯한데, 그녀로서는 절대 이를 수 없는 경지였다.

하지만 절대라는 말은 절대 해선 안 된다. 생각이 날 때마다 줄리는 거울 앞에서 연습했고 조금씩 혀끝이 말리기 시작했다.

줄리가 사륜구동차에 오르자 제롬이 미소로 맞았다.

"긴장 풀어."

"이젠 반말하기로 했어요?"

"이제부터 고도로 짜릿한 순간을 함께 겪을 텐데 반말쯤은 해도 되지 않을까?"

"그거 나더러 안심하라는 소린가요?"

"아니, 긴장을 풀어주려고."

"그렇다면 별로네요."

"대체 어떤 위험이 있다는 거지?"

"바다에 나갔을 때 당할 위험이요? 예를 들면 상어의 습격?"

"여긴 브르타뉴야, 아프리카 레위니옹 섬이 아니라."

"표류할 수도 있죠!"

"여긴 아이스버그가 없는데……."

"납치라도 당해서 인질이 되면요?"

"우리 아버지가 몸값을 지불할 능력이 돼."

"아, 그거 괜찮네요!"

"특히, 그게 사실이라는 점!"

줄리는 엷어지는 확신 속에서 계속 열거했다.

"고래한테 먹히면요?"

제롬이 놀렸다.

"성경을 너무 많이 읽었거나 아들이랑 월트 디즈니 만화를 너무 많이 봤구먼"

"뭍으로 돌아오는 길을 못 찾으면요?"

"일몰 반대 방향으로 가면 돼, 그러면 해안 쪽으로 오게 돼 있으니까……."

아이디어가 바닥난 줄리는 결국 입을 다물었다. 그녀는 뭔가를 틀리거나 약점과 공포를 내보이는 일에는 질색한다. 그렇기에 바다에도 질색한다. 왜냐하면 새로운 경험이므로. 줄리는 새로운 경험이 두렵다.

항구의 작은 주차장에 차가 서자 줄리는 정박된 배들을 한 척 한 척 흘끔거렸다. 단단한 육지에서 떠나게 할 배를 확인하고 싶었는데 그중 '유성'이란 배가 눈에 들어왔다. 별 장식 없이 단순했지만 잘 관리된 배였다. 그녀는 이 배이기를 바랐다. 이름도 마음에 들었다.

레옹한테 상담하러 갔던 제롬이 만면에 웃음을 띠며 돌아왔다. 그는 가까이 와서 혀를 날름 내밀었다. 물론 동그랗게 말고서. 줄리는 인상을 구기는 것으로 화답했다. 언젠간 해내고 말리라.

제롬이 안에 타라는 신호와 함께 보조 밧줄을 끄르면서 말했다.

"일주일 전에 점검했다는군. 우리가 오기만을 기다리고 있었어."

"이거예요? 배가?"

"아니, 배가 아니라 우리를 유성으로 이끌 수단."

줄리는 미소 지었다. '유성'이었다.

그녀가 물었다.

"구명조끼는 있어요?"

"조난 신호탄까지 있는걸. 하지만 사용할 일은 없을 거야. 바다가 얌전하니까 걱정 말라고."

"걱정 안 해요."

"거짓말."

제롬은 배 옆으로 가서 보조 밧줄을 싣고는 줄리가 배에 오를 수 있도록 손을 내밀었다. 요트가 덜컹거렸다. 줄리는 능력껏 중심을 잡으려고 애쓰며 대체 왜 이 고역을 자처했는지 자문했다. 단순히 자존심 때문 아니었던가. 그야말로 우스꽝스럽기 짝이 없는 행동이었다. 이제야 이런 생각이 들다니…… 너무 늦었다.

감수해, 이 여자야! 겸손이 뭔지 배우게 될 테니!

작은 선실로 들어간 제롬은 모터를 작동시켜 항구에서 배를 빼냈다. 줄리는 능숙하게 배를 모는 제롬을 호기심 어린 눈초리로 바라보았다. 제롬은 어머니가 사망한 이후로 아버지와 함께 종종 배를 타고 바다로 나갔노라고 털어놓았다. 다른 사람들은 상상조차 할 수 없는 아픔을 일상적으로 겪어야 했던 부자父子가 멀리 대양의 고독에 위로받던 시간들. 그 가운데 부자의 결속감은 싹텄다. 계속 걷든가, 죽어버리든가. 선택지는 많지 않았다. 제롬은 몇 해 동안 아버지의 눈빛에서 어머니 뒤를 따르고 싶어 하는 마음을 읽었다. 하지만 아버지는 끝내 걷는 쪽을 택했다. 아들을 위해. 제롬 역시 지난 몇 달 동안 진정 죽고 싶은 심정이었다. 더러 위험 수위에 이르기도 했다. 하지만 오늘 오후, 배 위에서 뜻하지 않은 위안을 맛보았다. 이유는 모른다. 이 여자 때문에? 아니면 사랑스러운 그녀의 아들, 혹은 엄격하면서도 자상한 아버지 때문에? 아니면 이 브르타뉴 여행에서 그들이 너무나 잘 어우러져서? 그도 아니면 이를 악물고 받아들여야 했던, 덮개로 가려진 것을 일거에 날려버린 완패한 조깅 경기 때문에? 무엇이 됐건 중요하지 않다. 비록 완전히 극복하진 못했지만 아직 시간이 있으며, 중요한 것은 늪에서 수면으로 떠오르는 일이라는 사실을 제롬은 알고 있다. 올라가는 각도나 속도는 중요하지 않다. 수면이 여전히 존재한다는 점을 느끼는 것만으로도 무엇보다 위안이 된다.

항구로 들어오는 몇몇 배들이 제롬과 줄리가 탄 배를 스쳐갔다.

그들은 좀 늦게 출항했다. 극히 간단한 코스로 항해한다 해도 밤에나 돌아올 터였다. 제롬은 어둠 속에서 한층 고조될 마법 같은 망망함으로 빠져들 생각에 기분이 좋았다. 바다 한가운데서 배의 모터를 끈 뒤, 등 뒤로 두터운 어둠을 느끼는 순간. 저 멀리에서 규칙적인 리듬으로 껌뻑거리는 작은 점 같은 어렴풋한 등대 불빛을 마주하는 순간을 상상하자니 즐거웠다. 이런 식으로 부녀방들이 느낄 법한 감정에 가까이 다가가는 것이.

하지만 해가 떨어지려면 좀 더 있어야 한다. 늦은 오후는 아름다웠고, 하늘은 찬란했다.

그들은 인적이 없는 멋진 해안을 따라 항해하다가 키브롱을 돌아 모르비앙 만 입구를 향해 직진했다. 케르프니르 곶에 케르드르 성모상이 우뚝 서 있었다. 이 지역은 통과하기가 까다롭다. 물살이 극도로 거세다. 언젠가부터 밀물과 썰물이 높이 들이치는 것이 머지않아 만 전체를 뒤덮을 기세다. 제롬이 협로를 지나는 배들을 수호하는 이 성모상의 전설을 들려주었다.

경이로운 풍광이 눈앞에 펼쳐졌다. 줄리는 산을 좋아하지만 바다도 이제 마음에 차오르기 시작했다. 그러지 않아도 파도에 마음을 빼앗긴 차였는데 여기에 모르비앙 만이 가세했다. 제롬은 이 지역을 완벽하게 꿰고 있는 듯했다. 아무렴, 이곳을 찾은 지 30년 아닌가.

몇 시간 동안 섬 사이를 유영하며 이 지역 특유의 식물군과 목신이며 살가운 작은 만들, 섬 기슭의 수상 가옥들, 섬 여기저기에 일궈놓은 밭들을 관찰한 뒤, 다시 키브롱 쪽으로 방향을 틀었다.

미세한 오렌지빛이 바다와 하늘 어름의 수평선을 물들이기 시작했다. 하늘 꼭대기는 여전히 푸르렀다. 첫 번째 별이 반짝거렸다. 다른 별들에게 상황을 보고하는 정찰별이라도 되는 듯이. 일기예보에 따르면 오늘 밤 아름다운 별 군단이 반짝거릴 예정이란다.

공기가 쌀쌀했다. 제롬이 양모 스웨터 두 장과 생각보다 늦을 때를 대비해 커다란 담요 한 장을 가져온 터였다. 비록 낮 동안엔 햇살이 찬란하지만 순식간에 매서운 추위가 들이닥치는 때가 10월이다.

줄리가 의심스럽다는 목소리로 물었다.

"담요는 왜 가져온 거죠?"

"혹시 상처 입은 돌고래가 있을지 몰라서."

"장난해요?"

"응, 왜?"

"나랑 뭔가 할 속셈인가 봐요?"

"아주 많은 걸."

"예를 들면요?"

"가령 당신한테 내가 의사놀이를 아주 좋아한다고 여기게 만든다든지."

줄리가 자극했다.

"조심하는 편이 좋을걸요, 난 아주 특별한 진료를 요구할지도 모르니까……"

제롬이 슬쩍 웃으며 대답했다.

"어디 한번 볼까?"

"됐어요. 위험한 불장난은 그만두죠."

남자가 동의했다.

"그래, 알았어."

"이제 말해봐요, 저 담요는 왜 가져온 거죠?"

"해가 떨어지면 별은 잘 보이지만 날이 매서워지거든."

"왜 별 얘기를 하는 거예요? 두어 시간 잠깐 돌다 간다면서요?"

"그렇게 말했던가, 내가?"

"룰루도 걸리고요."

"룰루는 아버지한테 세 살배기 어린애를 상대로 한 게임에서 번번이 패하지 않는 품격을 가르쳐줄 거야. 그러려면 저녁 시간을 온통 잡아먹어야 할 테고, 이내 곯아떨어지겠지. 우리가 아직 돌아오지 않은 것도 모른 채 말이야."

"내가 만일 더 어두워지기 전에 돌아가고 싶다면요?"

"수영할 줄 알아?"

"아니요."

제롬이 진짜로 놀라며 되물었다.

"수영할 줄 몰라?"

"못한다고 했잖아요."

그가 만면에 웃음을 띠며 대답했다.

"그렇다면 당신 운명은 내 손에 달렸군."

줄리가 비아냥거리며 대답했다.

"와, 신나는걸요."

"별자리 볼 줄 알아?"

"큰곰자리는 알아요."

"좋은 출발이야."

"이러다 내가 만일 아프기라도 하면요?"

"물고기들 밥이 되면 되지."

줄리가 비아냥거리며 받아쳤다.

"아주 멋지네요!"

항해는 결국 줄리한테 즐거운 산책이 되었다. 그들이 해안 여기저기를 지나다니고 벨일랑메르를 스치는 사이사이 제롬은 반도와 키브롱 만의 지형을 설명해주었다. 그러고는 항해에만 집중했다. 어쩌면 그도 멋쩍었으리라. 비록 의사놀이를 할 작정은 아니었지만 줄리는 그의 취향이 아니었다. 너무 어리고 품위도 없었다. 그렇다 해도 유연한 목선을 따라 내려간 곳에 감춰진 동그란 젖가슴에 무감각할 순 없었다.

젊은 여자가 기습공격을 했다.

"그렇게 자꾸 쳐다보지 좀 말래요?"

"뭘 쳐다본다고?"

"내 젖가슴 말이에요."

"당신 젖가슴 본 적 없어."

"거짓말."

"그래, 알았어, 봤어. 하지만 별다른 나쁜 짓은 안 했잖아, 안 그래?"

"그건 그래요……. 하지만 별이 빛나는 밤이니 뭐니 하면서, 의사놀이를 좋아한다느니 자기한테 내 운명이 달렸다느니 하더니, 지금은 젖가슴을 흘금거리는데 내가 걱정이 안 되겠어요?"

"난 교육을 잘 받은 사람이야. 털끝 하나 안 건드린다고. 하지만 당신이 몹시 원하면 노력은 해볼 수 있어."

줄리가 반발했다.

"꿈도 꾸지 말아요! 당신은 여자한테 말하는 법을 알아요, 그건 부인할 수 없어요. 내가 사정하면 노력하겠다고요? 사정 따윈 하지 않아요. 하지만 남자들은 보통 여자를 건드리는 데 그리 많은 노력을 쏟지 않죠."

"그건 내가 생각하는 사랑이 아니야."

"나도 마찬가지예요."

남자가 결론을 내렸다.

"이로써 합의가 이루어졌군."

"그럼 이제 내 젖가슴을 흘금거리지 말아요!"

"그러지. 하지만 나쁜 짓은 전혀 하지 않았잖아. 그저 좀 보면서 힘을 얻은 것뿐이라고."

그녀가 놀리는 어조로 제안했다.

"그럼 한번 만져도 볼래요?"

"아니, 그건 너무 위험해!"

"석류도 아닌데요, 뭘!"

"그래도."

"혹시 너무 굶주린 거 아니에요?"

그가 씁쓸하게 인정했다.

"그럴 가능성이 있어."

"하지만 이렌느가 그렇게 된 지 오래되지 않았잖아요?"

"같이 자지 않은 지는 오래됐어."

"그건 부부의 기본 아니에요?"

"응, 정상적인 부부라면. 이렌느는 환자였어. 우울증이 깊었지. 누가 자기를 건드리는 걸 못 견뎠어. 육체에 대해 병적인 태도를 보였지. 내가 예쁘고 매력적이라고 말해줘도 소용없었어. 자기 자신을 못 견뎌 했어."

"당신은요. 그걸 견딘 거예요?"

"선택의 여지가 없었어. 사랑했으니까. 사랑의 이름으로 많은 것을 견딜 수 있지."

"왜 사랑했어요?"

"사랑이 설명할 수 있는 거였나? 처음 듣는 소식인걸!"

"그렇진 않지만 정상적이지 않은 부부생활에 지칠 순 있으니까요."

"그럴 수도 있지. 하지만 그렇다고 이렌느를 놓을 순 없었어."

"그런데 이젠 그립군요."

"그것도 모르겠어."

"난 알아요. 그렇지 않다면 고깃덩어리를 본 사자가 침을 흘리듯 내 젖가슴을 흘금거리진 않을 테니까요."

제롬이 과장된 동작으로 손등을 턱에 가져가 확인했다.

"침 안 흘렸는데!"

줄리는 제롬의 입가를 가리키며 말했다.

"흘렸어요, 여기 봐요!"

"남자들을 죄다 발정 난 수컷으로 보지는 마. 사실과 거리가 머니까."

"정말요? 난 심히 의심스러운걸요. 그런데 부인 상태가 왜 그렇게 안 좋았죠?"

"처음 만났을 때부터 늘 불안정했어. 어쩌면 그래서 이렌느를 사랑했는지도 몰라. 내가 구세주라도 된 기분이 들었으니까."

줄리가 담담하게 지적했다.

"실제로 그랬고요."

"내가 왜 괴로운지, 왜 바다로 나와야 하는지, 모든 걸 잊기 위해 왜 노력해야 하는지 알아? 이렌느와 좀 더 함께 있어주지 못했다는 죄책감 때문이야."

"부인의 죽음은 당신 책임이 아니에요. '하늘은 스스로 돕는 자를 돕는다'는 말도 있잖아요. 구렁에 빠진 사람한테 손을 내밀 수는 있지만 그가 당신이 내민 손을 잡지 않는다면 달리 방도가 없어요. 함께 구렁에 빠지지 않는 한은 말이에요. 그게 해결책도 아니고요."

제롬은 한참 동안 말이 없었다. 노상 낡은 청바지를 걸치고 다니는 철부지로만 여겼던 여자애가 한 말을 곱씹었다. 자기가 초보 여의사를 안심시키기 위해 찾아낸 비유와 정확히 일치했다. 이렌느와 자신의 경우에는 해당되지 않는다고 애써 외면했던 말이기도 하다. 왜 그들 부부에게는 해당되지 않겠는가?

마침내 밤이 내려앉았다. 제롬은 배 전면의 헤드라이트를 켰다. 해안의 불빛들이 더는 보이지 않았다. 멀리서 번쩍거리는 등대 불빛뿐. 제롬은 등대의 강력한 불빛을 피해 조금 더 멀리 나아간 다음 모터를 끄고 헤드라이트도 껐다. 줄리는 전율했다. 돌연한 어둠과, 파도의 철썩거림으로도 거의 깨지지 않는 정적에 피가 얼어붙는 기분이었다.

줄리는 그에게 바짝 다가가며 아주 작은 목소리로 물었다.

"정말 조금도 위험하지 않아요?"

"고속도로에서 차 안에 있을 때보다 더 안전해. 대체 무슨 일이 일어난다는 거야? 모비딕이 나타나 배를 들어올리기라도 할 것 같아?"

"몰라요. 그냥 무서워요. 그뿐이에요."

그가 그녀를 감싸 안으며 말했다.

"자, 이리 와. 이러니까 좀 나아?"

기나긴 포옹이 이어졌다. 누가 누구를 안도하게 하는지 모른 채. 제롬은 온몸 깊이, 일종의 온기에 둘러싸이는 기분이었다. 이런 종류의 강렬한 감정을 느껴본 경험이 많지 않았다. 아주 멀리까지 거슬러 올라가야 만날 수 있는 감정, 엄마의 품에서 느꼈던 감정이랄까. 제롬이 조용히 흐느끼기 시작했다.

줄리가 진지한 목소리로 물었다.

"배에 양파를 가져왔어요?"

제롬이 울다 웃으며 대답했다.

"당신이 정말, 강력한 양파야. 내 말이 맞았지? 당신은 남자를 울게 한다니까."

"제가 당신을 울렸다고요? 무슨 그런 억지 일반화가 있어요? 전 아무 짓도 안 했어요. 무섭다고 해서 당신이 안아줬고, 당신이 운 거라고요. 그게 왜 제 책임인지 어디 한번 설명해봐요."

"당신 책임 아니야. 내가 바보야."

"그래서 운 거예요? 갑자기 그걸 깨달아서요? 하긴 그렇다면 확실히 슬프긴 하겠네요."

"그럴 땐 적어도 '무슨 말이에요, 그렇지 않아요, 당신은 바보가 아니에요', 이렇게 대답해야 하지 않나? 그래야 내가 안심이 되지."

"난 속이질 못해요. 내가 처음 당신 아버지 차에 올랐을 때부터 차를 타고 여기 오는 내내, 그후 며칠까지도, 당신이 날 나쁜 여자로 여긴다고 느꼈어요. 그러니 바보죠, 그런 생각을 하다니 말이에요."

"맞아, 난 용서할 수 없는 인간이야. 회개할 수 있을까?"

"언제든지요. 하지만 몇 가지 조건이 있어요."

"내가 깜짝 놀라게 해줄까?"

"어디 그러시든가요."

제롬은 줄리를 혼자 내버려둔 채 선실로 달려갔다. 완전무결한 어둠. 줄리는 다시 한 번 전율했다. 모비딕! 제롬이 매트리스를 양 겨드랑이에 끼고 나타나 벌어진 문틈으로 빠져나오려 했다. 그는 매트리스를 갑판에 던지고는 다시 담요를 가지러 갔다.

줄리가 외쳤다.

"아이코! 드디어 문제의 담요 시간이 돌아왔군요."

"당신은 이렌느보다 더 잘 받아들일 수 있기를 바랄 뿐이야. 벌써 몇 해 동안이나 내 안에 도사리고 있는 이 지독한 좌절감을 방출할 시간이니까."

"무섭게 왜 그래요…… 무슨 얘기예요?"

"별들을 볼 거야."

"무슨 별이요?"

그가 매트리스를 가리키며 명령했다.

"거기 누워."

줄리는 어떤 일이 벌어질지 잘 모른 채 명령에 따랐다. 어쨌거나 도망을 칠 수도 없는 마당이다. 수영을 할 줄 안다 해도 어둠은 무시무시했다. 그녀는 다시 선실로 달려가 두툼한 스웨터와 쿠션을 두 개씩 들고 돌아오는 제롬을 바라보았다. 쿠션에서 곰팡내와 요오드 냄새가 풍겼다. 제롬은 스웨터 가운데 작은 것을 내밀며 입으라고 권한 뒤, 줄리 곁에 누워 담요를 덮었다.

그가 말했다.

"자, 이제 약 15분 동안 눈을 감아."

"이게 깜짝 놀라게 해주는 거예요?"

"눈을 감고 난 다음 바로 그렇게 돼. 우리 머릿속이 완전한 암흑이 돼야 하거든."

"웃기는 얘기군요. 이보다 더할 수 없는 암흑 속에 있는걸요. 엉덩이 속에 쏙 들어간 좌식알약이 된 기분이라고요."

"우아함의 극치군, 줄리!"

"당신 수준에 맞춰 얘기하려던 것뿐이에요."

"아예 나도 똥구멍 취급하지 그래!"

"당신 전공 말이에요. 의학적으로 얘기한 거라고요."

"됐으니까 그만 입 다물고 이 순간을 즐겨. 눈 감아."

두 사람은 이 상태로 30분 남짓을 흘려보냈다. 줄리는 크리스마스 트리 아래에 놓인 선물을 보고 있는 아이처럼 초조해하며 이제 그만 눈을 떠도 되느냐고 수차례 물었고, 그때마다 제롬은 줄리의 반응을 은근히 즐기며 급할 게 없다는 대답을 되풀이했다.

급할 것은 전혀 없다.

마침내 줄리는 다른 곳을 절대 쳐다보지 말고 오직 하늘만 바라보아야 한다는 조건으로 눈을 떠도 좋다는 허락을 받았다. 줄리가 다른 곳은 어차피 암흑이라고 대꾸했지만 제롬은 눈이 어둠에 익숙해졌으니 우주의 심오함에 몰입할 수 있는 유일한 방법은 오직 별들만 똑바로 바라보는 거라며 주장을 굽히지 않았다.

줄리는 살며시 눈꺼풀을 들어올렸다. 완전한 어둠이 깔린 극장에서 무대의 장막을 들어 올리는 기분이었다. 눈앞에 3차원의 세계가 펼쳐졌다. 어쩌면 4차원일지도. 길이, 넓이, 깊이, 마음의 평화, 모든 것이.

매혹적인 수많은 별들의 향연. 경이로운 광경이었다. 줄리는 이렇게나 많은 별들은 난생처음 보았다. 작은 별, 통통한 별, 각기 다른 밝기로 반짝이는 색색의 별. 가까이 있는 별들과 좀 더 멀리 떨어진 별들이 구분되었다. 줄리는 더 이상 대서양을 떠다니는 배의 갑판에 있지 않았다. 우주 한가운데 있었다. 이런 조건에서 별들을 관찰할 기회를 한 번도 가져보지 못했다.

"당신이 알고 있는 것에서 출발해보자고. 큰곰자리가 어디 있지?"

줄리가 하늘을 가리키며 말했다.

"쉬워요! 저기요."

"큰곰자리로부터 북극성을 찾아낼 수 있겠어?"

"아니요."

"큰곰자리의 국자 끝을 기준으로 마지막 두 별 사이 거리의 다섯 배를 더 간 자리에 북극성이 있어. 이 별이 작은곰자리의 머리이기도 하고."

"북극성이 목동자리인가요?"

"아니, 그 둘은 아무 상관 없어. 북극성은 지구의 자전축과 완전히 일치하는 별로, 관찰자가 보기엔 움직이지 않아. 적어도 북반구에서는 말이야. 모든 별들이 북극성을 중심으로 돌기 때문에 천문학자들한테도 지표가 되는 별이지."

"그럼 목동자리는요?"

"그건 별이 아니고 금성이야. 태양과 매우 가까워서 유난히 반짝이는 거야. 더러 한낮에도 금성을 볼 수 있지."

"금성이 동방박사들을 인도했나요?"

"아니! 금성이 일출 전에 모습을 보였다가 일몰 후에 사라지기 때문에 그렇게 말하는 거야. 다시 말하면 목동이 양떼를 귀가시키거나 몰고 나가는 시간이지. 동방박사들을 인도한 것은 혜성이야."

"상관없어요, 이렇든 저렇든 난 믿지 않으니까……."

"믿지 않는다 해도 신화와 전설에 관심을 기울여 교훈을 얻을 수는 있지…… 금성, 즉 비너스는 여자 별이야."

"어떻게요?"

"비너스라는 이름이 로마 신화에 나오는 사랑과 미의 여신 이름에서 온 거잖아. 그리스 신화에서는 아프로디테고. 이 이름은 매우 아름다운 여성을 떠올리게 할 뿐만 아니라 사랑과 육체의 쾌락을 의미하는 수많은 용어들을 낳았어. 여성을 가리키는 천문학적 기호와 생물학적 기호도 똑같지. 원 밑에 십자가가 달린 기호 말이야. 이게 거울을 손에 든 비너스 여신을 상징하거든."

"남자들은 화성에서 오고 여자들은 금성에서 왔잖아요."

"그건 좀 단순한 논리야. 하지만 뭐, 좋을 대로. 북극성 밑에, 저기 보이는 게 카시오페이아야. 저 'W'자 말이야. 강렬한 빛을 내뿜는 성좌지."

"성좌가 뭐예요?"

"큰곰자리나 작은곰자리처럼 동물이나 기물을 연상시키는 형태로 모여 있는 별들의 무리. 천문학자들이 하늘을 관찰할 때 이 성좌들을 지표로 삼지."

제롬은 계속해서 천왕성, 해왕성을 가리켜 보이며 상세한 설명을 이어가더니 좀 있으면 토성이 나타날 거라고 예고했다. 줄리는 그의 박식함에 감탄을 금치 못했다. 자신으로서는 꿰뚫을 수 없는 세계인 것만 같았다. 조금 추워지기 시작했다. 줄리는 그에게 슬쩍 몸을 붙였다. 제롬은 이제 멍한 시선으로 별들 속을 헤매는 듯했다.

줄리는 그가 누구를 생각하는지 알 것 같았다.

내 삶이 초현실적이 되었다. 나는 알게 된 지 고작 2주일된 누군가한테 아들을 맡겨놓고 어딘지도 모르는 바다 한가운데 작은 배 위 1백만 성급 호텔에서, 어떤 남자와 한 이불을 덮고 누워 있다. 어떻게 이런 호사가! 그 것도 이 남자가 모든 절차를 생략하고 대뜸 날 덮칠 작정인지, 아니면 본 인이 말한 대로 그저 함께 별에 대한 열정을 나누는 데 만족할지 전혀 모 른 채.

두고 볼 일이다. 어쩌면 내가 인간이라는 종족과 화해하게 되는 계기가 될 수도 있으리라. 특히 남자라는 종족과. 메말라 붙은 이 지구상에 이만 한 자제력을 갖춘 남자가 과연 존재할까?

지금 나는 그저 제롬의 품에 안겨 있다. 그는 잠이 든 듯하다. 오늘도 눈물을 조금 보였다. 아무래도 남자들이 양파보다 몇 겹은 더 두꺼운가 보 다. 혹은 그가 내려놓아야 할 것들이 한 트럭이나 되는지도 모른다. 바닷 물에 짭짜름한 액체 몇 방울 더해졌다고 해서 지구의 표면에 변화가 생기 지는 않을 것이다. 하지만 그의 세계는 틀림없이 변하겠지. 당장 내일 아 침, 제롬의 눈은 퉁퉁 부어오를 테고, 다른 날들은 또 다른 의미로 눈이 탱 탱하리라. 압박감을 배출한 그의 얼굴이 좀 덜 구겨져 있을 테니까. 점점 이거야말로 내가 여기에 온 이유였다는 확신이 든다. 사람의 마음속 깊은 곳까지 벗겨내기. 적어도 무언가에 쓸모 있는 존재가 된 것이다.

그런데도 내 삶은 하등 달라질 것이 없다니! 이렇게 별들 속에 머리를 누이고 돈이 가득한 지갑에 손도 넣어보는 몇 주간의 백일몽. 그래, 좋아. 하지만 이후엔?

이후엔 틀에 박힌 그만그만한 일상을 되찾게 될 것이다. 내 계산대, 내가 좋아하는 동료들, 그리고 다른 동료들, 머저리 샤송 놈, 더는 견딜 수 없는 혹독한 작업 리듬, 차에 시동을 걸 때마다 느껴지는 막연한 공포…… 누구나 이런 걱정을 하며 살까?

지리 공부

줄리는 새벽녘에 깨어났다. 희붐한 첫 여명 빛이 푸르스름한 하늘을 물들였다. 아직 남아 있는 몇몇 별들이 어젯밤의 스펙터클한 추억을 되살렸다. 금성이 보인다. 바닷물은 유난히 잠잠했다. 배도 거의 움직이지 않았다. 그녀가 마침내 적응한 배의 흔들림이 느껴지는 둥 마는 둥이었다.

제롬이 곁에 바짝 붙어 고른 숨소리를 내고 있었다. 그들은 서로에게 몸을 포갠 자세였다. 두 육체가 공처럼 몸을 웅크린 개에 비견할 만한 온기를 발산했다. 그녀는 냄새만은 같지 않기를 바랐다. 비록 개가 아침에 기지개를 켤 때 풍기는 이런 냄새를 좋아하긴 하지만. 심지어 줄리는 가벼운 꽃향기 향수보다도 이 냄새를 더 좋아한다. 미친 여자 취급을 받을까 두려워 아무한테도 말한 적은 없지만 그녀는 바로 이 냄새, 따뜻한 개 냄새를 좋아한다. 축축한 개 말고 따뜻한 개!

간밤엔 별들로 짜인 담요에 있다가 이제는 양모로 짜인 담요 속에 있는 두 사람의 온기에서도 좋은 냄새가 날 것이다.

몇 시간 전, 밤의 어둠 속에서 줄리의 스웨터 속을 더듬는 손이 있었다. 이 손이 오른쪽 젖가슴으로 천천히 내려와 동그란 형태를 더듬었다. 망설임 없는 애무. 이어 이 손은 더 밑으로 내려가 바지와 면 팬티 속을 탐사하며 비너스의 언덕에 조심스럽게 얹히더니 한참 동안 머물렀다. 한 시간 정도? 마치 손바닥에 인장을 찍으려는 듯이, 특별한 온기가 배게 하겠다는 듯이, 습기를 빨아들이려는 듯이.

줄리는 아무 말도 하지 않았다. 이 행위에는 오로지 따뜻함만이 깃들어 있었다. 여성의 육체와 다시 이어지고 싶다는 절실하고도 분명한 욕망이었다. 비록 출정 날짜는 확정되지 않았지만 다음 번 은하계 탐사 임무 때 심하게 길을 잃지 않도록, 여성이라는 은하계를 머릿속에 다시 그려보는 거라고 할까.

줄리는 이토록 극진한 부드러움을 처음으로 느끼며 저항하지 않고 상대를 내버려두었다. 이미 손상된 데서 더는 손상되지 않도록 조심하면서 개양귀비 꽃잎을 스치듯 그녀의 몸을 어루만지는 이 손을, 무슨 권리로 뿌리친단 말인가? 그녀에게 진정성이 전달되는 이 소중한 탐사의 시간을 어떻게 중단시키겠는가? 어쩌면 구원의 시간일지도 모르는데…….

줄리는 그를 내버려두었다. 자신의 몸에 얹힌 이 섬세한 손이 좋았다.

극도의 섬세함.

제롬이 꿈틀거리기 시작했다. 줄리는 꼼짝도 하지 않았다. 그녀는
이 배와, 이 파도와, 점차 사라져가고 있지만 여전히 하늘에 떠 있는
이 별들 외에, 다른 생각은 전혀 하지 않으며 명상에 잠겼다. 룰루도
여전히 존재한다. 그녀를 기다리며 걱정하고 있을 터였다. 줄리는
제롬에게 이제 그만 돌아가자고 말했다. 그가 몸을 일으키더니 하늘
로 양팔을 뻗치고 길게 기지개를 켜면서 선실로 들어갔다. 배를 출
발시키기 전, 제롬은 줄리에게 다가와 이마에 키스하면서 전날 폴이
그랬던 것처럼 아주 조금으로도 행복해질 수 있다는 말을 귀에 흘려
넣었다. 줄리는 제롬에게 별구경을 시켜줘서 고맙다고 말했다. 이제
부터 그녀는 하늘을 달리 바라볼 터였다.

귀가길, 둘은 묵묵했다. 둘은 너무 짧았던 그들의 밤에서 깨어났
다. 뒤얽힌 두 사람의 온기에서, 서로의 외로움을 달래준 가없는 부
드러움에서. 제롬은 여자와의 접촉이, 줄리는 다정하게 다가오는 남
자의 부드러움이 필요했다.

줄리는 바닷가의 작은 집으로 들어갔다. 뤼도빅은 처음엔 엄마의
귀가를 눈치채지 못했다. 아이는 플라스틱 손수레를 밀면서 좁은 복
도를 달렸다. "기다려, 기다려!" 아이가 외치며 거실로 사라졌다. 줄
리는 폴에게 뤼도빅이 누구한테 기다리라고 소리치는 것인지 물었

다. 폴이 한쪽 눈을 찡긋하며 대답했다.

"손수레한테……."

아이가 거실에서 돌아와 엄마를 발견했다. 틀림없이 손수레보다 엄마가 더 좋은 모양이었다. 아이는 손수레를 미련 없이 바닥에 내팽개친 채 엄마 품에 와락 뛰어들어 포동포동한 손으로 엄마를 꼭 끌어안았다.

아이가 물었다.

"어디 갔었어?"

줄리가 대답했다.

"별들 속에."

"저말?"

"정말! 엄마가 추억을 가져왔어. 자, 엄마 손을 봐. 아직 별의 먼지가 좀 남았지? 보여?"

줄리가 손바닥을 내보이며 물었다.

"응."

"넌? 잘 지냈어?"

"어제 폴 아저씨가 한 번 이겨써."

"그래? 네가 져준 거야?"

"응."

부엌으로 가려던 폴이 반발했다.

"허…… 사실이 아니야. 나 아직 노망나지 않았거든! 성말 말선했다고!"

"그리고 아저씨 누텔라도 머거써."

"어이쿠, 얘기 다 끝났니, 응? 그건 말하지 않기로 나하고 약속했잖아."

제롬이 재미있어 하며 끼어들었다.

"아저씨가 우리가 알지 말아야 할 일을 많이 하셨니?"

아이가 제롬에겐 눈길조차 주지 않고는 이야기책을 찾으러 간다면서 방으로 가버렸다.

제롬이 성을 내며 외쳤다.

"그래 좋아! 바람 만세°다!"

줄리가 선언했다.

"내 아들의 행동은 당연한 것 같은데요."

"그 엄마에 그 아들이군."

"왜요, 우리가 어젯밤에 한 걸로는 충분치 않아요?"

폴이 호기심을 보이며 물었다.

"어젯밤에 뭘 했기에?"

그의 아들이 서둘러 대답했다.

"별구경이요."

폴이 의심스러워하며 질문을 이었다.

"그래, 좋았어?"

° 프랑스에 널리 알려진 크리스마스 동요 제목. 가사는 다음과 같다. "지팡이를 손에 든 할아버지가 하얀 눈으로 뒤덮인 하얀 세상의 길고 긴 길을 걸어옵니다. 할아버지가 저 높은 곳 가지들 사이로 부는 바람이 속삭여준 연가를 아이들에게 노래하네요. 바람 만세, 바람 만세. 커다란 초록색 트리 사이로 씽씽, 휙휙 부는 겨울바람 만세. 겨울 만세, 겨울 만세, 추운 겨울 만세, 눈사람, 신년 첫날, 할머니, 새해 복 많이 받으세요."

178

"멋졌어요. 별을 관찰하기엔 아주 그만인 아름다운 밤이었죠. 제가 모르던 새로운 별도 봤어요."

"그게 뭔데?"

제롬이 공모자의 눈길로 줄리를 바라보며 대답했다.

"이름은 몰라도, 하여튼 엄청나게 반짝였어요."

줄리가 제롬에게 미소로 화답했다. 폴이 줄리를 보았다가 제롬을 보더니 다시 줄리를 보았다.

"나만 모르는 뭔가 있는 거 같은데?"

제롬이 대답했다.

"아버지를 따돌리려고 했는데, 똥배는 나오고 다리는 후들거려도 토끼처럼 잘도 따라붙으시네요."

폴이 권투선수 자세를 취하더니 "어디 어떻게 되나 두고 봐"라고 외치며 제롬의 어깨를 주먹으로 몇 대 두드렸다. 제롬이 반격에 나섰다. 그는 아버지의 목을 잡아끌고 바로 옆 침실로 가서 커다란 침대에 쓰러뜨렸다. 웃으며 툭탁거리는 부자 사이로 룰루가 뛰어들더니 나름의 권투 자세로 두 남자를 번갈아 공격했다. 줄리는 재미있어 하며 이들을 지켜보다가 결국 지네처럼 다리들이 이리저리 뒤엉킨 이 유쾌한 무리에 합세했다. 그녀는 만약의 공격에 대비할 생각 따위는 안중에도 없이 두 성인 남자를 공격하기에 여념이 없는 룰루를 능력껏 보호하려고 애썼다. 그러다 문득, 아들이 고통받았을지도 모를 아버지의 부재, 아이가 때로 대변할 필요를 느꼈을 남성의 존재에 생각이 미쳤다. 아무도 진짜 얻어맞지 않았지만 그들 모두는 이제 곧 배가 아파올 터였다. 누구랄 것도 없이 다들 미친 듯이 웃었으니 복부에 경련이 일어날 법했다. 마침내 폴이 점심 식사를 준비하기 위해 무리에서 빠져나왔다. 정작 식사 당번은 자기 아들이었건만. 그는 요리에 맛을 들였다. 30년 세월 동안 냄비 한번 건드려본 적 없던 사람이 신용카드도 없는 페미니스트의 유감스런 선언 이후 요리에 눈을 뜬 것이다! 제롬이 침대에 똑바로 누워 거칠게 숨을 몰아쉬었다. 룰루가 마지막으로 제롬을 덮치자 제롬이 헉 하고 숨을 끊었다 몰아쉬었다. 줄리는 룰루를 제롬과 함께 있도록 내버려둔 채 폴이 있는 부엌으로 갔다. 룰루는 연장자를 위로 끌어올리고 있었다. 수면 위로.

"도와줄까요, 폴?"

폴이 흠칫 놀라며 줄리를 바라보았다. 꿈인지 생시인지 확인하기 위해 볼을 꼬집어보거나, 손에 들고 있던 날카로운 칼로 살을 베어보고 싶은 심정이었다.

"내가 혹시 운다면 양파 때문이 아니다…… 네가 드디어 나한테 말을 편하게 하는구나."

"기다리면 다 때가 오는 법이에요."

"별이 시킨 건가?"

"별뿐만 아니라 모든 것이 합세했죠."

"잘됐군."

폴이 얼마간 침묵하더니 이윽고 게슴츠레 실눈을 뜨고서 열심히 양파 껍질을 벗겼다. 가히 먼지와 태양 때문에 눈살을 찌푸리고 결투에 임하는 카우보이처럼 도전적이라 할만 했다. 아니, 폴은 울지 않을 것이다. 이번엔 아니다. 그랬다간 줄리가 정말 말을 편하게 해서 감격한 나머지 우는 줄 알 테니까.

그는 눈물을 흘렸다.

"빌어먹을 양파 같으니!"

줄리가 칼을 잡더니 일을 마저 해치우면서, 오븐 손잡이에 걸린 젖은 행주를 홱 낚아채며 밖으로 뛰쳐나가는 폴을 바라보았다.

그녀가 미소 지었다.

부엌으로 돌아온 폴은 한 손엔 삽을 다른 손엔 양동이를 든 뤼도 빅을 목말 태운 제롬과 마주쳤다. 태양이 아직 한창이었다. 이 여름 휴가엔 안성맞춤인 태양.

눈자위가 시뻘게진 폴이 단도직입적으로 물었다.

"둘이 같이 잤나?"

"왜 그게 궁금하시죠?"

"그냥. 알아야겠다."

"아니요."

"둘이서 내가 모르는 뭔가 있어 보이던데."

"함께 예쁜 시간을 보냈어요."

"녀석이 네 몸에 손을 안 댔어?"

"댔어요."

"그린데 같이 자지는 않았다?"

"네."

"그럼 뭘 한 거야?"

"제가 지리 공부 좀 시켰어요."

"자세히 설명해볼래?"

"싫어요."

"오케이!"

"제롬이 그저 부드러움과 다시 친해지고 싶었던 것 같아요. 나머지는 제롬이 알아서 할 일이고요. 내키면 아저씨한테 직접 말할 거예요. 저한텐 별들 얘기를 해줬고, 황홀했어요."

"그건 확실해. 워낙 좋아하는 분야니만큼 네 혼을 쏙 빼놓았을 게다."

"그런데 우리 언제 떠나죠?"

줄리가 짓눌린 목소리로 물었다.

"주말에. 회사 일이 남았어. 아직 완전히 은퇴하진 않았거든. 제롬도 병원에 돌아가야 할 테고."

줄리가 우울함이 설핏 비치는 얼굴로 말했다.

"꿈이 끝나는군요."

"왜 그런 말을 하지? 우리 또 올 거잖아, 아니야?"

"맞아요! 하지만 각자 자기 자리, 자기 삶으로 돌아갈 테고, 모두 전과 같아지겠죠."

"난 그렇지 않아. 널 만난 이후로 안 그래. 우린 계속 볼 거야. 서로 집도 멀지 않잖아."

"뭐, 아저씨 생각이 그렇다면요. 양파로는 뭘 하시게요?"

"파이. 1킬로 더 까야 돼."

"아저씨 마조히스트예요?"

폴이 환하게 웃으며 대답했다.

"너만 믿었지."

──── ○ ──── ○ ────

떠나야만 하다니, 슬프다……

다시, 출발

돌아가는 날까지 남은 나흘은 무섭고, 아찔하고, 부적절한 속도로 흘렀다. 하지만 더할 수 없이 자연스러운 시간들이었다. 단지 부부가 아닐 뿐이지 점점 깊어지는 애정으로 가득한 가족 같은 분위기에 휩싸였다.

제롬은 여전히 바다를 마주한 채 모래밭에 앉아 있곤 했다. 그는 자신과 투쟁하면서 조금씩 수면을 향해 올라왔다. 수면이 아직 멀긴 했지만 접근할 수 있게 됐다. 파도의 리듬이 그를 안정시켰다. 그는 물결에 아무렇게나 떠밀려 다니는 조개껍질이나 다름없었다. 더러 모래에 파묻히는가 하면 금이 가기도 하고 뒤집히거나 산산조각이 나기도 하는. 하지만 아무 일도 없었다는 듯 완전무결한 모습으로 모래 위에 얹히는 것들도 있었다. 진정 도달해야 할 아름다운 목표였다. 손상되지 않고 무사히 수면에 오르기. 줄리가 이따금 곁에 다가와 손이며 팔을 잡거나 구부린 두 다리 사이를 파고 들어와 보트에서 좋다고 느꼈던 개의 온기를 되찾으려고 했다.

기분이 명랑해지는 날이면 제롬은 룰루와 함께 게임을 하거나 아버지와 함께 요리를 했다. 아직 발루처럼 덩실거리며 춤을 출 정도까지는 아니었지만 점점 가까워졌다. 더는 되새김질을 하지 않았다. 이 어린 여자가 아버지의 차에 올랐을 때만 해도 한 가득이었던 되새김질거리가 증발해버렸다. 그는 여전히 아버지가 다가와 "자, 누구 말이 옳았지?"라고 물어볼 때를 기다리고 있다.

하지만 폴은 묻지 않을 것이다. 그건 쓸데없는 질문이며 우쭐거리는 지적은 아무짝에도 쓸모가 없을 터였다.

폴은 하루에도 몇 번씩 줄리를 관찰하며 깜짝깜짝 놀란다. 어떻게 제롬을 이토록 편안하게 만들 수 있을까 자문하면서. 그럼에도 줄리는 전혀 특별하지 않다. 또래의 다른 여자아이들과 하등 다를 바 없다. 덧문 틈새로 새어드는 아침 햇살처럼 그녀가 발산하는 저 환한 빛을 제외하고는. 따라서 그녀는 폴과 제롬이 발견한 별이다. 자신의 직감이 옳았기에 폴은 기뻤다. 냉동피자와 맥주 팩이 줄리의 손을 거쳐 계산되어 기뻤고, 줄리를 식당에 데려가고, 룰루와 함께 브르타뉴에 데려와 기뻤고, 제롬이 호수 깊은 곳에 간직했던 무거운 쇠공을 내려놓도록 줄리가 도와주어 기뻤다. 물론 메모리 게임과 요리솜씨가 늘어난 것도.

마를렌느가 자신을 떠나겠다는 좋은 생각을 한 것에 거의 감사하는 심정이었다. 거의라니, 너무했다. 그저 감사하다.

줄리와 뤼도빅은 스웨터를 입고 햇살을 받으며 바닷가에서 시간을 보냈다. 할 수만 있었다면 바다를 들고 차에 올랐으리라. 하지만 파도는 추억으로만 여행 가방에 들어 있겠지. 짙은 바다 내음을 풍기고, 물결의 철썩거림과 갈매기들의 울음소리를 내고, 일몰 무렵의 오렌지빛을 내뿜으면서.

떠날 준비가 시작됐다. 폴은 줄리에게 빨간색 대형 에나멜 트렁크를 사주었다. 그녀가 가져온 물건들과 달라진 허벅지 둘레에 잘 맞는 새 옷들을 넣을 수 있도록.

줄리는 가방을 챙겨야 하는 현실이 씁쓸했다. 영원히 휴가를 즐기고 싶었다. 룰루도 유치원에서보다 여기서 더 많은 것을 배우리라. 하지만 인생은 그렇게 생겨먹지 않았다. 기본 생활비를 충당하고 먹을거리를 사고 월말에 얼마간 여유가 된다면 여가를 즐기기 위해, 일을 해야 한다. 줄리는 이때보다 더 불운한 별을 타고 태어났다는 느낌에 빠져본 적이 없었다. 별로 반짝거리지 않는 별을 타고 태어났다는 느낌. 운명은 선택하는 항목이 아니다. 고난이 줄을 잇고 문이 닫힌 버스 뒤로 행복을 좇아 달리는 기분이 들었다.

방으로 들어온 폴이 이상하게 빛이 약해진 기운을 느꼈다. 그가 줄리의 어깨를 돌려세우며 껴안았다.

"그만 뚝 그쳐. 울 이유 전혀 없으니까."

"이전의 삶으로 돌아가고 싶지 않아요."

"그럼, 그렇게 해. 이젠 다른 삶이라고 생각하라고. 내가 바로 그러니까. 너를 만나기 전의 삶이 있었고, 이제 그 이후의 삶이 있겠지. 하지만 지금은 네가 이렇게 있고, 그게 제일 중요해."

"마치 저에 대한 사랑의 선언으로 들리는걸요."

"선언이고말고! 선언은 선언인데 사랑보다 더 고귀한 거야."

"사랑보다 더 고귀한 게 있어요?"

"바로 너잖아!"

"거창하네요!"

"거창한 치료제니까!"

"난 아무도 치료하지 않았는걸요."

"아니, 너는 나와 제롬의 삶에 연고를 발라줬어. 상처가 아물도록 환부에 바르는 약처럼."

"그런데 아저씨도 제롬도 이제 다 나았으니 연고가 필요 없지 않겠어요?"

"절대 완전히 치료되는 법은 없어. 다 나았다고 해도 치료해야 할 또 다른 상처가 생기지. 그게 바로 인생이야. 베이고, 긁히고, 부러지고, 치료받는 것이."

"그런데 내가 바로 파라벤°도 들어 있지 않은 연고제라는 거 아니에요! 아저씨는 정말 운이 좋으시네요!"

폴이 줄리를 물끄러미 바라보며 미소 짓더니 조금 더 세게 끌어안았다.

○ 대표적인 화학방부제.

"아야, 이러다 튜브 터지겠어요. 그럼 연고가 다 쏟아져 나와요!"

폴이 줄리의 어깨를 흔들며 말했다.

"자, 흰소리 그만하고 짐이나 마저 챙겨. 가다가 빵집도 들러야 해. 아네트 여사가 차에서 먹을 거랑 알자스에서도 너를 통통하게 해줄 빵과 맛있는 브르타뉴 버터를 준비해놓았으니까!"

조금 전 이 차에 다시 오르며 정말이지 슬펐다. 우리는 밤새 달렸고, 그래서인지 수 킬로미터를 달려왔다는 게 실감나지 않았다. 잠을 자고 싶다. 아무 생각도 하지 않게 잠을.

이곳에 남고 싶다.

모래성이 되고 싶다.

모래가 되고 싶다.

갈매기가.

바다가.

파도가.

해변으로 흘러드는 파도가 되고 싶다.

아니면 해변이 되거나. 나를 부드럽게 쓰다듬으러 오는 섬세한 파도를 기다리는.

몇 초 만에

새벽 4시. 그들은 전날 오후 늦게 출발했다. 덧문을 닫으며 앞으로 몇 달 동안 이렇게 닫혀 있으리라는 생각에 복부가 오그라들었다. 열쇠를 돌려 문을 잠근 뒤 집 뒤의 작은 구유에 숨겨놓으며 가슴이 따끔거렸다. 폴은 장시간의 운전에 대비해 몇 시간 휴식을 취했다. 밤이 깊어질 무렵 제롬이 차를 몰았으나 지금은 아버지에게 운전대를 넘기고 뒷좌석의 뤼도빅이나 줄리와 같이 잠이 들었다. 아이는 평온한 얼굴로 헝겊 뭉치 장난감을 꼭 껴안고 있었다. 엔진소리가 토닥이는 가운데 밤의 꿈속으로 멀리 가버렸다. 줄리는 얼마간 흐느끼다가 잠이 들었다. 드러나지 않도록 소리 죽여 흐느꼈지만 두 남자는 들어버렸다. 폴은 편안한 기분이었다. 슬프지 않았다. 그는 이 귀환이 이야기의 끝이 아니라 시작임을 알았다.

폴은 밤에 운전하는 것이 좋았다. 차 안과 밖이 완벽하게 고요한 이 상태가. 날씨도 완벽했다. 하늘에 점점이 박힌 몇 개의 별들을 보니 새벽 들판에 서리가 내릴 모양이다. 고속도로에는 차가 많지 않았다. 멀리서 빨간 신호등 불빛이 보이고 뜨문뜨문 마주치는 몇몇 헤드라이트 불빛이 보일 뿐이었다. 그는 빨리 도착하려는 마음에 초조했다. 사르유니옹을 지나자 이제 거의 다 왔다는 생각이 들었다.

그런데, 그런데, 저 멀리 앞쪽에서 웬 차가 느닷없이 방향을 틀었다. 눈앞에서 헤드라이트들이 교차되고 우왕좌왕 위험하게 지그재그를 그리며 아찔한 속도로 바짝 다가왔다. 폴은 이 차가 가드레일을 벗어났음을 깨달았지만 이미 차가 코앞에 바짝 다가와 있었다. 그의 사륜구동차가 전속력으로 움직였다. 필사적으로 핸들을 비틀어 앞차를 피해야 했다. 하얀 트럭이었다. 그리고, 이 하얀 트럭이 사륜구동차의 뒷문 오른쪽 옆구리에 와서 박혔다.

엄청난 충돌의 충격.

몸이 가볍다. 솜으로 속을 넣은 헝겊 인형이 된 기분이다. 주위의 모든 것이 또렷하다. 구름 위에 둥둥 뜬 기분. 날이 화창하다. 나는 바다 위를 날고 파도는 해변을 감싼다. 브르타뉴의 작은 집이 보인다. 제롬과 함께 달렸던 해안이. 룰루가 모래밭에서 양동이에 모래를 채웠다가 쏟아버리기를 하염없이 되풀이하고 있다. 폴은 룰루의 맞은편에서 환하게 웃고 있다. 슬퍼 보인다. 하지만 어쨌든 웃는 얼굴이다. 눈자위가 벌겋다. 또 양파 파이라도 만든 걸까? 돌연 어둠이 깔린다. 나는 더는 헝겊 인형이 아니다. 나는 납덩이처럼 무겁고 더는 날지 못한 채 떨어진다. 폴이 울부짖는 소리가 들린다.

"웬 미친놈이야, 이거?"

나는 소스라친다.

나는 눈을 뜬다.

주위의 모든 것이 하얗다. 나는 침대에 누워 있고, 더는 솜뭉치도 납덩이도 아니다. 팔에는 주사기를 꽂은 채다. 하지만 폴은 분명 내 앞에 있고 슬픈 미소를 띠고 있다. 눈자위가 벌겋다.

이게 어떤 상황인지…… 깨닫는 게 두렵다.

기적이 일어나기
2초 전

줄리는 차가운 철제 침대에서 몸을 벌떡 일으켰다. 돌연 현기증이 일었다. 폴이 팔을 붙들며 진정하라고 말했다.

그녀의 목소리가 떨렸다.

"어떻게 된 거예요?"

폴이 차분하게 대답했다.

"차 사고가 났어."

그녀가 흥분하여 물었다.

"룰루는 어딨죠?"

"수술실에."

"어디 수술실이요?"

"소아과 병동."

"당장 갈래요."

"우선 팔에서 이걸 떼어낼 수 있는지 간호사한테 물어봐야 해."

줄리가 침대 가에 걸터앉더니 정맥에 꽂힌 플라스틱 관을 주저 없이 잡아 뽑았다. 바로 피가 흘러 나왔다. 그녀는 병실에 있던 거즈 봉투를 집어서 이로 찢은 뒤 손목에 붙여 출혈을 막았다.

"어느 쪽이죠?"

"이 상태로 가면 안 돼, 줄리. 넌 환자야."

줄리가 단호하게 물었다.

"난 괜찮아요. 수술실이 어디죠?"

폴이 줄리의 어깨를 감싸 안고 간호사에게 가서 환자를 데리고 아들 좀 보고 오겠다고, 오래 걸리지 않을 거라고 알렸다. 간호사가 제지할 틈도 없이 코앞에서 문이 닫혔다.

소아외과로 간 그들은 수술실 입구에 있는 대기실에 도착했다. 더는 가까이 갈 수 없고 여기서 기다려야 했다. 선택의 여지가 없었다.

줄리가 폴에게 간밤의 사고에 대해 물었다. 아무것도 기억나지 않았다. 답답한 노릇이었다. 멀쩡한 가운데 존재의 일부분이 빠져나갔으니 말이다. 차는 달리는데 주행거리가 더는 표시되지 않는 것 같다고 할까. 폴은 사고 직후 그녀가 심한 흥분 상태에 빠져서 구급요원이 진정제를 투여했다고 설명했다. 이어 반대방향에서 달려든 트럭에 대해서도 이야기했다. 경찰은 트럭 운전자가 사망했으며 혈액검사 결과 알코올 양성반응을 보였다고 알려왔다. 3.54그램이니 강한 양성반응이다. 그야말로 범죄행위. 트럭이 사륜구동차의 측면을 들이받았다. 반대편에 있던 폴과 줄리는 무사하지만 제롬은 중상을 입었다. 하지만 위험한 고비는 넘겼다. 문제는 200유로짜리 카시트에도 불구하고 가장 심하게 다친 꼬마다. 폴은 옛날 카시트였다면 아마 살아남지 못했으리라고 생각했다.

"제롬은 어떤가요?"

"골반골절에다 오른쪽 다리도 몇 군데 골절됐어. 어깨도 좀 다쳤고. 하지만 그냥저냥 괜찮아."

줄리가 아주 작은 목소리로 물었다.

"그럼 룰루는요?"

"모르겠어, 줄리…… 기다려보자."

낮은 탁자에 잡지 몇 권이 아무렇게나 놓인 작은 대기실에 침묵이 깃들었다. 한쪽 모서리에는 장소에 약간의 생기를 부여하려는 듯이 초록 화분이 놓였다. 평온한 이미지들이 벽을 두루 장식했다. 여기는 대양이, 저기는 사구가, 또 어떤 곳엔 눈 덮인 산봉우리가. 이 작은 방에 담기엔 벽차도록 광대했다. 줄리도 그 작은 가슴에 담기엔 벽차도록 걱정이 많았다. 그녀는 소리 죽여 울었다. 폴이 바짝 붙어 좀 더 세게 안고는 어깨를 부드럽게 쓰다듬었다.

수술을 시작한 지 세 시간이 지나자 갑자기 옆방 문이 열렸다. 파란 수술복을 입은 키 큰 남자가 나타나 마스크를 목까지 내리며 옆에 있는 의자에 앉았다. 그는 줄리가 엄마임을 알아차렸다. 따라서 줄리 곁에 앉은 남자가 있는 자리에서 환자의 상태와 관련된 정보를 노출해도 되는지만을 확인했다. 줄리가 혼자가 아니라는 데 안도하며 말해도 좋다는 몸짓을 했다. 커다란 심호흡이 이어졌다.

"저는 외과의 메르시에입니다. 좋은 소식과 나쁜 소식이 있어요. 아드님이 워낙 충격이 컸어요. 일단 뇌출혈은 막았습니다만, 비장을 제거할 수밖에 없었습니다."

"심각한 건가요?"

"면역작용에 중요한 기관이지만, 감염 예방만 잘하면 비장이 없이도 살 수는 있어요."

"나쁜 소식이 그건가요?"

"아니에요. 더 심각한 겁니다. 뤼도빅은 두개골에 외상을 입었어요. 뇌 부분이 손상됐죠. 현재 의식불명입니다. 지금으로서는 깨어날지, 또 깨어난다면 언제가 될지도 알 수 없어요. 두 시간 후가 될 수도 있고, 이틀 후, 두 주, 두 달, 어쩌면 2년 후가 될 수도 있지요. 현재 의학 기술로는 혼수상태에서 깨어나는 시기를 예측할 수 없습니다. 하지만 뇌파검사 결과가 좋은 편이니까 깨어나기만 한다면 지적 기능에 아무런 문제가 없을 거예요. 물론 당장은 힘들겠지만요. 또 척추도 손상을 입었어요. 현재는 다리 부근에 아무런 반응이 없습니다. 이 부분도 상황이 뒤바뀔 수 있을지 아직 알 수 없어요."

줄리는 군더더기 없이 명확한 의사의 소견을 경청했다. 어안이 벙벙할 따름이었다. 전날 브르타뉴 해안의 모래밭에서 놀던 아들의 모습을 다시 떠올려보았다. 그렇게 얼마간을 흘려보냈을까. 문득 상황의 심각함을 인식한 줄리가 울음을 터뜨렸다. 이번엔 그녀가 지독한 상처를 입을 차례였다. 줄리는 폴의 팔을 움켜잡으며 오열했다.

이 작은 방에서 시간이 정지했다. 벽에 걸린 광대한 이미지들이 하찮아졌다. 무엇도 더는 광대하지 않았다. 오직 공포만이 광대했다. 바다 사진이, 어쩌면 뤼도빅이 다시는 바다에 갈 수 없을지도 모른다는 사실을 의식한 듯 줄리를 비웃었다.

줄리는 메르시에 의사의 단단한 손이 어깨를 감싸는 것을 느꼈다. 그녀를 뭉클하게 하고 안심시킬 듯한 손길. 이윽고 의사는 마스크를 고쳐 쓰면서 문 뒤로 사라졌다.

침묵이 다시 무겁게 내려앉았다. 폴은 지독하게 슬픈 가운데서도 안도했다. 그는 손가락으로 줄리의 턱을 들어 올리고는 부드럽게 미소 지었다.

"줄리, 뤼도빅이 살아 있어. 혼수상태긴 하지만 살아 있어."

"……"

"난 믿어. 그러니까 너도 믿어. 제발 두 손 들지 마. 알았지?"

"절대 두 손 들지 마라, 기적이 일어나기 2초 전일 수도 있다. 이 아랍 속담을 마음속에 새기고 산 지 벌써 몇 년째예요. 하지만 이제 더는 들고 말고 할 손도 없어요."

"있어, 지금은 느끼지 못하겠지만 분명히 있어."

줄리에겐 없어도 폴에겐 있었다. 줄리는 그 손이 달린 팔에 안겨 피신했다. 폴의 숨결 속에서 진정하려고 애썼다. 폴은 크고 넓었다. 그리고 약간 푹신했다. 몸통이 비어서 이끼로 뒤덮였을 수도 있는 단단하고 거대한 참나무라고 할까. 그렇다면 자신은 이 참나무에 피신한 상처 입은 아기 사슴쯤 되리라…….

"만일 룰루가 깨어나지 않으면요?"

"깨어날 거야, 줄리. 이 생각을 머릿속에 붙들어 매라고."

"붙들어 매려고 해도 자꾸만 여기저기로 미끄러져나가요. 아이젠도 피켈도 없이 빙벽을 오르는 기분이에요."

"그럼 다른 사람을 붙들어. 날 붙들라고."

줄리가 그의 품으로 더욱 깊이 파고들었다.

부드러운
살결

줄리는 폴의 무릎을 베고 옆 의자에 다리를 올려 구부린 채 잠이 들었다. 폴은 멍한 시선을 허공에 고정한 채 줄리의 머리칼을 조용히 쓰다듬었다.

줄리는 아들의 면회 허가가 떨어지기만을 기다리고 있었다. 그녀가 간직한 아들의 마지막 이미지는 헝겊 장난감을 품에 안은 채 카시트에서 평화롭게 잠든 모습이다.

소아과 소생실은 고즈넉했다. 주말이었고 뤼도빅은 혼자였다.

아이는 몸에 연결된 온갖 기계에도 불구하고 평온했다. 산소호흡기가 인공적인 숨소리를 내며 메트로놈처럼 규칙적으로 아이의 흉부를 들어 올렸다 내렸다. 줄리가 몸을 떨며 가까이 다가갔다. 아이의 얼굴이 오싹할 정도로 창백했다. 심장박동을 기록하는 그래프의 신호음이 들리지 않았다면 죽었다고 믿었으리라. 하지만 아이는 분명 살아 있다. 아주 멀리 있을지는 몰라도 분명 살아 있다.

살아 있다.

이 이상 무슨 말이 필요한가.

줄리는 아이의 볼에, 이마에, 눈두덩에, 오래도록 키스했다. 입술에 아이의 부드러운 살결을 느끼며, 아이가 갓난애였을 때 꼭 끌어안으며 느꼈던 격한 기분을 다시금 맛보았다. 그녀는 아이에게 미소 지으며 귓속말을 속삭였다.

간호사가 침대 옆 작은 선반에 놓여 있던 서류를 채웠다.

"아버지는 안 오셨어요?"

"아빠는 없어요."

여자는 다시 서류에, 줄리는 아들의 온기에 열중했다.

"만에 하나 제가 없을 때 아이가 깨어나면 어떡하죠?"

"즉시 전화드릴게요. 휴대전화 번호를 받아놨으니까요."

"전 휴대전화가 없어요."

"같이 오신 남자분이 원무과에 번호를 남겼어요."

"네?"

"가족 아닌가요?"

"맞아요."

"할아버지세요?"

"아니요."

줄리는 망설이다가 덧붙였다.

"그런 셈이에요."

간호사가 의아스런 미소를 살짝 지으며 줄리를 바라보았다.

이 여자가 어떻게 이해하겠는가? 줄리가 상황을 어떻게 설명할 수 있을까? 애정으로 따지면 폴은 할아버지가 될 수 있다. 나이로 따져도 그렇다. 하지만 고작 3주 만에?

뭐 어때.

폴은 더미 속에 깔린 잡지를 한 권 꺼내 건성으로 훑다가 이내 도로 내려놓았다. 무엇에도 집중이 되지 않았다. 몇 시간 전 일을 직접 겪은 사람의 눈에 비친 사고 기사들은 어찌나 경박한지! 폴은 복도에 울리는 급박한 발소리를 들으며 줄리가 아닐 거라고 짐작했다. 줄리의 발소리가 아니었다. 폴은 심지어 이런 사소한 부분까지 줄리에 대해 알아가고 있었다.

"안녕하세요?"

"아, 카롤린! 왔군요. 잘했어요. 제롬은 만나봤소?"

"네, 거기서 오는 길이에요. 꼬마 얘기를 들었어요. 좀 어떤가요?"

"소생실에 있어요. 수술을 받았소."

폴은 이어 의사의 소견을 죄다 늘어놓았다.

카롤린의 눈자위에 물기가 어렸다.

"악몽도 이런 악몽이 없네요. 끔찍해요. 줄리는 어떤가요?"

"충격이 커요. 무척."

침묵이 자리 잡았다. 이런 상황에 계속해서 대화를 이어가기란 쉬운 노릇이 아니다.

그럼에도 이 침묵의 무게는 모두에게 너무 버겁다.

룰루의
헝겊 장난감

줄리는 잠에서 깨어났다. 현실에 다시 발을 내디디기 위해 얼마간 시간이 필요했다. 여기가 어딘지 알 수 없었다. 다만 세련되고 무난한 침실의 침대에 누워 있었다. 틀림없이 호텔은 아니었다. 줄리는 일어나서 커튼을 걷고 창문 밖을 바라보았다. 조간신문을 들고 우편함에서 돌아오는 폴이 보였다. 폴의 집이었다.

대체 무엇을 입고 잤는지 궁금해진 줄리는 옷차림을 살폈다. 허벅지까지 내려오는 커다란 남자용 티셔츠에 팬티 차림. 아무것도 기억나지 않았다. 폴이 자신을 이 침대에 내려놓던 순간조차.

줄리는 몸을 돌리다가 거울 속에 비친 모습과 마주쳤다. 끔찍했다. 눈자위는 벌겋고 눈두덩은 부어올랐으며 다크서클이 짙게 드리운 몰골이었다. 그리고 이마의 혈종이…… 사고의 유일한 흔적이었다. 룰루가 죄다 뒤집어썼지만. 침대 끝에 커다란 빨간색 트렁크가 얌전히 놓여 있었다. 줄리는 트렁크에서 몇 가지 물건을 챙겨 침실 옆에 붙어 있는 욕실로 갔다. 뜨거운 물로 샤워하면 피부도 매끈해지고 충혈도 완화될 거라 기대하면서.

몇 분 뒤, 기대는 실망으로 바뀌었다.

샤워를 마친 줄리는 화장할 생각조차 하지 않았다. 해봤자 부옇게 뜨거나 흘러내릴 텐데 뭘.

오늘은 또 흘러내릴 터.

줄리는 식기 소리가 들려오는 부엌으로 내려갔다. 폴이 식탁에서 부스럭거리고 있었다.

남자가 줄리의 이마에 키스하며 물었다.

"잘 잤어?"

"아저씨가 제 옷을 벗겼어요?"

그가 부엌 구석의 쿠션에서 자고 있는 털이 수북하고 통통한 회색 고양이를 가리키며 대답했다.

"고양이는 아니지."

그가 민망해하는 줄리를 보며 덧붙였다.

"걱정 마. 네 몸을 보면서 안쓰러운 생각뿐이었으니까. 병원에서 나오면서 네가 너무 지쳐 뻗어버렸거든."

"병원에 다시 갈래요."

"데려다줄게. 우선 뭘 좀 먹어."

"배 안 고파요."

"달달한 차라도 마셔. 내일은 내가 휴대전화를 사다줄게. 필요할 거야."

"아니, 아니에요. 저는 돈이 없⋯⋯."

폴이 벌컥 짜증을 냈다.

"그만해. 전부 다 내가 알아서 해. 오케이?"

줄리가 숨을 고르며 달랬다.

"화내지 마세요, 폴."

폴이 뒤로 돌더니 개수대에 양손을 얹고 창문을 바라보았다. 그의 어깨가 몇 차례 들썩였다. 이를 본 줄리가 다가가 그와 개수대 사이로 끼어들었다. 폴이 그녀를 껴안고 흐느끼기 시작했다.

"모두 내 잘못이야. 내가 제대로 대처하기만 했어도."

"그럴 수 있었어요?"

"실은 모든 게 순식간의 일이었어. 무슨 일이 벌어졌는지 알아차렸을 때는 이미 트럭이 우리를 들이받은 뒤였지. 그 개자식은 자기가 얼마나 엄청난 짓을 한지도 모르고 저세상으로 가버렸고."

줄리는 부엌의 난방기 위에서 마르고 있는 헝겊 뭉치를 발견하고서 물었다.

"룰루의 헝겊 장난감은 왜 빨았어요?"

"꼴이 말이 아니었어. 더는 묻지 마, 줄리. 그편이 나으니까."

두 사람은 한동안 멍하니 있다가 서둘러 뜨거운 차를 삼키고는 병원으로 출발했다. 폴은 제롬한테 가보기 위해 줄리와 소아과 병동 입구에서 헤어졌다.

뤼도빅은 새벽에 소생실에서 이송되었다.

병실이 아늑했다. 편안한 색상, 그림들이 걸린 벽. 지속적으로 들리는 기계음에도 불구하고 분위기는 온화했다. 쾌적하다고 할 만큼. 이곳의 삶 또한 일상생활과 다를 바 없는 듯했다. 그런데 간호사 두 명 중 한 명의 얼굴에는 환한 미소가 걸려 있었다. 그녀의 활력 있는 모습에 줄리는 처음 얼마간은 당황했다. 이런 데서 일하기가 힘들어 보였기 때문이다. 하지만 병실에 있자니 이 생동력에 전염성이 있음을 깨달았다. 줄리는 그럴 수 있으리라고는 전혀 생각지 않았지만 전염되고 싶은 기분이었다.

"의사 선생님 좀 만나 뵐 수 있을까요?"

"그럼요, 라가르드 선생님과 면담하시게 될 거예요. 이곳 치프시거든요. 이따 9시에 오실 거예요. 지금은 회의 중이세요."

간호실에서 서둘러 뤼도빅의 병실로 돌아온 줄리는 침대 옆에 있는 작은 의자에 앉아, 아이의 말랑한 손을 쥐며 머리칼을 쓰다듬었다. 아이의 눈썹 위로 커다란 봉합선이 지나갔다. 다른 자잘한 상처들도 치료가 되어 있었다.

줄리는 아들의 몸에 연결된 온갖 호스들을 바라보았다.

간호사가 쟁반을 들고 들어와 주사기 중 하나를 집어 들더니 새것으로 교체했다. 그녀는 밝은 분위기를 향수처럼 발산했다. 작은 꽃들이 주변을 떠다니는 것 같다고 할까. 간호사가 줄리의 질문에 대답하고는 상냥하게 웃어 보이며 병실에서 나갔다.

위안이 되네!

몇 분 뒤, 의사가 노크를 하고는 병실로 들어왔다. 그가 다시 한 번 상황을 설명했다. 되풀이하여 들은 나머지 줄리도 이제는 이해하기 시작했다.

"혹시 혼수상태에서 깨어날 경우 우리가 알 수 있는 조짐이 있나요?"

"그렇기도 하고 아니기도 해요. 예고도 없이 갑자기 깨어날 수도 있거든요."

"그럼 제가 깨어나는 데 도움이 되도록 할 수 있는 일이 있나요?"

"네, 아이한테 기억을 상기시키면서 계속 말을 걸고 만지고 자극을 주세요. 아이가 소중하게 생각하는 주변 사람들도 오면 좋아요, 와서 얘기를 하면요. 형제들이라도……."

"형제가 없어요."

"그럼 조부모나 보모 같은 분들이 와도 좋고요."

"다리는 어떻게 될까요?"

"그 부분도 아직 확답할 수 없어요. 뤼도빅이 입은 척수 손상은 일반적으로는 회복 가능해요. 혼수상태 기간과 뤼도빅의 의지에 달렸습니다. 우리로서는 최악의 상황에 대비하기 위해 섣불리 낙관하지 않지만 어쨌든 최상의 결과를 위해 최선을 다할 겁니다."

"최상의 결과라는 말은 사고 이전으로 돌아갈 수도 있다는 얘긴가요?"

"최악을 각오하면 덜 나쁜 상황도 특별하게 여겨질 수 있죠. 비록 최상은 아니지만 기쁘게 받아들일 수 있다고 할까요. 반면 얼마나 더 여기서 이러고 있어야 할지는 우리도 모릅니다. 어머니가 잘 버텨주셔야 해요. 특히 일자리를 잃지 않도록 하세요. 뤼도빅을 혼자 기르시는 걸로 알고 있습니다만, 사회복지사가 찾아오긴 해도 보조금만으로는 생활이 충분치 않을 거예요. 한편으론 다른 데로 눈도 좀 돌리고 머리를 식히면서 이 일에만 집착하지 않아야 하고요. 그러지 않으면 버티지 못해요. 혹시 어머니 본인 말고도 면회 올 분들이 있습니까?"

"그럴 거예요."

"잘됐군요. 그분들한테 의지하세요."

줄리는 뤼도빅 곁에서 오전 시간을 보냈다. 아직 축축한 헝겊 장난감을 아이의 한쪽 손 밑에 가져다놓고 유치원 친구들이며 집이며 장난감, 바깥 날씨, 창문 밖 풍경에 대해 이야기했다.

잠시 쉬던 줄리는 가방을 뒤져 백단향으로 만든 작은 공을 찾아냈다. 중학교 때 목공 수업 시간에 미술 선생님이 준 것이었다. 지름이 2~3센티미터 정도 되고 약간 울퉁불퉁하지만 어찌나 만지고 주무르고 굴렸던지 촉감이 부드럽기 그지없었다. 그녀는 이걸 손에서 놓아본 적이 없다.

줄리가 공을 잡아 꼭 쥐었다. 무언가를 붙들어야 했다.

정오 무렵이 되자 신선한 공기가 필요해진 줄리는 바깥으로 나가 산소를 들이마셨다. 날씨가 기가 막혔다. 쌀쌀하고 건조하고 찬란한 날씨. 인디언서머.

이때, 소방차가 소아과 응급실 앞에 급정거했다. 줄리의 몸이 부르르 떨렸다.

몇 분 뒤 그녀는 아들의 병실로 발걸음을 돌렸다. 가는 길에 병원의 신문가판대를 지났다. 지역 신문에 자동차 사고가 헤드라인으로 실렸다. 줄리는 신문을 샀다.

어젯밤, 휴가를 마치고 돌아오던 일가족이 탄 사륜구동차와 트럭이 충돌하는 끔찍한 사고가 발생했다. 또다시 알코올이 사고의 주범이었다. 트럭 운전자는 현장에서 즉사했다. 혈중 알코올 함량이 3.54그램이었다. 고속도로 반대편에서 돌진하는 트럭을 사륜구동차 운전자는 피할 도리가 없었다. 성인 두 명은 무사한 반면, 세 번째 탑승자는 상태가 심각하다. 서른세 살의 의사인 그는 다리에 무수한 골절상을 입었다. 하지만 무엇보다 이들과 함께 탑승한 세 살 난 아이가 중태에 빠졌다. 아이는 현재 혼수상태로 의사들은 생존 가능성에 대해서는 말을 아끼고 있다.

줄리는 참을 수 없다는 듯 거칠게 신문을 구겨 쓰레기통에 던져버렸다. 그렇게 하면 방금 읽고 난 내용을 지울 수 있다는 듯이.

룰루를 잘못 알았어. 우리 룰루는 쉽게 두 손 드는 아이가 아니야! 우리 룰루가 기자들한테 이런 끔찍한 기사를 써 갈길 권리가 없다는 사실을 보여주고 말 거야!

줄리는 이제껏 신문의 사건사고 소식을 꼬박꼬박 읽어왔다. 그런데 이번엔 자신이 기사의 주인공이 되었다. 믿을 수도 참을 수도 없는 일이었다.

간호사가 들어와 다시 호스를 교체했다. 이번엔 수혈관이었다.

"내일이나 모레, 화장실을 보여줄게요. 혹시 직접 하시고 싶으시면요."

"이 호스들을 죄다 끼고서요?"

"걱정 마세요, 그리 복잡하지 않아요. 필요할 땐 우리가 도와드릴게요. 어쨌든 의무는 아니에요."

"아니, 아니에요. 하고 싶어요. 집에서처럼 제가 직접 돌볼 수 있으니까 더 좋아요."

"사실 그게 뤼도빅한테도 중요하거든요. 물론 어머니한테도 그렇고요. 혹시 일을 하시나요?"

"네, 슈퍼 계산원이에요. 아직 휴가가 일주일 남았어요."

"업무 시간 조절이 가능하신가요?"

"근무시간이 상상을 초월해서 말이에요. 하지만 애가 깨어나는 순간에는 꼭 여기 있고 싶어요."

"그게…… 도저히 예측할 수 없어서 말이죠. 하지만 제가 여기서 23년간 일하는 동안 꽤 여러 경우를 봤는데, 환자들이 희한하게, 좋은 때 좋은 사람을 잘도 알더라고요!"

"환자들이 죄다 깨어났나요?"

"당연히 아니죠. 그렇다고 하면 거짓말이 될 거예요. 하지만 아이들은 생을 되찾는 아주 놀라운 에너지가 있어요. 아드님힌데도 그의지를 심어주세요."

"어떻게요?"

"즐거움이야말로 삶의 좋은 치료제죠."

"나도 정말이지 되찾고 싶군요."

"이전에 이미 풍부하게 저장해두었다면, 두고 보세요. 머잖아 되찾을 테니."

휠체어
리프트

카롤린은 매일 저녁, 진료가 끝난 뒤 제롬을 면회 왔다. 환자들에 대해 세세히 보고하는가 하면 머릿속을 맴돌던 질문을 던지기도 했다. 쉬지 않고 등을 마사지해주는가 하면 음료나 신문을 가져다주었고 미소를 띠며 함께 있어주었다.

"언제 퇴원하는지 아세요?"

"말을 놓아도 될까? 당신도 편하게 말하고."

그녀가 승낙했다.

"네, 그러죠. 퇴원이 언제예요?"

"2주 후쯤. 깁스를 이럭저럭 끄르면."

"그럼 걸을 수도 있나요?"

"어이쿠, 그건 또 다른 얘기야. 이 안이 지금 곤죽이거든. 뼈가 굳으려면 시간이 필요해. 몇 달 걸릴 거야. 내 몸이 진짜 연장통이 됐지 뭐야. 혹시 퍼즐 좋아해? 내 X선 촬영 사진을 보라고. 흑백 조각이 250개는 되니까. 그야말로 현대적인 예술작품이지. 아마 우리 병원 벽에 걸어두면 인기가 대단할 거야!"

"아닌 게 아니라 병원엔 언제부터 나오세요?"

"당신은 앞으로 계획이 어떻게 돼?"

카롤린이 감히 다음을 바라지 못하는 듯 시선을 내리며 대답했다.

"특별히 없어요."

"그럼 그냥 계속 근무해! 당신이 필요하니까. 중요한 진단을 내릴 땐 내가 당신을 도와줄게, 당신이 내 손과 눈과 귀가 되어줘."

"제 업무 능력에 만족하세요?"

"아니, 걱정이 되긴 해. 당신은 액운이 낀 데다 구렁에 빠진 사람들을 건지려고 거기에 함께 뛰어드니까. 또 엄한 일로 MRI 센터를 귀찮게 하질 않나. 게다가 사람 자체도 기분 나쁘고."

카롤린이 숨을 딱 멈춘 채로 눈을 휘둥그렇게 뜨고서 제롬을 바라보았다.

제롬이 이어 정정했다.

"물론 만족하지. 그렇지 않다면 당신한테 계속 있으라고 하겠어? 다만 이젠 별거 아닌 증상에도 처방전 써주지는 마. 진료 감각을 키우고 넓게 보라고. 환자 말을 잘 들어, 때로는 그거 외에 다른 건 필요하지 않다는 사실을 알게 될 테니까."

"제가 아직 배울 게 많아요."

"그러니 얼마나 좋아! 그걸 경험이라고 하지. 어쨌든 당신이 나보다 나을 수는 없지 않겠어? 자, 그럼 계속 있는 건가?"

카롤린이 웃으며 대답했다.

"네. 집은 어떻게 하죠? 비워야 하나요?"

"작은 방을 계속 써. 사용하지 않는 방이니까."

"선생님은 어떻게 계단을 오르내리실 거예요?"

그가 당황하며 대답했다.

"좋은 질문이야. 그게, 그러니까…… 정말 좋은 질문인걸!"

"휠체어 리프트를 설치하면 어떨까요?"

"칭찬 고마워."

"왜요, 광고에서 보면 노인들을 위해 계단을 따라 오르내리도록 설치한 작은 의자 있잖아요."

"칭송도 이런 칭송이 없군. 카롤린, 정말 눈물 나게 감동이야."

"좋은 생각 아닌가요?"

제롬이 마지못해 대답했다.

"그래, 당신이 맡아주겠어?"

"음, 그럴게요."

제롬이 물었다.

"꼬마는? 좀 어때?"

"소생실에서 이송됐어요. 거기 치프가 우리 아버지예요."

제롬이 놀랐다.

"그래?"

"네, 왜요?"

"아무것도 아냐. 그러고 보니 집안에 좋은 선생님이 있었네?"

"네."

"그걸 왜 숨겼지?"

"숨긴 거 아녜요. 다만 선생님이 묻지 않았고, 제가 나서서 얘기하지 않았을 뿐이죠. 전 저대로 존재하니까요. '라가르드 박사의 딸'이라는 꼬리표를 원치 않아요."

"그래, 아버지는 룰루에 대해 뭐라고 하셔?"

"별로 말씀하고 싶어 하지 않으세요. 안정돼 있긴 한데 낙관할 순 없나 봐요. 꼬마가 온갖 재앙을 하나도 피하지 못했어요. 그저 기다리는 상태죠."

"줄리는? 어때?"

"괜찮아요."

"잠은 어디서 자고?"

"당장은 선생님 아버지 댁에서 지내는데, 곧 자기 집으로 갈 거라고 하더라고요. 일을 다시 시작하면 거기서 출퇴근하기는 힘들다면서요."

"우리 집으로 오게 해. 복도 끝에 방이 하나 더 있어. 지금은 혼자 두면 안 돼."

"그러려고 할까요? 저하고도 잘 모르는데."

"아는 사람이 워낙에 많지 않은 여자야. 당신이 설득해봐. 당신만의 비장의 무기를 꺼내봐."

"어떤 비장의 무기를요?"

제롬이 그녀의 젖가슴을 바라보면서 말했다.

"음, 그건 아니야. 상대가 여자니까."

"재밌어서 죽을 것 같아요!"

카롤린이 인상을 찌푸리며 쏘아붙였다.

"나도 몰라. 당신이 알아서 잘해봐. 나 여기 좀 긁어주겠어?"

제롬이 다리 밑에 깁스가 시작되는 곳을 가리키며 부탁했다.

카롤린이 의자 밑에 구부리고 앉아 부탁대로 했다. 제롬의 얼굴이 풀어지면서 만족스러운지 입에서는 한숨이 흘러나왔다. 시원한 기분이 온몸에 퍼졌다. 하지만 카롤린에게는 곤혹스런 자세였다. 그녀의 양 볼이 벌겋게 달아올랐다.

카롤린이 돌연 몸을 벌떡 일으키더니 눈을 감고 있는 제롬의 한쪽 볼에 작별 키스를 했다.

"이만 가봐야겠어요. 휠체어 리프트를 알아봐야 해요."

"벌써? 그럼 가려운 데는 어떡하고?"

"간호사한테 부탁하세요."

"오늘 밤은 당번이 남자 간호사야."

"그게 뭐 어때서요?"

그녀는 이미 복도 밖으로 사라졌다.

아니, 어떻지 않지 않다고!

제롬이 벨을 눌렀다. 남자 간호사가 들어와 침대에 눕는 그를 도왔다. 물론 긁어달라는 부탁은 하지 않았다. 뜨개바늘로 충분하리라.

제롬은 카롤린이 가져온 의료잡지 〈프레스크리르〉 최신호를 집어 들었다. 기사에 한참 빠져들었을 때 조심스레 노크하는 소리가 들렸다. 줄리가 얼굴을 살짝 내밀며 제롬이 자는지를 확인했다.

"들어와, 줄리. 이렇게 얼굴 보니 정말 좋네. 들어와!"

줄리가 병실로 들어와 문을 닫고는 문가에서 머뭇거렸다. 학교에 처음 간 여자아이처럼 수줍어하며 감히 그를 바라보지도 못했다. 사고 이후, 첫 만남이었다.

제롬이 침대 가를 가리키며 말했다.

"이리 가까이 와."

줄리가 땅바닥을 쳐다보면서 조용히 다가왔다. 눈물이 다시 쏟아졌다.

"자, 이리와, 나한테 안겨. 다 차례대로 위로받는 거야. 실컷 울라고! 설마 당신이 나한테 울면 안 된다는 소리는 못하겠지? 양파 때문이라면 아예 말도 꺼내지 않아, 하지만 이건 당연히 울어야 하는 일이야!"

줄리가 한동안 눈물을 쏟았다. 브르타뉴의 바닷가 분위기가 대기에 감돌았다. 파도가 산소 마스크였다. 그는 퍼즐이 된 다리에 무리가 가지 않도록 보호하면서, 또 구렁에 함께 빠지지 않도록 조심하면서, 줄리를 부드럽게 토닥였다. 그녀가 마침내 제롬의 품에서 벗어나더니 눈가를 닦으며 씩 웃어 보였다.

"깁스한 데 가렵지는 않아요?"

"가려워. 못 참을 정도로."

"긁어줘요?"

"아니야, 고맙지만 됐어. 숙달된 긁기 전문가가 따로 있거든. 당신까지 귀찮게 하진 않을래. 꼬마가 어떠냐고 묻지도 않을게. 카롤린한테 소식 들었으니까. 그 친구 아버지가 거기 치프라는군."

줄리가 놀랐다.

"아, 그래요? 친절하세요."

"카롤린도 그래."

"그 여의사예요? 당신 긁기 전문가가?"

"응, 아주 잘 긁어."

"나도 누가 등 좀 긁어줬으면 좋겠어요."

제롬이 명령했다.

"등 돌려!"

"여기서요?"

"안 될 거 없잖아?"

제롬이 줄리의 티셔츠 속으로 두 손을 집어넣으며 덧붙였다.

"나쁜 짓은 전혀 안 하는데, 뭘! 배에선 더한 짓도 했구먼……."

줄리가 반박했다.

"그땐 단둘이었죠."

"어쨌든 모비딕이 예고 없이 나타날 수도 있었다고. 여기야?"

"좀 더 위요."

"여기?"

"더 오른쪽이요. 이러다 간호사라도 오면요?"

"오늘 당번은 남자 간호사야."

"그럼 더더욱 안 되겠네요. 다른 종류의 모비딕이잖아요!"

"그냥 등 좀 긁어주는 것뿐인데, 뭐가 나빠? 참, 우리 집에서 카롤린이랑 함께 지내는 게 어때?"

"안 돼요, 방해하고 싶지 않아요. 일을 다시 나갈 텐데, 출퇴근 시간이 워낙에 들쭉날쭉하거든요."

"카롤린은 종일 일해, 당신이 언제 들어오고 나가는지도 모를걸. 하지만 둘이 함께 지내면 두 사람 다 밤에 혼자 있지 않아도 되잖아. 정말 착한 친구야, 함께 지내면 당신한테도 좋을 거야."

"글쎄요, 생각해볼게요."

"생각은 내가 다했어. 우리 집이 당신 직장하고 병원 중간 지점이야. 시간 낭비, 체력 소모가 덜 할 거라고. 거처를 옮겨. 다른 사람하고 함께 살아봐."

"하지만 당신도 곧 집으로 돌아가야 하잖아요!"

"그건 나중에 생각하자고. 난 앞으로도 한참을 이 방에 있어야 하니까. 이후엔 재활병동으로 가게 될 테고."

"룰루 있는 데 말이에요?"

"모르겠어. 그러면 좋겠군. 자, 오케이 하는 거지? 카롤린이랑 함께 지내는 거야."

"해볼게요. 어떨지는 지내보면 알겠죠."

"카롤린한테 비장의 무기로 당신을 설득하라고 했거든. 그 친구한테 넘어간 척을 해줘. 너무 자신감이 없는 친구니, 당신이 그래주면 도움이 될 거야."

"어떤 비장의 무기요?"

제롬이 웃으며 대답했다.

"나도 궁금한걸. 당신이 얘기해줘야지, 그 친구가 어떤 방법을 동원했는지. 자, 이제 그만 가서 쉬어."

그가 줄리의 티셔츠를 도로 내리며 말했다.

커피
자판기

며칠 후.

저녁 8시. 줄리는 카페로 갔다. 영업이 끝난 시간이지만 커피 자판기는 달달한 레몬차를 토해낼 터였다. 레몬차는 요즘 들어 차갑고 딱딱한 공이 들어찬 위장이 유일하게 받아들이는 음식물이었다.

그런데, 동전이 자판기에 걸렸다. 맨 먼저 스치는 생각. 왜 삶은 이다지도 내게 가혹할까? 매우 심각한 일과 사소하고 하찮은 일을 더는 구분할 수도 비교할 수도 없게 돼버린 사람처럼 울분이 치밀었다.

줄리는 동전 구멍 주위를 중심으로 자판기를 두드리기 시작했다.

무반응.

그녀는 자판기 옆구리를 좀 더 세차게 두드렸다.

무반응.

줄리는 주위를 둘러보며 혼자임을 확인한 뒤, 자판기를 있는 힘껏 발로 찼다. 발이 얼얼했다. 그녀는《땡땡의 모험》에 나오는 아독 선장°처럼 욕설을 내뱉으며 잠시 한 다리로 서 있었다. 하지만 동전이 밑으로 떨어지는 소리가 들리더니 이어 자판기가 컵을 토해냈다. 줄리의 발은 나아지겠지만 자판기는 만남의 흔적을 간직하리라.

어쩌면 다른 데다 분노를 쏟아붓고 배출할 수도 있었을 터인데, 그것이 커피 자판기가 된 셈이다. 레몬차 때문인지 아니면 발길질 때문인지는 몰라도 줄리는 한결 기분이 나아졌다.

둘 다입니다, 선장님!

° 《땡땡의 모험》은 호기심 많고 모험심 강하며 재치 넘치는 소년 기자 땡땡이 전 세계를 돌아다니며 갖가지 사건을 해결하는 과정을 담고 있는 만화로 50개 언어, 60여 나라에서 3억 부가 넘게 팔린 세계적인 베스트셀러. 아독 선장은 늘 욕설을 입에 달고 사는 땡땡의 가장 친한 친구이다.

프루스트의
마들렌ᄂ。

"좀 긁어줘요?"

줄리가 제롬의 병실에 들어서며 물었다.

"왔어?"

"룰루가 잠들었어요. 이제 집에 가려고요."

"노상 잠들어 있는 애한테……? 그런 웃기지도 않는 농담이 어딨
어……."

줄리가 확신 없이 대답했다.

"그렇게라도 웃어야죠, 안 그래요?"

○ 마르셀 프루스트의 《잃어버린 시간을 찾아서》에는 주인공이 차에 마들렌느 과자를 곁들여 먹으며 어린 시절의
추억을 생생히 상기하는 대목이 있다. 이후 작품과 함께 이 대목이 유명해지면서 '프루스트의 마들렌느'는 어린 시절
을 상기시키는 매개체를 뜻하게 되었다.

"엊저녁에 우리 집으로 옮겼다면서? 카롤린한테 들었어."

"네. 집이 참 마음에 들어요. 내 작은 여덟 평짜리 아파트보다 훨씬 넓고, 바로 옆에 룰루 방도 없고요. 숨통이 좀 트인다고 할까요……."

"그래, 카롤린이 꺼내든 비장의 무기는?"

"같은 여자끼리니까 이해하며 살 수 있다고요."

"그런가? 난 당신네 둘이 종류가 같은 여자들인지는 잘 모르겠는걸."

"그리고 화장품도 빌려주고 생리대도 빌려준다고요."

"그런 말을 해???"

"아니요, 내 유머감각을 좀 정비해봤어요. 당신을 뒤로 나가떨어지게 하려고 말했는데, 당신 상태가 이 지경이니 뒤로 나가떨어질 수도 없겠어요."

"당신이 장난기를 되찾아 기쁜걸. 비록 나를 놀리는 거라도 말이야. 이제 진실을 말해봐."

"직접 물어보세요!"

"절대 말 안 해줄걸!"

"외로워서 같이 살 친구가 필요하다고요."

제롬이 실망했다.

"그게 무슨 비장의 무기야?"

"그건 아니지만, 타당성 있는 이유예요."

"당신은 괜찮은 거야, 줄리?"

"휴, 이제 이틀 뒤면 일하러 나가야 해요."

"잘해낼 거야. 당신이 없는 동안 내가 뤼도빅이랑 있어줄게. 아버지도 도와주실 테고. 부모님한테는 연락했어?"

"네, 자동응답기에 메시지를 남겼더니 엄마가 전화를 했더라고요."

한참 침묵이 흐른 뒤, 젊은 남자가 물었다.

"그래, 뭐라셔?"

"별말 없었어요. 그냥 슬퍼하셨어요, 병문안을 못 오신다고. 엄마도 몸이 좋지 않거든요."

"아버지는?"

"무반응."

제롬이 분노했다.

"망할!"

"괜찮아요. 나도 필요 없으니까요."

"어디, 그렇게 종교에만 목을 매고 살아 보라지. 아무리 그래도 천국에 있는 성 베드로의 집에 들어가려면 성경책만큼 두꺼운 해명서가 필요할 테니."

"참, 당신한테 주려고 뭘 좀 가져왔어요."

"뭔데?"

줄리가 가방에서 작은 봉투를 꺼내며 말했다.

"당신의 프루스트의 마들렌느요. 나한테 내준 복도 구석방의 장롱 서랍에서 발견했어요."

"낭이! 이걸 당신이 어떻게 알아?"

"어떻게 알 것 같아요?"

"아버지가 이런 얘길 다 했단 말이야?"

"심지어 거인 냥이 얘기도 했는걸요."

"당신은? 당신의 냥이는 뭐였어?"

"나요? 난 뽀삐 털인형이 있었어요. 어디를 가든 손에서 놓질 않았죠. 그런데 일곱 살 때 아버지가 그런 유치한 장난감을 가지고 놀기엔 너무 나이가 많다면서 어느 날 저녁에 강제로 빼앗아 난로에다 던져버렸어요."

"내 냥이 중에서 몇 개 줄까?"

"그게 같을 수 있나요?"

"그럼! 이리 와. 내가 뽀삐를 할게, 날 쓰다듬어."

"뽀삐는 원숭이였는걸요!"

"그러잖아도 하도 침대에만 누워 있었더니 내 엉덩이가 원숭이 엉덩이 비슷해지지 않았을까 생각하던 참이야!"

"확인까진 안 할래요!"

줄리가 빙긋 미소 지으며 대답했다.

비틀린
참나무

줄리는 바람을 쐬러 바깥으로 나갔다. 쾌적한 가을날의 일요일이었다. 내일부터 근무가 시작된다. 어떻게 버틸 수 있을지는 알 수 없었다. 얼마 전 사회복지사가 그녀에게 아동 환자를 돌보는 간병인 아르바이트 자리를 알려줬다. 매니저에게 보고하고 허가를 받아야 하리라. 회사에서 제동을 걸 수 없는 권리지만, 매니저가 어떻게 해서든 제동을 걸리라는 사실을 알았다. 그도 살아야 하니까. 샤송에게는 심술이 매일 필요한 산소니까.

줄리는 시내로 가기 위해 전차를 탔다. 동네를 바꿔서 푸르른 공원을 좀 거닐고 싶었다. 줄리는 참나무 밑의 벤치에 앉아 가죽 끈이 둘러쳐진 이 오래된 나무를 바라보았다. 어느 날 가죽 끈이 너무 조이게 되었는데도 누구 하나 제거해주지 않은 듯했다. 때문에 이대로 뻗어나야 했을 참나무는 형태가 일그러진 채 가죽 끈 주위로 자라 있었다. 이웃한 다른 참나무들보다 모양새가 다소 덜 조화롭긴 했지만 키만은 못지않게 커서 멀리서 보면 여느 나무들과 다르지 않았다. 아마 베었을 때 훌륭한 판자가 될 수는 없을 터였다. 하지만 다른 나무들처럼 시원한 그늘을 드리웠고, 심지어 형태가 유달리 특이해서 만남의 장소가 되었다. 하나의 구분 기준이 된 셈이다. 다른 나무들은 평범하고 아무런 특징이 없는데 말이다.

줄리는 뤼도빅을, 어느 날 아이가 좁다고 느낄 가죽 끈을, 아무도 지워주지 못할 사고의 상처를 생각했다. 뤼도빅 또한 튼튼하고 커다란 참나무가 될 터였다.

훌륭한 판자는 아쉽지만 어쩔 수 없었다.

사소하지만
위급한 것들

월요일. 업무 복귀.

줄리는 휴식 시간을 틈타 새 휴대폰으로 폴에게 전화했다. 그녀는 A350 여객기 계기판을 눈앞에 둔 세 살배기 어린애처럼 휴대폰의 기능을 익히기 위해 애썼다. 친절한 폴이 단축번호를 입력해준 덕분에 2번을 길게 누르면 나이 든 친구의 번호가 기적처럼 액정화면에 떴다. 3번은 룰루 담당 간호실, 4번은 제롬, 5번은 카롤린, 6번은 마농이었다. 폴은 또한 어디로 들어와 있는지 모를 때, 간단히 터치 한 번으로 초기 메뉴화면으로 돌아가는 방법도 알려주었다.

폴은 줄리가 전화하면 회의 중이건 아니건 꼬박꼬박 전화를 받았다. 은퇴를 앞둔 고위간부의 특권이었다. 그렇기에 다들 무슨 수를 써서라도 이 자리를 지키려는 것이리라. 그는 직원들에게 "내가 전화를 받으면 위급한 일인 거야"라고 알리고서 줄리의 전화는 아무리 사소한 용건이라도 늘 위급하다고 대뜸 선언했다. 사소해도 무조건 위급한 것들이 있다.

줄리는 폴에게 직장에 다시 나온 일이며, 부모한테 물려받은 인간미가 태반과 함께 버려졌을 매니저 이야기를 했다. 박애에 해당하는 부분이 결국 쓰레기통으로 들어가버렸을 테고, 그 자리에는 온통 심술로 채워졌을 거라고 투덜거리면서.

"어쨌거나 아르바이트하는 것까지 반대하진 못했겠지?"

"그렇죠. 그럴 권리가 없으니까요. 하지만 아르바이트가 타당한 구실이 되지는 못할 거라면서 근무시간표를 최악으로 만들어주겠다고 협박했어요. 정말 생각 같아선 벽에다 확 밀쳐버리고 싶더라고요."

"그렇게 안 했어?"

"절 보고도 그런 말을 하세요? 아저씨 덕분에 브르타뉴에서 살이 붙긴 했지만 그래도 그 인간을 상대할 정도는 못 되죠."

"줄리, 언젠간 그놈을 혼내주자고. 지금은 말고. 다른 문제를 생각할 때니까. 하지만 복수심을 키우고 있어, 때가 왔을 때 빛이 나도록! 어쨌든 아르바이트 시간은 벌었잖아. 꿋꿋이 버텨. 꼬마를 위해서."

이날 그녀가 담당했던 12번 계산대에는 차가운 날씨만큼이나 지독한 손님들이 줄을 이었다. 인사말 한마디 던지지 않는다거나 눈길조차 주지 않는다거나, 줄리가 바코드를 못 찾으면 한숨을 내쉰다거나, 앞 손님이 코드를 일일이 손으로 입력해야 하는 할인쿠폰 일곱 개를 내밀면 짜증을 내는 식이었다. 보통 영수증과 함께 '행운의 선물'이라는 할인쿠폰도 같이 제공되는데, 대개 집 선반에 굴러다니며 거치적거리는 이 할인쿠폰을 아이들은 기를 쓰고 얻으려는 경향이 있다. 그런 아이들은 행여 물량이 소진되어 계산원에게 더는 남아 있지 않으면 땅바닥에 뒹굴며 소란을 피우기도 했다. 그렇게 되면 또 시간이 지연되고 다른 고객들의 불평을 살 수밖에 없었다. 계산대 앞에서 생각해야 할 일이 한두 가지가 아니었다. 계산 착오가 생겨서 매니저한테 불려가는 일이 없도록 집중해야 했고, 특히나 이 아무것도 아닌 장비를 끊임없이 작동해야 해서 피곤했다. 이곳에서 불과 수십 미터 떨어진 데서는 어느 무책임한 알코올중독자가 아무런 생각 없이 차에 시동을 건 결과로 한 어린애가 아주 깊은 잠에 빠진 마당인데. 줄리는 자신의 인생이야 아무래도 좋았다. 하지만 룰루의 인생은…….

그러니 할인쿠폰과 당첨 티켓은 줄리의 관심사가 아니었다. 특히 악질 매니저 따위는!

폴이 꾸준히 제안했던 바를 되풀이했다.

"직장 그만둬도 된다고 그랬잖아. 생활비는 내가 보조한다고."

"싫어요, 누구한테도 의지하고 싶지 않아요."

"고집스럽긴!"

"고집도 필요해요…….'"

"자존심이 너무 세!"

"현실적인 거겠죠……."

"너무 드세!"

"생각이 확고한 거예요……."

"오케이! 포기. 다만 내가 있다는 것만 알아둬. 알지?"

물론 이제 그녀도 안다.

속담

줄리는 뤼도빅의 목욕을 마쳤다. 이곳에 온 지 벌써 13일째. 의사가 조금 전에 다녀갔다. 수술 경과가 비교적 좋은 편이고, 그토록 힘들었던 순간은 거의 지나갔다. 소변도 맑아졌고 상처도 희미해져가고 혈액도 균형을 되찾았다. 자가 호흡이 가능해져 산소호흡기도 떼어냈다. 하지만 급성 단계가 끝나자 비통하게도 만성 단계 차례였다. 줄리를 경악하게 한 단어, 만성. 병의 증상이 오래 지속되면서 서서히 발전하는 성질.

줄리는 일과표상으로나 정신적으로나 이 만성 단계, 즉 병간호가 일상이 되는 단계에 대비했다. 그들은 교대로 아이의 침대맡을 지키는 일상의 리듬을 찾았다. 줄리가 아침에 병원에 왔다가 제롬과 교대한다. 으스러진 다리가 회복되는 동안 제롬은 휠체어에 앉아 아이에게 말을 걸며 곁을 지키고 있으면 줄리가 슈퍼 일이 끝나는 대로 다시 병원에 오는 일상. 이따금 폴이 저녁에 찾아와 줄리가 조금이라도 자기 시간을 가질 수 있도록 교대해주었다. 줄리는 뤼도빅을 낮에 혼자 두어야 한다는 사실을 받아들일 수 없었다. 아이를 버리고 배신하고 실망시킨다는 기분, 자신이 비열하다는 기분이 너무 강하게 들었다.

손등으로 조심스럽게 몇 번 두드리는 소리가 나더니 문이 열렸다.

"안녕하십니까! 뤼도빅 어머니시죠? 저는 로맹 포레스티에입니다. 이 병원 협력 물리치료사예요. 반갑습니다."

악수하는 손이 단단하고 자신만만했다. 찌를 듯한 시선이 거의 도발적으로 여겨질 만큼 길게 머물렀다. 마치 상대방이 흔들림 없이 이 시선에 맞설 수 있는지를 확인하려는 듯. 줄리는 물러서지 않았다. 당연히 물러서지 않는다. 아직 두 손 들지 않은 마당이니까. 그녀는 악수하는 동안 시선을 거두지 않고 버텼다. 몇 초의 짧은 순간이 영원처럼 느껴졌다.

"저는 이 동네 저쪽 끝에 있는 재활물리치료센터에서 근무합니다. 혹시 아세요?"

"네, 들어봤어요."

"저는 보통 퇴원 후에 치료센터에서 만나게 될 아이들을 지속적으로 돌보기 위해 여기 파견됩니다. 며칠 전에 뤼도빅 관련 자료를 전딜빋있이요."

그가 뤼도빅 쪽으로 몸을 숙여 양손으로 아이의 한 손을 꼭 잡고는 한참을 바라보았다. 조금 전 아이 엄마에게 그랬듯이 닫힌 눈꺼풀 틈을 꿰뚫어보기라도 하려는 것처럼.

"안녕, 뤼도빅. 난 로맹이라고 한다. 우리가 한동안 시간을 함께 보내야 할 것 같구나. 네가 깨어나길 기다리는 동안 내가 와서 마사지도 해주고 몸도 움직여줄 거야. 그다음 일은 때가 되면 함께 얘기해보자꾸나."

그는 동정하는 기색 없이 어른에게 말할 때와 똑같은 어조로 이야기했다. 똑같이 존중하면서, 똑같이 자연스럽게.

남자가 작은 마사지 오일 병을 열어 몇 밀리미터 정도를 손바닥의 옴폭한 곳에 떨어뜨리더니 다른 손바닥에도 나누어 문지르며 손을 덥혔다. 마사지를 시작할 때 절대 불쾌감을 주어서는 안 된다. 불쾌감으로 인해 근육이 긴장하면 마사지를 하는 의미가 없으니까. 그는 뤼도빅의 몸에 천천히 조심조심 손을 가져갔다. 접촉이 거의 느껴지지 않을 지경이었다. 그가 침대 가장자리에 걸터앉아 뤼도빅의 발을 자신의 허벅지에 올려놓고는 다리부터 마사지하기 시작하자, 줄리는 이를 티 안 내고 관찰했다. 그의 팔뚝 여기저기에 기다란 정맥이 울룩불룩했다.

번들거리는 로맹의 손이 유연하면서도 힘차게 뤼도빅의 다리를 따라 오르락내리락했다. 커다란 손이 무척 부드러워 보였다. 아주 살짝 구불거리는 갈색 머리칼이 머리의 움직임에 따라 미세하게 움직였다. 입술 주위의 짧은 턱수염. 가지런하고 꼼꼼한 면도. 마음을 흔드는 남자의 단장이었다.

로맹은 묵묵히 일했고 줄리는 이 순간을 존중했다. 그때, 아주 작은 소리 하나가 그녀의 관심을 끌었다. 몸의 움직임에 수반되는 달랑거림. 티셔츠 속에서 나는 듯한 노랫소리. 남자의 목에 체인이 걸려 있는 것으로 보아 펜던트가 달랑거리는 소리인 듯했다.

천사가 지나가고° 또 지나간 15분.

줄리는 이 시간을 즐겼다. 그녀가 미소 지었다. 줄리의 천사, 그 아이는 지나가지 않는다. 그 아이는 여기 있다. 남자가 멀지 않은 길을 함께 가기 위해 아이의 손을 잡는다. 아이 위로 남자의 손가락이 미끄러져 내려간다.

마침내 남자가 물었다.

"당신은요? 괜찮아요?"

"괜찮아요. 달리 방법이 있나요, 괜찮아야죠. 잘 버티고 있어요. 세상이 무너졌지만 버티고 있어요."

"……"

"……"

천사가 여차하면 나타날 기세로 뒤에서 망을 보고 있다.

"어려운 일을 당하셨어요. 하지만 무슨 일이 있어도 이겨내실 겁니다. 선택의 여지가 없으니까요. 삶은, 지치지도 않고 계속되니까요."

줄리는 아무런 대답도 하지 않았다. 무슨 말인지 잘 안다. 이윽고

○ 프랑스에서는 어색하고 불편한 침묵의 시간이 길어질 때, 대화 도중 갑자기 말이 뚝 끊겼을 때, '천사가 지나간다'라는 표현을 쓴다.

그가 말을 이었다.

"아랍 속담에 이런 말이 있어요. 절대 두 손 들지 마라······."

"기적이 일어나기 2초 전일 수도 있다······."

로맹은 그녀를 돌아보지 않았다. 하지만 줄리는 그가 처음으로 짓는 미소를 보았다. 미소가 남자의 입술에서 마치 색깔이 차츰차츰 옅어지듯이 서서히 사라졌다.

천사가 다시 자리를 잡았다.

"주말을 제외하고 주중에는 매일 들를게요. 뤼도빅의 몸을 가능하면 자주 움직여주세요. 어머니도 마사지해주면 좋습니다."

"이미 조금씩 그렇게 해주고 있었는걸요."

그가 떠났다.

참으로 미스터리한 인물이었다. 첫인상은 차가운 듯했지만 결국엔 신뢰하게 만들고야 만다고 할까. 그는 역경에 맞서 매우 자신만만해 보였다. 틀림없이 어린 환자들과 이런 상황을 무수히 겪어온 관록 때문이리라. 태도에 비하면 나이가 그리 많아 보이지는 않았다. 이제 겨우 30대가 되었을까.

그리고 아랍 속담. 줄리는 이 속담을 달달 외우고 산 지 5년째였다. 어쩌면 로맹은 처음으로 문장을 끝맺지 못한 것이 아닐까?

처음. 그리고 그 작은 달랑거림.

눈가의
잔주름

며칠 후.

줄리는 뤼도빅의 목욕을 일찌감치 끝냈다. 물리치료사는 여전히 나타나지 않고 있다. 마음 깊은 곳을 파고드는 허전함과 공허감. 거기에 드문드문 뒤섞인 초조함. 그녀는 기다린다.

그가 30여 분 뒤에 모습을 나타냈다. 별 다른 설명도 없다. 급한 일이 있었던 걸까? 돌봐야 할 다른 어린 환자가 있었나?

로맹 포레스티에는 말수가 적었다. 일에만 집중했고, 웃는 일도 드물었으며, 줄리도 쳐다보는 둥 마는 둥 했다. 이 남자의 목소리와 시선과 태도에는 사람을 편안하게 하는 무언가가 있었다. 이 부분 역시 미스터리. 뤼도빅을 마사지할 때, 짐든 이이의 무거운 사지를 움직일 때, 여전히 그의 티셔츠 속에서 작은 달랑거림이 노래하듯 들려왔다.

로맹의 이마 아랫부분, 미간에서부터 생겨나는 깊은 주름. 이 주름이 몇 센티미터 위에서 수직으로 똑바로 불거졌기에 그의 얼굴은 진지하고 열중해 있는 것처럼 보였다. 자잘한 잔주름이 눈가에 얕은 고랑을 만들었다. 마지막으로 깊이 팬 두 개의 홈을 따라 내려오면 활 두 개를 원이 되도록 마주 놓은 듯한 입술, 틀림없이 너그러울 웃음을 지을 입술이 있었다. 줄리는 일을 하지 않을 때 로맹의 모습을 상상해보았다. 어떻게 살고 있을까? 결혼은 했을까? 아이들은 있을까? 극장에도 가고 친구들과 외출도 할까? 성격은 어떨까? 여기서처럼 늘 진지할까, 아니면 하얀 작업복을 벗어던지는 순간 명랑해질까?

사람의 내면은 얼굴에 드러나지 않는다. 더러 짐작했다고 생각하기도 하지만 어느 순간, 완전한 착각이었음이 밝혀진다.

그는 왼손 약지손가락에 반지를 끼지 않았다. 일하기 편하도록 혹은 위생을 위해 빼놓는 걸까?

줄리는 벌떡 일어나 창문 앞에 버티고 서서 바깥 풍경을 살폈다. 뤼도빅이 불과 며칠 전에 일어난 사고의 후유증으로 혼수상태에 빠져 누워 있는 마당인데, 어떻게 이런 걸 궁금해할 수 있을까? 부끄러웠다.

차분한 손동작을 멈추지 않으며 그녀를 관찰하는 로맹의 모습이 유리창으로 얼비쳤다. 유리창을 통해 둘의 시선이 마주쳤다. 이윽고 그가 뤼도빅 쪽으로 고개를 돌렸다.

"저, 말입니다, 저는 어린이 환자를 맡게 되면 아이를 좀 더 많이 알기 위해 노력하거든요."

"……"

"아드님에 대해서 간략한 소개서를 써주실 수 있겠습니까?"

"소개서요?"

줄리가 돌아서서 창문에 등을 기댔다. 더는 감히 다가갈 수가 없었다. 좀 전의 생각을 떨쳐버리기 위해 일정거리를 유지해야 했다.

"그러니까 뤼도빅의 성격이나 습관, 좋아하는 것, 행동양식이나 사고방식 등등, 원하는 대로 쓰시면 됩니다. 아이가 깨어났을 때 너무 혼란스럽지 않도록 제가 아이를 어느 정도 알아야 하거든요. 이게 중요합니다."

"뤼도빅이 병원을 옮기더라도 당신이 계속해서 돌보게 되나요?"

"뤼도빅의 경우는 혼수상태에서 빠져나오더라도 얼마간은 이 병원에 계속 머물게 될 거예요. 깨어날 시간을 주는 거죠. 이후에 재활 물리치료센터로 이송되면 저와 꽤 오랜 시간을 함께 보내게 될 겁니다. 병세나 회복 속도에 따라 적으면 몇 달, 때론 몇 년이 되기도 하죠."

"……"

"이런 걸 알려드리게 돼서 죄송합니다. 하지만 한동안은 제가 두 분 등에 딱 붙어 있게 될 거예요."

줄리가 웃으며 침대 옆 의자 쪽으로 천천히 걸음을 옮겼다.

"어쩌면 우리가 당신 등에 업힐지도 몰라요."

"전 튼튼해서 끄떡없으니까 걱정 마세요."

웃음.

"뤼도빅이 다시 걸을 수 있을지 없을지는 언제쯤 알 수 있을까요?"

"차근차근 풀어야죠. 시간을 줘야 합니다. 우선은 깨어날 시간을 주자고요."

"어떻게 될지 자꾸만 걱정이 돼요."

"말씀드렸죠? 무슨 일이 있어도 이겨내게 돼 있어요. 때론 인생이 조금 다치는 일도 있겠지만, 이겨낸다고요. 아이들은 놀라운 생명력을 갖고 있어요. 새로운 삶의 조건에 매우 빠르게 적응하죠. 두고 보세요, 뤼도빅 나이면 습득력이 절정에 달한 때니까."

줄리는 로맹이 뤼도빅을 편안하게 다시 눕히는 모습을 지켜보았다. 물리치료사는 지난번과 마찬가지로 뤼도빅의 볼을 가볍게 쓰다듬는 것으로 치료를 끝냈다.

"그럼, 소개서 좀 부탁드리겠습니다. 월요일까지 해주실 수 있을까요?"

그녀는 물리치료사에게 미소를 지으며 비꼬듯 대답했다.

"여기서 해야겠군요. 시간을 좀 내봐야겠는걸요."

로맹은 버릇대로 줄리를 뚫어져라 바라보았다. 미소를 짓자 양쪽으로 팬 두 개의 홈이 도드라졌고, 눈가의 잔주름이 빛을 발했다.

로맹이 떠난 뒤에도 그의 눈길이 여전히 얼마간 남아 있었다. 파도가 밀려와 지워버리기 전, 젖은 모래밭의 발자국처럼.

소개서

다음 월요일.

줄리는 로맹이 뤼도빅의 침대에 미처 다가가기도 전에 봉투 하나를 내밀었다. 그는 봉투의 두께에 놀라며 손바닥에 놓고 무게를 가늠해보았다. 대개 부모들은 쪽지에 몇 마디 남기는 정도다. 줄리는 글자마다 색깔을 달리하여 굴림체로 '뤼도빅'이라고 쓰고는 나비 몇 마리와 커다란 태양과 잔디밭의 작은 꽃들을 그렸다.

꿈은 꿀 수 있잖아, 안 그래?!

로맹이 놀라 눈빛이 줄리의 뿌듯해하는 미소와 만났다. 줄리는 여기에 아들의 일부를 담아 전달하는 것이다. 그녀는 이들에게 다시 생명을 주었다. 비록 종이에 머문 생명일지언정 아들은 그녀의 추억

속을 거닐 터였다.

로맹은 감히 이 봉투를 반으로 접을 수 없어서 호주머니에 넣는 대신 침대 옆의 작은 탁자에 올려놓았다.

"나중에 차분히 읽어보겠습니다. 감사해요."

"제가 감사해요. 저한테도 좋은 시간이었어요."

치료 시간은 침묵 속에 흘러갔다. 줄리는 입가에 미소를 띠고 있었다. 로맹의 얼굴, 양쪽으로 팬 두 개의 홈도 살짝 들려 있었다. 천사들이 사방팔방으로 지나다녔다. 한바탕 축제이자, 공중 발레, 아기 천사들의 복닥거림이었다.

그날 저녁, 로맹은 샤를로트가 잠들기를 기다렸다가 소파에 편히 자리 잡았다. 거실의 램프 빛이 약하긴 했지만 글을 읽기엔 충분했다. 빛이 너무 밝으면 눈이 부셔 글자들이 외려 뿌옇게 보일 터.

그는 봉투 끝의 접힌 부분을 펼쳐 봉투를 열었다. 줄리는 봉투를 봉하지 않았다.

편지지를 펼치니 사진 한 장이 무릎으로 굴러 떨어졌다. 뤼도빅과 아이 엄마가 바닷가에서 찍은 사진. 브르타뉴인 듯했다. 아이가 얼굴에서 빛이 나도록 활짝 웃고 있고, 줄리는 아이를 바라보고 있다.

뤼도빅은 3년하고도 조금 더 전에, 현재 누워 있는 병실보다 몇 칸 더 아래층에서 태어났어요. 창문이 반쯤 열려 있었고 아침 새들의 노랫소리가 들려왔지요.

아빠는 없어요. 뤼도빅이 채 모양을 갖추지 않은 세포 덩어리일 때부터 이미 없었죠.

나중에 수십 조의 세포조직을 갖춘 그 애가 자기와 함께 쏟아져 나온 액체로 아직 축축한 제 몸 위에서 반짝이는 눈을 떴어요. 눈빛이 그 속에 빠져들 만큼 깊었지요…… 그랬는데 이제는 보이지 않는 그 눈이 제 눈을 아예 침몰시켜버리네요.

제 어릴 적 친구가 찬란했던 순간을 함께해주었죠. 두 명의 선녀가 막 태어난 아이의 침대 머리맡에서 행복하고 평온한 삶을 빌어줬어요. 아무래도 우리 둘은 마술봉 휘두르는 수업을 다시 받아야 할까 봐요…… 안 그래요? 아니면 선녀 하나가 부족했는지도 모르죠. 그래서 마법의 힘이 모자라, 제가 못 본 사이에 우리 룰루에게 잠자는 숲속의 아이가 되는 저주를 내린 못된 선녀를 막지 못했는지도…….

뤼도빅은 날 때부터 어안이 벙벙할 정도로 의지가 확고한 아이였어요. 처음 젖을 빨 때부터 자기가 원하는 바를 알고 있었죠. 살고, 성장하고, 세상을 발견하기. 룰루의 작고 동그란 눈에서 그게 보였어요.

먹고살기 위해 제가 직장에 나가면서부터 룰루를 보모한테 맡기게 되었죠. 그 애는 보모와 함께 처음 웃고, 처음 물건을 손에 쥐고, 처음 걸음마를 떼고, 처음 말을 했지요. 그녀가 저한테 죄다 자세히 이야기해주었죠. 미혼모는 선택을 해야 해요. 전 뤼도빅을 배 속에서 내보낼 수 있을 때에 이 아이를 갖기로 선택했어요. 물론 아이의 눈빛이 제 선택이 옳았음을 매일 확인시켜주었죠.

룰루는 아주 예민한 아이에요. 문이 끼익 소리를 내기만 해도 소스라치죠.

몇 주 전부터 다니기 시작한 유치원에 갈 때면 한참을 울었어요. 저도 마찬가지였고요. 이별이 고통스러웠거든요. 활발하고 소란스러운 아이들 무리가 룰루의 예민한 감수성을 할퀴기도 했고요.

뤼도빅은 무지개만 보면 넋을 잃어요. 특히 지평선 위에 넓게 퍼져 있는 무지개를 볼 때면 더더욱…… 두 달 전에는 이런 말을 했더랬죠.

"엄마, 무지개 밑에 보물이 있는 거 알아?"

"응, 알아."

"이 다음에 보물 찾으러 갈 수 있어?"

"그럼, 갈 수 있지. 하지만 좀 힘들 거야. 무지개는 가까이 다가가면 갈수록 멀어지거든."

"그럼 우리가 더 빨리 뛰면 되잖아!!!"

뤼도빅은 늘 얼마나 빨리 달리는지 몰라요.

우리 뤼도빅은 또 장난꾸러기예요. 더러 엄마 물건을 감춰서 자기가 숨긴 곳을 실토하고 싶은 마음이 들 때까지 한참동안 찾게 만들죠. 저한텐 불행이지만 이런 장난을 할 때면 얼마나 끈기 있게 한참을 버티는지요.

요새는 한창 상상의 친구들을 만들어냈어요. 크로케트, 아르튀르, 플로콩 등등. 가끔씩 빵조각을 남겨놓았다가 친구들한테 상을 차려주기도 해요. 그럴 때면 친구들이 거실이나 방에 모두 모여 한나절을 보내죠.

룰루는 다른 아이들한테도 인기가 좋아요. 애가 거칠지 않고 순하고 착하니까요.

또 제가 동화책 읽어주는 걸 좋아해요. 내용을 아예 통째로 외우는 바람에 제가 문단이라도 바꿔 읽을라치면 금세 주의를 주죠.

점차 화려해지는 쇼윈도의 크리스마스 장식을 보는 것도 좋아해요. 거실에 우리가 직접 매단 장식들에도 신나하고요. 아직은 '크스마스'라고 하고, 받침 발음도 잘 못하지만요.

뤼도빅은 좀 과민반응을 보일 때가 있어요. 더러 투덜거림이 과할 때도 있고요. 어둠을 무서워하고, 촛불에 후 하고 바람을 불어 넣어서 불꽃이 흔들리며 춤추는 걸 보기를 즐겨요. 룰루가 제일 좋아하는 털인형의 이름은 '토끼'예요. 단순한 걸 좋아하죠. 고요한 걸 좋아하고, 둑을 쌓을 수 있는 옴폭한 작은 도랑을 좋아해요. 가끔은 자면서 웃어요. 유치원 가기 전에 초콜릿 수염 닦는 일을 자주 잊어버리고요. 아침 식사를 할 때는 늘 시리얼이 잔뜩 뭉친 제일 큰 덩어리 하나를 남겼다가 맨 마지막에 먹어요. 바닐라 아이스크림을 좋아하고, 호박, 시금치, 떠먹는 요구르트에 든 과일 조각을 싫어하는데 그중에서도 으뜸은 브로콜리예요. 심지어 브로콜리로 욕까지 만들 정도죠! 혹시 어느 날 룰루가 브로콜리 취급을 하면 조심하는 편이 좋을 거예요. 룰루는 케이크를 만들어주면 접시까지 핥아먹어요. 사람이 많이 모인 곳을 무서워하고, 만화영화를 함께 볼 때면 제 손을 꼭 잡죠. 누구처럼 보이려는지 손가락을 입에다 대고 휘파람 부는 시늉을 하고, 꺅꺅 새된 비명을 지르기도 하면서요. 유치원에서 나와 저를 발견하면 방긋 웃지요. 유치원에서는 같은 반인 카미유를 좋아해요. 주근깨투성이에, 축구를 할 줄 알거든요. 또 밤에 악몽을 꾸면 울면서 제 침대 속으로 들어와요. 정원에서 오줌을 최대한 멀리 싸는 연습을 하고요. 뽀송 뽀송한 작은 나뭇조각들을 모아요. 그래야 우리 집 뒤에 있는 작은 운하에 띄웠을 때 동동 잘 떠다니거든요. 시리얼을 새로 사면 그릇에 잔뜩 쏟아붓고는 깊숙이 감춰진 선물을 찾느라 손가락으로 속을 휘저어요. 예쁜 조약돌들을 모아 호주머니에 넣고서 늘 잊어버리는 바람에 세탁기를 돌리면 난리가 나죠. 룰루는 조용한 걸 좋아해요. 작은 상자에 장난감 구슬을 색깔별로 정리하고, 엄지손가락으로 자기 머리칼을 말기도 하지만 엄마 머리칼을 더 좋아하죠.

뤼도빅은 감수성이 풍부하고, 너그럽고, 다정다감하고, 강인하고, 용감하고, 쾌활해요. 전 그 아이의 웃음이 좋아요. 눈빛도 좋고, 활력도, 온화함도 좋아요.

전 그 아이를 사랑해요…….

줄리

로맹은 세 장의 종이를 접어놓고는 한참 동안 사진을 바라보았다. 한참 동안.

기다림

　한 달. 뤼도빅이 이곳에 누워 있은 지 한 달이 지났다. 아이는 여전히, 오래도록, 자고 있다. 줄리는 이따금 저녁에 평소보다 일찍 병원을 나선다. 아들한테서 멀어지려는 것이 아니라 힘을 충전할 필요가 있어서다. 기다림은 길다. 기다림은 버겁다. 절망스러운 순간들이 있다. 포기하고 싶고, 손을 떼고 싶고, 아이와 연결된 마지막 희망의 끈을 잘라버리고 싶고, 두 손 들고 싶은 순간들이 있다. 하지만 이런 순간들은 드물고, 짧다. 이런 순간은 줄리가 자신의 상황을 한 발 물러나 판단할 때, 객관적인 시각으로 바라볼 때 찾아든다. 상황의 심각성을 문득 깨닫는 것이다. 그럴 때면 그녀는 얼른 자신이 갇혀 있던 불확실성의 인큐베이터 안으로 돌아간다. 조금은 멍하고 조금은 무의식인 상태로. 이런 현실은 직시하는 순간 미쳐버리고 만다. 너무 힘든 일은 차라리 가려두는 편이, 생각하지 않는 편이, 당장의 일상을 최우선에 두는 편이, 결과를 생각하지 않고 닥치는 대로 감당하는 편이, 현재와 미래에 닥칠 위험의 지배를 받지 않기 위해 추억을 키우는 편이 더 낫다. 줄리는 상황을 있는 그대로 받아들이고 매순간을 살아내면서 서서히 사는 맛을 되찾았다. 절망과 슬픔은 역경을 이겨내는 데 도움이 되지 않는다. 따라서 줄리는 정기적으로 마농과 외출도 하고 폴과 함께 저녁 식사도 했다. 이런 식으로 구름 사이로 비쳐드는 몇 줄기 햇살을 누렸다.

작은
설탕 알갱이

줄리는 침대 위 뤼도빅의 손을 양손으로 감싸 쥔 채 그 옆에 머리를 대고 잠이 들었다. 로맹이 평소처럼 조심조심 병실에 들어섰을 때에도 꿈속 너무 멀리 가 있었기에 알아채지 못했다.

그가 줄리를 부드럽게 현실로 데려오기 위해 뤼도빅에게 하듯 손등으로 그녀의 볼을 스쳤다. 이는 줄리가 무척 좋아하는 행동이기도 하다. 눈꺼풀을 스르르 움직이던 줄리는 이내 다시 잠에 빠져들었다.

로맹은 어쩔 수 없이 침대 맞은편 의자에 앉아 모자를 관찰했다. 해변에서 찍은 사진이 떠올랐다. 둘 다 혼이 빠져나간 지금 이 순간과 비교되는 모습이. 뤼도빅의 얼굴이 지난 한 달간 그래왔듯이 무표정하다면, 줄리의 얼굴은 말을 했나. 평화롭고 즐거워 보이기까지 한다고 할까. 입술이 금방이라도 미소 지을 듯 살짝 말려 올라가 있었다. 로맹은 지금 이 순간, 줄리가 어디에 가 있는지 어떤 시간을 보내고 있을지 상상해보았다.

얼마간의 시간이 지나고 이제는 뤼도빅을 치료해야 했기에 로맹은 마침내 용단을 내렸다.

그는 다시 한 번 부드럽고 따뜻한 손으로 줄리의 볼을 쓸었다. 이번엔 느꼈을까, 그래서 다시 이 세상으로 돌아온 걸까? 눈을 뜬 줄리는 자신을 바라보는 물리치료사를 발견하고서 나쁜 짓을 하다 들킨 아이처럼 소스라쳤다.

"죄송합니다. 조금 더 주무시게 해드리고 싶었지만, 다음 순서가 있어서요. 정오 전에 돌봐야 할 아이가 한 명 더 있거든요."

줄리가 미안해하고 당황스러워하며 대답했다.

"잘하셨어요. 잠깐 졸았더니 좋네요. 당신한테도 이런 시간이 필요할 것 같아요."

줄리는 몸을 일으켰다. 아직도 멍한 채로 이리저리 헝클어진 짧은 머리칼을 쓸어 넘겼다. 왼쪽 뺨에 구겨진 이불 자국이 나 있어서 외려 정이 갔다.

로맹은 줄리에게서 뭔가 석연치 않은 기운을 느꼈다. 그녀가 의자에서 허우적거리며 껌뻑거리는 눈으로 주위를 두리번거렸다.

"괜찮아요?"

"네, 네……! 아니, 실은, 별로 그렇지 못해요. 제가 자다가 놀라서 깨면 가끔 이러거든요. 그런데다, 요즘 좀 울적하고요."

줄리가 눈가에 어린 눈물을 즉시 닦아냈고 로맹은 이 모습을 놓치지 않았다.

"용서를 구하는 의미로 이따가 커피 한잔 대접해도 될까요?"

"오, 용서받으실 일이 뭐가 있다고요. 당신은 그저 당신 일을 했을 뿐인걸요……."

"그럼, 그냥 즐거움을 위해서, 어떻습니까?"

비몽사몽이라 여전히 혼란스러운지 줄리는 잠시 망설였지만 응낙했다.

로맹이 말했다.

"이따 데리러 올게요."

"당신이 뤼도빅이랑 있는 틈을 타서 저는 찬물로 얼굴 좀 적시고 와야겠어요."

줄리가 병실로 돌아오니 로맹이 뤼도빅의 손을 잡고서 귓가에 입을 바짝 대고 무언가를 속삭이고 있었다. 그가 아이와 단둘이 있기는 지금이 처음이었다. 줄리는 이 배려에, 뤼도빅을 친근하게 대하는 이 접근법에 감동받았다. 아마 다른 아이들에게도 똑같이 대할 테지만, 로맹의 태도에서는 책임감 이상의 무언가가 엿보였다. 그녀는 두 사람이 빚어내는 이 친밀한 순간, 불시에 끼어들지 않으면서 자신의 존재를 알리기 위해 조용히 헛기침을 했다. 로맹이 뤼도빅의 볼을 쓰다듬고는 줄리에게 미소 지으며 병실을 떠났다.

"그럼, 이따 봬요, 한 시간 후쯤 될 겁니다."

줄리는 그의 티셔츠 바깥으로 빠져나온 가느다란 목걸이를 언뜻 보았다. 특유의 독특한 달랑거림이 평소보다 덜 탁하게 울렸다. 두 개의 링이 흔들리며 맞부딪치고 있었다. 두 개의 작은 반지가……

그들은 카페에서 조그만 빈 테이블을 발견했다. 멀리서 로맹이 커피 두 잔이 놓인 쟁반을 들고 테이블로 다가왔다. 그가 손짓으로 설탕이 필요하냐고 물었다. 줄리가 고개를 끄덕였다. 로맹이 자리에 앉아 줄리에게 설탕과 설탕을 저을 작은 플라스틱 스틱을 건넸다.

"좀 나아졌어요?"

"네, 네, 찬물 세수가 효과가 있었어요. 잠이 모자랐나 봐요. 엊저녁에 극장에 갔거든요."

"그거, 정말 반가운 소린데요! 간혹 정상적인 일상을 이어가야 한다는 점을 이해 못하는 부모님들이 있어요. 두고 보세요, 당신도 한바탕 실컷 웃고 나서 죄책감을 느낄 때가 있을 테니. 살다가 큰 불행을 당하면 즐거워하는 모습이 남들 눈에 안 좋게 보일 거라고 여기게 마련이지요. 정작 마음속 깊은 곳에선 바로 그런 웃음으로 삶을 지탱할 수 있다고 느끼면서도 말이에요. 일본에도 이런 속담이 있잖아요. 행복은 웃을 줄 아는 자들의 것이다."

"일본인들이 아랍인들의 강력한 라이벌이군요. 이제야 알았네요."

로맹이 빙긋 웃었다.

"당신은 이미 불행을 다 겪고 초월한 사람 같아 보여요. 당신이 하는 얘기는 너무 와 닿거든요."

로맹은 시선을 내리깔더니 침묵했다.

줄리가 사과했다.

"죄송해요, 제가 상관할 일이 아니었어요."

"그 얘긴 안 하는 편이 낫겠어요. 당신이 당한 일에 비하면 정말이지 우스운 얘기거든요."

"맞아요, 고백하는 남자라니, 우습긴 하네요. 그래서 남자들이 고백을 안 하나 봐요. 여자들은 우스워지는 것쯤 아무것도 아니거든요. 외려 때로 도움이 되기까지 하죠. 가슴속에 있는 얘길 털어놓는다고, 우스운 사람이 되는 건 아니에요. 남자들도 가슴은 있을 거 아니에요, 안 그래요?"

"그렇죠. 가슴이 무너지기도 하고요. 실은 내 아내가 떠났어요."

줄리가 근심스럽게 물었다.

"떠나요? 이 세상을 떠났다고요?"

"아니, 아니, 그냥 나한테서만 떠났어요. 뭐 그게 그거네요."

"……"

"변호사한테 가버렸어요. 변호사, 괜찮죠. 폼도 나고, 돈도 잘 벌고. 그러니 뒤도 안 돌아보고 가버렸죠. 이전 삶을 매몰차게 버렸어요. 나야 상처가 아물어가니까 그렇다 치고, 샤를로트를 대하는 태도는 이해가 안 가요."

"샤를로트요?"

"내 딸이요, 정확히는 우리 딸이군요. 이런, 내가 이젠 아이 엄마를 없는 셈 치네요."

"양육을 분담하지 않았어요?"

"그 사람이 원치 않았어요. 고매하신 변호사님께서 좀 부담스러워하셨지요."

"그래도 만나기는 하지요?"

"드물게요. 둘이서 파리로 이사 갔거든요."

"진심으로 사랑하셨어요?"

"네…… 진심으로요."

줄리는 무슨 말을 해야 할지 몰랐다. 이런 일이 가당키나 한가? 다른 남자 때문에 딸을 버리는 어머니가? 줄리로서는 도무지 상상조차 되지 않았다. 도무지 상상조차.

로맹이 무의식적으로 손을 목 근처로 가져가더니 손끝으로 작은 반지 두 개를 만지작거렸다. 다른 손으로는 종이컵 주둥이를 가만히 돌리면서.

줄리가 온기를 느끼기 위해 종이컵을 꽉 움켜쥐었다.

"모든 상처는 아물어요, 그럭저럭 빠르게 그럭저럭 크게 흉 지지 않게. 하지만 피부가 딱딱해지죠. 흔적은 남지만 삶은 더욱 강해지는 거예요."

긴 침묵이 자리 잡았다. 목으로 커피를 넘기는 소리만이 이 침묵에 조심스레 리듬을 부여했다. 아무래도 그들의 관계가 많은 천사들을 유인하는 모양이었다.

줄리는 작은 플라스틱 스틱으로 느릿느릿, 계속해서 무의식적으로 커피를 저었다.

"설탕이 벌써 다 녹았을 것 같은데요."

줄리가 깔깔 웃음을 터뜨리며 대답했다.

"그렇군요."

이따금씩 그들의 시선이 마주쳤고 모종의 결속감이 피어났다. 첫 만남에서 어렴풋이 예감했지만, 카페의 웅성거림 속에서 작은 사각 테이블을 마주한 가운데 형체를 드러낸 감정이었다.

"뤼도빅 아버지는요?"

"모르세요?"

"알긴 알죠, 소개서에 쓰였으니까요. 이제껏 부권을 주장한 적이 한 번도 없나요?"

"전혀요."

"당신도 뤼도빅한테 양아버지를 구해줘야겠다는 생각을 한 번도 안 해봤고요?"

"매일 아침마다 우리 뤼도빅의 아버지를 찾아달라고 신에게 기도하죠. 덧붙여서 그 애 엄마한테도 좋은 남자를 찾아달라고요."

"그러고는요?"

"매일 저녁마다 제 무신론이 좀 더 확고해지죠."

"모를 일이군요, 당신은 무척 매력적이거든요."

여자의 입술에 슬며시 미소가 피어올랐다. 마음을 흔든 칭찬에 대한 반응. 그녀의 두 뺨이 꽃잎이 살포시 얹힌 듯 불그스름해졌다.

줄리는 로맹과 시선을 마주치지 않을 구실이 되어주는 이 작은 플라스틱 스틱을 축복했다. 그녀는 종이컵 밑바닥에 아직 작은 설탕 알갱이가 남아 있다고 확신하며 스틱을 세차게 젓기 시작했다.

"고마워요……."

"진심이에요."

"하지만 뤼도빅하고 저한테 맞는 이상적인 남자를 찾기가 정말 쉽지 않아요."

"아무도 안 가르쳐줘요? 동화는 책 속에만 있는 거라고?"

만일 줄리, 그녀는 동화를 믿고 싶다면? 그게 뭐 어떻다는 것인가? 그래서 누구한테 피해를 주기라도 했단 말인가?

줄리가 막 대꾸하려던 순간, 로맹이 덧붙였다.

"너무 기준을 높게 잡으면 어떤 남자도 그 기준에 걸맞지 않을 거예요. 죄다 밑으로 빠져나갈 거라고요."

"당신 키는 몇인데요?"

로맹이 대답 없이 웃기만 했다.

줄리가 말을 이었다.

"나도 알아요, 이상형은 존재하지 않지요. 하지만 시간을 좀 두고 선택하고 싶어요. 난 이미 한 번 실수했어요. 새로운 실수는 방지해서 뤼도빅을 보호하고 싶어요."

"사랑하면 절대 실수하지 않아요."

바로 그때 로맹의 호출기가 울렸다. 의국에서 그를 찾았다. 나쁘지 않다. 이런 식으로 이야기를 끝맺는 것도.

엘리베이터

금속 미닫이문이 닫히기를 기다리던 폴은, 어디선가 불쑥 튀어나와 스르르 닫히려는 문을 제지한 손이 마농의 것이리라고는 꿈에도 생각지 못했다.

문자 그대로 엘리베이터에 성큼 뛰어든 마농은—마농은 원래 이렇다. 늘 시간에 쫓겨 뛰어다니며 급하게 산다— 폴과 여기서 만나리라고는 꿈에도 생각지 못했다.

검지손가락으로 해당 층의 버튼을 누르려던 폴이 놀라며 외쳤다.

"하마터면 손가락이 으스러지는 끔찍한 광경을 목격할 뻔했잖소!"

"전 당신을 놓칠 뻔했고요!"

"벌써 이렇게 꽉 붙들었잖소."

마농이 얼굴을 붉혔다. 특히 이런 밀폐된 공간임에야.

그녀가 화제를 돌리기 위해 물었다.

"우리 둘 다 같은 데 가는 건가요?"

"그런 것 같소만. 원래 그렇게 과민해요, 아니면 다른 이유가 있소?"

"다른 이유가 있어요, 제가 엘리베이터를 싫어해요. 하지만 8층까지 걸어 올라갈 수가 있어야 말이죠!"

"왜 엘리베이터를 싫어해요?"

"폐소공포증이 있어요."

장소가 갑자기 어둠으로 뒤덮이더니 엘리베이터가 별안간 두 층 사이에서 멈춰 섰다.

마농이 불안한 목소리로 물었다.

"당신이 멈춘 거예요?"

"아니, 전혀. 설마 폐소공포증이라는 말을 들어놓고도 이런 짓으로 당신을 괴롭히겠소?"

"그럼, 어떡하죠?"

"아, 이런 상황에 처했을 때 할 수 있는 거라면 내게 아예 매뉴얼이 있어요."

"전혀 재밌지 않아요. 너무 싫어요."

"내용도 모르면서 내 매뉴얼이 싫다고?"

"엘리베이터가 싫다고요. 특히 이렇게 고장 났을 때는 더더욱."

엘리베이터 안의 불빛이라곤 두 사람의 옆모습을 희미하게 비추는 작은 비상등뿐이었다. 신경이 날카로워진 마농이 버튼이란 버튼은 죄다 마구 눌러댔다.

"이러다 엘리베이터가 밑으로 떨어지면요?"

"둘이 같이 박살이 날 테죠. 아니, 말이 그렇다는 거지, 그리 높지 않으니 가벼운 타박상 정도만 입은 채 살아날 수 있을 거요. 내가 당신을 안고 떨어질 수도 있소. 그러면 내 몸이 당신의 충격을 완화시켜줄 테니까."

"그만하세요, 하나도 재미없으니까. 무서워죽겠어요."

"뭐가 무서워요? 내가?"

"아니요, 당신일 리가 있겠어요? 여기서 영영 나가지 못할까봐 무섭다고요."

"왜 우리가 못 나가는데요?"

"굶거나 목말라 죽을 수도 있고, 사람들한테 잊힐 수도 있고요."

"사람이 목말라 죽으려면 닷새는 걸려요. 참고로 어차피 이런 상황에서는 너무 많이 마시지 않는 쪽이 나아요. 그랬다간 얼마 못 가 통제가 불가능해질 테니까. 또 아사하려면 다섯 주에서 여섯 주는 굶어야 치명적 수준이 돼요. 그때까지는 여유가 있단 얘기요. 특히 나는 더 여유가 있지. 당신에 비해 비축이 더 잘됐으니까."

"계단을 이용했어야 했어요. 그랬다면 지금 여기서 이러고 있지는 않았을 텐데."

"그랬으면 날 꽉 붙들지 못했겠지."

"됐고요, 정말 우리 어떡하죠?"

261

폴이 호출 버튼을 누르며 제안했다.

"기술실에 전화해봅시다."

벨이 울렸지만 아무런 응답이 없었다. 벨소리가 한밤의 절망스런 울음처럼 엘리베이터 안에 울려 퍼졌다.

마농이 불안해했다.

"이제 어떡해요?"

"구조되기를 기다리는 동안 이리 와서 내 품에 안기면 어떻소? 안정하는 데 도움이 될 것 같은데."

마농이 즉시 남자에게 다가가 바짝 안겼다.

"오래 망설이지 않는군요."

"줄리한테 당신 얘기를 들었어요. 사람을 편안하게 해주는 분이라고요. 저한테 정말 그게 필요하거든요."

"여긴 병원이요, 마농. 절대 여기 이렇게 마냥 버려지지 않을 테니 걱정 말아요."

"줄리 말이 맞았어요. 당신 품 안이 정말 편안하네요."

"혹시 고장이 더 오래 지속되길 바라게 된 거요?"

"그 지경까지야 되겠어요?"

덜컹거림과 동시에 협소한 공간에 불이 다시 켜지면서 둘은 서로 밀착해 있음을 갑작스럽게 인식했다. 마농이 한 발 물러나며 폴에게 어색한 미소를 던지고는 슬쩍 머리칼을 매만졌다.

마치 헝클어지기라도 했다는 듯.

없는 날

줄리는 자명종 소리를 듣지 못했다. 길이 막혀 15분 남짓을 구시렁거린 끝에 아주 늦게야 병원에 도착했다. 비록 뤼도빅이 줄곧 눈을 감은 채 똑같은 자세로 미동도 없이 누워 있으리라는 사실은 알지만, 혹시라도 깨어났을 때 주변에 아무도 없이 혼자 둔다면 자책감이 들 것 같았다. 줄리는 간호사의 말대로 뤼도빅이 혹시라도 혼수상태에서 빠져나올라치면 자신을 기다릴 거라고 굳게 믿으며 침착하게 주차를 했다.

그녀가 본관 쪽으로 서둘러 걸어가고 있을 때 맞은편에서 차 한 대가 다가왔다. 알자스 포도주 길°에서나 볼 법한 옛날 모델이었다.

○ 1953년 알자스에서 열린 자동차 경주를 기회로 화이트와인 생산지를 따라 낸 길. 프랑스 최초의 포도주길이며 현재 알자스의 주요 관광요소가 되었다.

차가 스쳐 지나가기 직전에야 앞 유리창에 반사된 나무들에 가려진 채 보일 듯 말 듯한 미소를 지으며 손짓으로 신호를 보내는 로맹을 알아보았다. 이런, 간발의 차이로 그를 놓쳤다. 그러고 보니 화요일이었다. 화요일은 그가 10시에 열리는 회의에 참석하기 위해 병원에 일찍 왔다가 서둘러 돌아가는 날이다.

줄리는 로맹의 손짓에 화답했다. 로맹은 백미러로 그 모습을 바라보았다. 그녀는 오늘 로맹과 단 몇 마디도 주고받지 못했음이 못내 아쉬워, 그 자리에 못 박혀 움직일 줄을 몰랐다. 어느새 로맹과 뤼도빅이 치르는 일상의 의식을 그녀도 함께 수행하게 되었다. 지각 때문에 로맹을 만나지 못하자 왠지 허전했고, 자신이 그의 존재에 위안을 받고 있음을 조금은 깨달았다. 로맹으로 인해 버티고, 이겨내고, 인내할 힘을 얻었다는걸.

하지만 짧은 절망을 마친 줄리는 이런 날들, 이런 아쉬운 아침들은 앞으로 계속 이어질 거라고 마음을 다잡았다. 그러니 하루 정도 더 늘어나거나 줄어드는 것쯤이야……

병실에 들어서니 뤼도빅이 보였다. 변함없이 똑같은 자세. 똑같이 무표정한 얼굴. 아이를 둘러싼 똑같은 기계. 똑같은 침대, 똑같은 병실, 똑같은 혼수상태……

확실히 이보다 더 밝은 아침들이 있긴 하겠지.

뤼도빅한테 인사로 키스를 하고 난 뒤 줄리는 침대 가에 놓인 쪽지를 발견했다.

뤼도빅 어머니께

줄리는 종이를 펼쳤다.

아마 사정이 생겨서 늦으시나 봅니다.

다름이 아니라 오늘 재활센터에 같이 가보자는 제안을 드리려고 했어요. 가서 직접 공간이나 운영 방식을 둘러보면 어떨까 하고요. 마침 요새는 아이들이 많지 않으니 좋은 기회가 아닐까 합니다.

제가 오늘 오후 2시경에 시간이 비어서 함께 갈 수 있어요. 이따 다른 아이를 돌보러 병원에 다시 오거든요. 제 휴대전화 번호를 남길 테니, 생각이 있고 시간이 괜찮으시면 알려주십시오.

그럼, 안녕히.

로맹 포레스티에

물론 줄리는 뤼도빅이 앞으로 유년 시절의 일부를 보내게 될 재활센터를 방문해보고 싶었다. 그녀는 휴대전화에 로맹의 번호를 추가했다. 휴대전화 사용법이 부쩍 능숙해졌다. 그녀는 '물리치료사'와 '포레스티에 씨' 사이에서 망설이다가 '로맹'이라고 입력했다.

줄리는 로맹에게 재활센터에 가보고 싶으며 오늘 오후에 시간이 난다는 문자메시지를 보냈다.

줄리는 뤼도빅의 손을 잡고서 검지손가락으로 아이의 다섯손가락을 하나하나 훑었다. 그러고는 아이의 손바닥에 달팽이를 그린 뒤 여기에 자신의 뺨을 갖다 댔다. 그녀는 아들을 물끄러미 바라보며 소리 죽여 울었다.

넘치는 슬픔. 무거운 가슴에서 넘치는 감정을 흘려보내는 눈물 몇 줄기. 오늘은 없는 날이다. 매일 아침 해를 볼 수는 없다. 하늘은 때로 어두워지고 그런 날은 삶에 다른 빛이 드리운다. 좀 더 파리하고, 좀 더 음울하고, 덜 찬란한 빛이.

줄리는 나약해지는 이 순간을 감수해야 한다. 불가피한 순간이기에. 그녀는 창밖을 바라보았다. 오늘은 하늘이 잿빛이다. 소나기가 도시를 뒤덮기 시작한다. 바람에 실린 빗방울이 속사포처럼 창문을 때린다. 물줄기가 줄줄 흘러내린다. 처음엔 굵은 빗방울이 창문을 따라 흘러내리다가 다른 빗방울과 만나면서 조금 굵직해지고 하강에도 가속도가 붙는다. 이 비의 발레가 지칠 줄 모르고 되풀이된다. 바깥 풍경은 베일로 덮여 있다. 어렴풋한 풍경 속에서 대강 형체만 분간될 뿐 세세한 것들은 뚜렷하지 않다. 마치 줄리 앞에 그려질 미래처럼. 그녀는 이 그림이 세월과 함께 갖가지 색깔로 뒤덮여 완성되길 희망한다.

휴대전화가 울렸다. 폴이었다.

"안녕, 발루. 네가 어서 빨리 다시 춤추고 싶어 했으면 좋겠구나. 나무가 너무 심심하거든. 너한텐 내가 있어. 누구보다 네 생각을 많이 한단다."

구름 사이로 잠시 햇빛이 비쳐든다.

줄리는 곧 그럴 거라고, 발루가 겨울잠에서 깨어나도 나무는 여전히 그 자리에 있을 거라고 답장을 보냈다.

폴은 그녀를 웃게 하고, 얘기를 들어주고, 생각하게 한다. 두 사람은 마음속을 털어놓고, 공통된 관심사를 나눈다. 만일 그들이 최근이 아니라 보다 오래전에 만났다면, 서로에게 최고의 친구가 될 수 있었을까? 이런 종류의 관계에는 보다 오랜 세월이 요구되는 걸까? 줄리는 떠오르는 생각이 있으면 당연하다는 듯이 거르지 않고 죄다 폴에게 이야기한다. 그는 줄리를 보호하면서 함께 산을 오르고 있다. 폴은 그녀가 묶인 자일의 선두에 있다. 지금 산은 경사가 가파르다. 폴은 조금 위에서 줄리를 독려하는가 하면 안전한 발판을 일러주고, 그녀가 포기하려는 순간순간 자일을 당겨준다. 하지만 도를 넘지는 않는다. 일단 정상에 올랐을 때 그녀가 자부심을 가질 수 있도록, 스스로 성공했다고 느낄 수 있도록.

폴은 문자 그대로 '최고의 친구'다.

오후 2시가 조금 넘었다. 문 두드리는 소리가 나더니 로맹이 고개를 내밀었다. 그는 줄리를 보자 미소 짓더니 뤼도빅에게 다가갔다.

"오늘은 좀 어때요?"

줄리는 오전의 울적했던 기분을 털어놓으며 솔직하게 대답했다. 이 사람하고 있으면 모든 일이 간단해진다. 로맹은 인사말에 이어 대답을 정말로 궁금해하며 안부를 묻는 드문 사람 중 하나다. 그의 시선과 기다리는 태도에서 진심으로 상대의 대답을 들으려 한다는 느낌이 배어난다.

"자, 준비됐어요?"

"아니요, 가봐야 알 것 같아요."

"보면 알게 돼요, 그곳 분위기가 얼마나 따뜻한지…… 혹시 두려운 게 그거라면요."

"뭐가 두려운지도 모르겠어요. 아니, 실은 알긴 알죠."

"일단 가서 보면 안심이 될 거예요. 거기선 미래가 총천연색이거든요. 노상 할 일이 많은 데다 절대 미리부터 실패하지 않으니까요. 두 손 드는 법이 없어요."

"정말 기적이 많이 일어나나요?"

"장애 아동의 웃음이 기적이라고 한다면 그야말로 매일이 기적이죠. 루르드 시장이 질투가 나서 못 견딜 정도로요!"

"그렇다면 얼른 가보고 싶은걸요!"

"자, 그럼 출발! 제가 모시겠습니다."

"좋아요, 그런데 다시 여기로 와야 하는데, 괜찮으세요?"

"문제없습니다. 더구나 저도 여기엔 찾아봐야 할 자료도 있고요."

줄리는 뤼도빅에게 키스한 뒤, 재활센터를 방문하고 나서 다시 오겠다고 약속했다.

로맹이 물었다.

"엘리베이터로 가시겠어요, 아니면 계단으로 가시겠어요?"

"계단으로요."

"좋습니다. 운동을 즐기시는군요."

"그편이 더 안전해서요……."

줄리는 침묵이 빠져나갈 구멍 하나 없는 밀폐된 엘리베이터보다, 계단이 덜 거북하다는 사실을 차마 털어놓지 못했다.

로맹이 다른 차들 한가운데 주차된 구식 차의 문을 열었다. 줄리가 주눅이 들어 쭈뼛거렸다.

"타세요, 안 부서져요!"

"차가 너무 멋져요!"

"당신하고 잘 어울리는걸요."

"절 달아오르게 만들 작정이세요?"

"이 녀석도 수줍어하는데요. 보세요, 새빨갛잖아요."

로맹의 차에 오르며 줄리는 조수석에 놓였던 CD를 옆으로 옮겨놓았다. 그녀는 눈을 의심했다. 표가 날 정도로 기분이 좋아졌다.

로맹이 궁금해했다.

"뭐, 재밌는 거라도?"

"네, 그런 셈이에요."

"어서 얘기해봐요. 이런 오래된 차가 대체 어떤 유머를 감추고 있는지 궁금해죽겠으니까."

"차 때문이 아니라, 트레이시 채프먼의 CD 때문이에요."

"아세요?"

"제가 어찌나 마르고 닳도록 들었는지 아예 우리 집 거실 벽에 채프먼의 노래 가사들이 새겨졌을지도 모른다는 생각이 들 정도예요."

"그 정도예요?"

"그 정도예요."

두 시간이 지나갔다. 줄리는 재활센터의 복도와 이 방 저 방을 어슬렁거리고, 부모들 혹은 한창 놀이 활동 중인 아이들과 얼마간 이야기를 나누었다. 무엇보다 이곳에서 불행을 쫓아버리려는 듯한 삶의 기쁨을 발견했다.

줄리는 비록 초겨울의 살얼음판처럼 불안정할지언정 허울로나마 미래에 대한 자신감을 얻었다.

로맹이 줄리를 병원에 태워다주었다.

"여기 내려드릴게요. 저는 서류 좀 찾아보고 나서 4시에 보모 집으로 샤를로트를 데리러 가야 해요."

"재활센터를 구경시켜주셔서 감사해요."

"그림이 좀 명확해졌나요?"

"다들 불행해 보이진 않더군요. 하지만 제가 인생은 아름답다고 다시 말하게 될 날이 올지 모르겠어요."

"인생 자체가 아름다운 게 아니라, 우리가 그걸 아름답게 보거나 덜 아름답게 보는 거예요. 완벽한 행복에 도달하려 하지 말고, 삶의 작은 것들에 만족해보는 건 어떨까요. 그런 것들이 조금씩 모이다 보면 결국 목표에 가까워지니까."

"삶의 작은 것들이라니, 무슨 뜻이죠?"

"일상에서 부딪히는 사소한 것들 말입니다. 우리가 쉽게 지나쳐버리지만 보는 방향에 따라서는 즐거울 수도 있고 웃음이 날 수도 있는 그런 순간들이요. 그런 사소한 순간들은 누구한테나 있어요. 잘 생각해보세요. 틀림없이 당신도 얼마든지 찾아낼 테니까."

"생각해볼게요."

그로부터 약 한 시간 뒤, 줄리는 뤼도빅 옆에 앉아 있었다. 가방 안의 휴대전화가 진동했다.

"가만히 앉아서 거미가 장미꽃에 맺힌 이슬 사이에 거미줄 치는 모습을 관찰해보세요."

줄리가 잠시 미소 지었다. 그녀는 허공에 시선을 고정한 채 정원에 앉아 있는 자신을 상상해보았다. 거미는 싫을지언정 거미줄 설치는 분명 멋진 구경거리였다. 그녀는 휴대전화를 두드렸다.

"희고 두꺼운 외투로 먹먹해진 자연 한가운데서 하얀 눈밭 위를 걸을 때 나는 뽀드득 소리를 들어보세요."

"당신 안에 그런 작은 행복들이 숨겨져 있다는 사실을 난 알고 있었어요. 그걸 다시 수면으로 떠올려 봐요…… 만일 저와 함께 나누고 싶다면……."

운명의 발자국을 따라

평범한 일상이 불가피하게, 다시 자리를 잡았다. 어쩌면 다행일까. 일상에는 때로, 안심이 되는 무언가가 있다.

제롬은 퇴원한 뒤 재활물리치료센터를 거치지 않고 곧장 집으로 돌아왔다. 시기상조였다. 아직 땅바닥에 발을 내려놓을 수 없는 상태였다. 퍼즐이 제자리를 찾으려면 오랜 시간이 필요하다. 하지만 제롬은 우리 안의 사자처럼 병실을 빙빙 돌면서 한시라도 빨리 집으로 돌아가기 위해 온몸으로—물론 한쪽 다리는 불가능하니 제외하고—주장했다. 카롤린이 집에 휠체어 리프트를 설치했지만, 제롬은 자신의 귀환을 뛸 듯이 기뻐하는 이 젊은 여자를 아직 들어 올려주지 못했다. 이 장면을 본 줄리는 카롤린이 그를 다시 보게 되어 열광하는 것인지, 아니면 이제 혼자 진료하지 않아도 되었기에 안도하는 것인지 알 수 없었다. 제롬은 계획한 대로 카롤린이 의료 검사를 진행하면 이를 토대로 진단을 내렸다. 의료 검사가 필요치 않은 경우엔 카롤린은 한발 뒤로 물러나 제롬 선생이 진료하는 것을 관찰하고, 배우고, 환자와 함께 수렁에 빠지지 않으려고 버티고, MRI나 혈액검사가 능사가 아니라는 생각을 머릿속에 주입했다.

줄리 또한 제롬이 돌아와 기뻤다. 왠지는 몰라도 집 안에 남자가 존재한다는 사실이 안도감을 불러일으켰다. 보호받는 기분, 혹은 그녀가 감추려고 애쓰지만 천성인 양 줄기차게 고개를 드는 선머슴 같은 행동을 확실히 이해받게 되었다는 기쁨?

제롬은 다리에 여전히 커다란 깁스를 하고 있다. 줄리는 카롤린이 제롬의 방에 들어갔을 때 이따금 흘러나오는 만족스러운 한숨이 오직 하얀 석고 밑에 숨겨진 피부를 긁기 때문인지 의심스러웠다. 동시에 몹시 기뻤다. 제롬은 새로 시작할 필요가 있었고, 인정하고 싶지 않겠지만 자진해서 맹목적으로 뛰어든 수렁에서 빠져나올 필요가 있었다. 그런데 무턱대고 수렁에 뛰어드는 카롤린이 짧은 사다리가 되어주다니. 기막힌 아이러니다.

하지만 따지고 보면 그들은 잘 어울리는 한 쌍이다. 서로 완전히 다르면서도 서로를 보완한다. 카롤린이 당황하면 제롬이 안심시켰고, 그가 신경이 예민해지면 그녀가 진정시켰다. 카롤린이 모르면 제롬이 가르쳤고, 그가 배가 고프면 그녀가 요리를 했다. 카롤린이 의료 열정을 남용하면 제롬은 가만히 경청했다. 그녀가 긁으면 그는 한숨을 내쉬었고, 제롬이 다정하면 카롤린은 숨을 쉬었다.

줄리, 그녀 곁엔 폴이 있다.

어느 때보다 확실하게.

폴은 더는 부인을 신경 쓰지 않아도 되었기에 행복해하며 직장과 병원 사이를 메트로놈처럼 규칙적으로 오간다. 그의 생활은 때론 가족의 둥지를 갓 떠난 철부지처럼 방종으로 흐르기도 한다. 집안 정돈이며 빨래, 청소기 돌리기, 식탁 닦기를 종종 잊어버린다. 상관없다. 그는 30년 동안 잘못 살았다는 씁쓸한 감정으로 삶을 돌아보며 우선순위를 재정비했다. 잘못을 바로잡고 이제부터라도 해로운 인어의 노랫소리가 아닌 바른 등대 불빛을 따라가겠다는 희망을 안고.

그는 괜찮은 아파트를 열심히 찾고 있다. 줄리에게 임대주택보다 더 헐값으로 세를 주기 위해서다. 가격 대비 질이 너무 훌륭해서 줄리가 받아들일 수밖에 없도록.

폴은 줄리가 자신의 배려를 돈에 팔린다는 기분 없이 받아들이는 날이 오기를 손꼽아 기다린다. 물론 아직은 아니라는 사실을 안다. 아직은 아니다. 하지만 언젠가 그날이 올 것이다. 결국 호칭도 바꾸지 않았는가.

뤼도빅의 대모이기도 한 마농도 지극히 자연스럽게 뤼도빅의 병간호에 참여했다. 젊은 여자는 병원에서 폴과 여러 차례 만나게 되었다. 따뜻하고 조심스런 마주침이 은연중에 줄리를 도와야 한다는 공통의 걱정으로 마음이 모아졌고, 이를 기회로 종종 재회할 수 있다는 즐거움으로 바뀌었다.

줄리는 병원의 리듬에 맞춘 이 불안정한 삶에 익숙해졌다. 병원의 일상 이외에 나머지는 부차적인 삶이다. 근무시간은 메트로놈처럼 정확해졌고, 아주 가끔 배를 타러 간다. 여가 시간이 극히 드물어진 만큼 색다르게 즐기고 싶었다.

운명을 거역해봤자 소용없다. 운명이 길을 닦으면 우리는 이 길을 걷든가 걷지 않든가 고민하기도 하지만, 만일 운명의 발자국을 따라 걷지 않으면 금세 길을 잃고 만다.

따라서 줄리는 아무런 저항도 하지 않고 차 사고라는 운명의 발자국을 따라 걷는다. 게다가 저항할 힘도 없다. 브르타뉴에서 살이 오른 허벅지도 식욕과 함께 도로 꺼져버렸다.

하지만 그녀는 두 다리로 버티고 서 있다. 이것만으로도 이미 충분하다.

날 내버려둬

줄리는 뤼도빅을 목욕시킨 뒤 로맹을 기다리며 깜빡 잠이 들었다. 무언가 손을 간질이는 느낌에 서서히 잠에서 깬 그녀에게 보이는 것은 아들의 손뿐이었다. 이윽고 아들의 손가락이 보일 듯 말 듯 움직이기 시작했다. 그녀는 반사적으로 아들의 얼굴을 쳐다보았다. 아들의 눈이 뜨여 있었다.

펄쩍 뛸 듯 놀란 줄리는 간호사를 부르기 위해 호출벨로 다가갔다가 생각을 고쳐먹었다. 그녀의 룰루, 그녀의 순간, 오로지 모자 둘만의 시간이었다. 기계에서 이상신호음이 울리면 그때 호출벨을 누르리라.

약속!

아이가 그녀를 바라보며 희미한 미소를 지어 보인다. 줄리는 더는 줄리가 아니다. 축포 그 자체다. 펑펑 쏘아 올려지고, 터지고, 반짝거린다. 아, 좋아라. 이렇게 달콤할 수가, 이렇게 달콤한 순간이라니.

가느다란 눈물 한 줄기가 뤼도빅의 눈가에서 흘러내리기 시작했다. 눈을 떠본 지 너무 오래일 터. 줄리는 눈물이 폭포수처럼 양 볼을 따라 줄줄 흘러내렸다. 그녀는 아들을 안심시킨다. 괜찮을 거라고, 병원에서 잘 돌봐줄 거라고, 모두 잘될 거라고.

줄리는 형용할 수 없는 기쁨으로 들떠 로맹이 왔다는 사실도 알아채지 못했다. 그는 멀리서 이 장면을 지켜보았다. 무엇보다 방해하지 않도록 조심하면서. 지금 이 순간을 음미할 수 있도록 모자를 조용히 내버려두어야 한다.

그때, 룰루가 거의 들릴 듯 말 듯 "날 내버려둬"라는 소리를 냈다. 그리고 다시 눈을 감았다.

바로 그 순간, 기계에서 날카로운 신호음이 울렸다. 줄리는 갑작스런 이 상황이 이해가 되지 않았다.

로맹이 바람처럼 뛰어나가 간호사들을 이끌고 돌아왔다. 간호사들이 살균된 의료쟁반을 순식간에 늘어놓기 시작했다. 줄리는 자신의 어깨를 감싸는 로맹의 손길을 거의 느끼지 못한 채 복도로 나갔다. 담당 의사가 지나가고, 또 다른 의사가 그녀와 부딪힐 뻔하며 스쳐 지나갔다.

가슴이 터질 것 같았다. 심장이 페달을 놓쳤다. 입이 떨어지지 않았다. 로맹이 병실에서 멀리 데려가려 했지만 줄리는 아들을 다시 보러 가야 한다는 마음이 너무도 간절했다. 숨이 막힐 것 같았다. 그녀는 로맹의 단단한 팔을 떨쳐내고 병실로 갔다. 문턱을 넘어서니 아이의 모습이 거의 보이지 않았다. 아이를 둘러싼 채 분주히 움직이는 사람들. 그들은 약이며 주사기며 온갖 물품을 준비했다. 의사한 명이 심장 마사지를 하는 동안 다른 의사는 아이한테 관을 투입했다. 사고가 일어났던 날처럼.

끝나지 않을 듯한 순간이었다. 룰루가 다시 돌아와야 한다. 그렇지 않은가? 줄리는 아무것도 말하지 못했다. 그럴 시간이 없었다.

돌아와야 한다.

줄리는 방구석으로 물러나 아이가 다시 한 번 눈을 뜰 수 있게 해달라고 전심전력으로 기도했다. 누구에게? 모른다. 그녀는 여전히 신을 믿지 않는다. 줄리는 삶을 믿었고, 카롤린 손끝에 달린 태아를 위해 빌었을 때처럼 그저 다시 한 번 믿고 싶었다. 로맹이 다가와 그녀의 어깨를 단단히 잡으며 부축했다.

줄리는 로맹과 시선이 마주쳤다. 그의 눈빛에서 처음으로 불안을 느꼈다. 피가 얼어붙는 기분.

10분. 한 시간 같은 10분이 흘렀다. 의료진은 10분간 공황 상태에 빠졌다. 비록 그들은 내색하지 않으려고 애썼지만 아무튼 드러나고 말았다. 이런 순간은 속일 수가 없다.

마침내, 정상적인 기계음이 들렸다. 줄리는 무슨 일이 벌어졌는지 잘은 몰랐지만 안도했다. 지금까지 들렸던 규칙적인 신호음이 울리고 심장박동 그래프가 다시 움직여 안도했다.

병실 분위기가 점차 평온해졌다. 의사들은 기계의 수치를 흘깃거리며 상태를 감시하는 중이었고 간호사들은 응급 상황에서 펼쳤던 의료 도구들을 정리해나갔다. 아이의 상의에 얼룩진 핏자국이 응급 처치 상황이 얼마나 급박했는지를 증명했다. 뤼도빅의 침대가 흡사 전쟁터 같았다. 이번 전투는 이겼다. 하지만 전체적인 판세는? 줄리는 총 끝에 매단 작은 꽃 말고는 다른 무기가 없다.

가소롭고

딱하고

하잘것없는,

아무것도 아닌 꽃.

줄리는 침대로 다가가 아들의 손을 잡았다. 치프인 라가르드 선생이 무언의 눈길을 던졌다. 말 대신 눈빛으로도 충분했다.

이윽고 의료진이 차례로 떠나갔다. 줄리로서는 차라리 안심이었다. 더는 걱정할 일이 없다는 뜻이니까. 의사가 줄리의 어깨에 단단한 손을 얹으며 나중에 다시 들르겠다고 말했다.

왜 모두들 단단한 손을 그녀의 어깨에 올리는 걸까?

간호사 한 명만이 병실 구석에 남아 차트를 채워나갔다. 로맹이 다가왔다.

"무슨 일이었을까요, 로맹?"

"저도 모르겠어요. 의사가 설명해주겠죠."

"심각한 걸까요?"

"모르겠어요, 줄리, 모르겠어요. 믿음을 잃지 말아요. 그 길밖에 없으니까. 전 이만 가봐야겠어요, 혹시 새로운 소식이 있으면 알려주세요. 제 편에서도 알아볼 테니까. 힘내요!"

로맹이 복도 속으로 멀어져갔다. 왠지는 잘 모르겠지만 로맹은 비관주의자다. 그 스스로는 흔쾌히 받아들이기 힘들지만.

그녀의
품에서

의사의 진단이 떨어졌다. 심장박동 정지, 뇌 손상. 아무것도 예측할 수 없는 미래가 펼쳐졌다.

줄리는 소리 죽여 울었다. 다시 한 번, 희망이 와르르 무너져 내렸다. 그녀는 수렁 저 밑바닥 소용돌이 속으로 다시 빨려 들어갔다. 조금이라도 늦게 떨어지려고 아등바등 애쓰다가 손톱으로 가장자리를 긁었다. 아팠다.

무엇보다 혼란스럽고 충격적인 이유는 마치 작별인사를 하러 온 듯한 아이의 미소를 보았다는 느낌 때문이었다. 그리고 이 두 단어. "날 내버려둬." 하지만 줄리는 이 선택을 받아들일 수 없다. 어미는 결코 자식이 먼저 떠나게 내버려둘 수 없으니까. 그건 순리가 아니다. 이건 운명의 발자국을 따르는 걸음이 아니다. 산길을 벗어나 산사태를 만나고 흙더미에 매장될 수밖에 없는 상황에서도 정처 없이 헤매야 하는 견딜 수 없는 혼돈의 시작이다.

더욱이 그녀는 어디에도 있지 않다.

정의할 수도

상상할 수도

극복할 수도 없는

고통 속에 있을 뿐.

그녀가 아들에게 다가가자 저주받은 호흡기가 다시 신호음을 냈다. 정상적인 산소량을 유지하기 어려운 듯 간호사가 끊임없이 조절 장치를 변경해야 했다.

"혹시 좀 안아보시겠어요?"

"그럴 수 있어요? 그러니까 이 수많은 호스들을 끼고서 괜찮을까요? 복잡하지 않아요?"

"간단하지는 않아요. 하지만 사람을 불러 올게요. 해낼 수 있을 거예요."

"그럼, 네, 그럴게요."

잠시 뒤, 줄리는 의자에 앉아 룰루를 품에 안았다. 아닌 게 아니라 절차가 복잡했다. 이 작은 육체를 들어 옮기면서 콘센트에서 전선을 빼지 않은 채 수많은 호스들이 팽팽해지는 일 없이 원하는 대로 끌고 오기란 녹록지 않았다. 하지만 줄리는 아이를 품에 끌어안을 수 있어 행복했다. 꼭 끌어안을 수 있어서. 정말 오랜만의 일이었다.

하지만 룰루는 더 이상 몇 킬로그램짜리 갓난애가 아니다. 한 시간쯤 지나자 줄리의 팔 근육이 조금씩 당기기 시작했다. 하지만 그녀는 버텼다. 간호사가 팔꿈치에 쿠션 몇 개를 받쳐주었다. 줄리는 이 순간을 음미했다. 팔이 저렸지만 상관없었다. 심지어 할 수만 있다면 아들의 고통을 기꺼이 죄다 대신 짊어지고 싶은 마음이었다. 혼수상태, 가루가 된 척추까지, 죄다!

간호사가 다가와 괜찮은지 묻고는 떠날 채비를 했다.

"포레스티에 씨가 전화해서 뤼도빅의 경과를 물었어요. 조금 있다 들르겠다고요. 오후엔 일이 많이 없대요."

"고맙네요."

"포레스티에 씨가 뤼도빅한테 애정이 많은 것 같아요. 워낙에 아이들을 특별히 돌보는 양반이긴 하지만, 이 정도로 관심을 기울이는 경우는 드물거든요. 자, 전 이제 그만 가볼게요. 만에 하나 이상이 생기면 벨을 누르세요."

줄리는 여기 이렇게, 품에 안긴 아들을 지켜보면서, 천천히 감동에 젖어들었다. 아이가 갓난애였을 때 젖을 배불리 먹은 후 지쳐 잠들었던 기나긴 날들을 추억했다.

오늘 일어난 일을 아무에게도 알리지 못했다. 모든 것이 너무 빨리 지나버렸다. 저녁에 알리리라.

줄리는 아이의 불확실한 미래에도 불구하고 놀라울 정도로 차분했다.

지금 이 순간.

그녀는 여기서, 아들과 함께, 평온하다.

그녀는 평온하다.

줄리는 병원을 나서며 폴에게 전화하고 이어 차에 오르면서 마농에게 전화했다. 제롬의 집에 도착해서는 오늘 있었던 일을 길게 설명했다.

매번 같은 반응. 놀라고, 애통해하고, 격려를 잊지 않는 사람들.

아아, 뤼도빅의 운명을 바꾸어놓을 수만 있다면.

줄리는 서둘러 방으로 들어가 혼자가 되었다. 아무 힘도 없었다. 침대에 누워 쿠션에 얼굴을 박았다. 깊고 커다란 울음소리를 막기 위해.

개념 없는 운전자에 대한 증오.

증오.

한 시간 뒤, 줄리는 병원으로 향하는 차를 달리고 있었다. 병원 측에서 원할 때 언제든지 와도 좋다고 했다.

그녀는 원한다.

달리 방도가 없었다. 보이지 않는 힘이 병원에서 아들과 함께, 아들을 끌어안고, 밤을 보내라고 말했다.

꼭 끌어안고서.

가련한
작은 파도

새벽 무렵, 침대 가에서 잠들었던 줄리는 문득 아들의 작은 손이 끊어졌다 다시 이어지며 세차게 떨리는 느낌을 받아 잠에서 깨어났다. 손뿐 아니라 팔 전체가 떨고 있었다. 다른 쪽 팔도, 다리도 마찬가지였다.

줄리는 벨을 눌렀다.

그녀는 발작성 경련을 의심했고 벨소리를 듣고 달려온 간호사가 이를 확인해주었다. 간호사는 잠시 뒤 경련을 멈추기 위한 도구를 들고 다시 왔다.

줄리는 경련이 뇌의 이상 신호이며, 심장박동이 정지할 때 맨 먼저 손상되는 기관이 뇌라는 사실을 의사에게 들어 알고 있었다. 거대한 얼음조각이 쩍쩍 갈라지며 너무 뜨거워진 바다 속으로 녹아들어가듯, 마지막 희망의 조각들이 차례로 떨어져 나갔다. 그녀가 튼튼하다고 믿었던 것이 어쩔 도리 없이 무너져 내렸다.

산을 움직일 수 있다고 믿었건만, 때로 믿음만으로는 충분치 않다. 산이 와르르 무너지며 밑에 깔릴 수도 있으니까.

몇 시간 뒤, 줄리는 신선한 바깥바람을 쐬며 숨통을 틔웠다. 아주 잠깐 휴식을 취하고 돌아와 보니, 뤼도빅의 머리를 에워싼 여러 갈래의 선들이 한 기계로 집중돼 있었다. 기계의 바늘이 뇌의 활동 양상을 기록하는 듯했다. 얼마 뒤 기록을 살피던 간호사가 갑자기 뤼도빅의 이름을 부르짖었다. 줄리가 바늘을 살피니 거의 움직이지 않았다! 그녀는 조금 전까지 이 일이 잔잔한 바다가 펼쳐진 황량한 해변에 밀려 올라온 가련한 작은 파도가 아니라, 차라리 신문에 나오는 지진이나 화산 분출이나 쓰나미였더라면 좋았을 거라고 생각했다.

하지만 바로 이런 일이.

끝이다.

끝이다. 줄리는 이제 다시는 룰루를 되찾지 못하리라는 사실을 알았다. 기적은 일어나지 않았다. 아무리 두 손 들지 않고 버텼어도 소용없었다. 하기는 두 손이 있기는 한가? 줄리는 더는 손도, 팔도, 다리도, 심장도, 아무것도 없었다.

줄리는 아들의 목숨을 구할 수만 있다면 자기 목숨도 내놓을 수 있었건만, 그럴 수 없다. 아무도 그녀의 목숨을 원하지 않는다. 외려 저 먼 데서 악착같이 매달리라는 소리마저 들려온다. 불행한 생존자라도 어쨌든 전선으로 다시 돌아와 새로운 삶을 꾸려야한다고. 그럴 수만 있다면.

그럴 수만 있다면…….

라가르드 선생과 무언의 눈길을 교환한 줄리는 끝이라는 사실을 확인했다. 집착해봐야 소용없으리라는 것을 알았다.

무엇보다 룰루가 작별 인사 대신 미소를 지어 보이기 위해 깨어났음을, 이곳에 붙잡혀 있고 싶어 하지 않음을 알았다.

'날 내버려둬.'

로맹은 의사와 간호사가 가기를 기다렸다가 뤼도빅과 줄리 곁으로 다가갔다.

그녀에게 다가가 아무 말 없이 안아주고는 평소보다 조금 더 반짝이는 시선으로 한참을 바라보았다.

침묵은 영혼의 거울인 눈이 대화할 수 있게 한다. 침묵할 때 우리는 저 깊은 곳의 이야기를 더 잘 들을 수 있다.

줄리는 들었다. 슬픔이 분출하도록 내버려두었다. 슬픔이 두 손, 두 팔, 두 다리, 심장, 모든 신체 기관을 점령했다. 그녀는 15분 넘도록 오열했다. 폭우가 쏟아져 홍수를 이뤘다. 과연 언제나 멈출까 하는 의문이 들 정도였다.

로맹은 아무 말도 하지 않았다. 무슨 말을 하겠는가? 로맹은 그녀를 붙들어주고 안아줬다. 줄리는 하도 울어 숨 쉬기 곤란할 지경이었다. 그녀는 제어되지 않는 꺽꺽거림 속에서 입으로 숨을 내쉬었다. 더는 지탱하며 서 있을 수가 없었다. 슬픔은 아무것도 지탱하지 못한다. 이를 감지한 로맹이 줄리를 옆 침대에 눕히고 머리칼을 쓰다듬었다.

의국의 간호사들은 이 순간을 싫어한다. 부모들이 비록 자식의 심장이 아직 뛰고 있음에도 모든 게 끝났음을 인지하는 순간, 그들이 더는 참을 수 없어서 비탄 어린 울음을 터뜨리는 순간을. 간호사들은 비록 두 개로 나뉜 심장이 계속해서 뛴다 하더라도 이 순간이 결코 오래 지속되지 않고 고요해지리라는 사실을 안다. 비명과 절규가 의국 전체에 울려 퍼지는 이 순간, 간호사들은 수없이 겪어도 이 순간에 절대 익숙해질 수가 없다.

절대.

에밀리라는 간호사가 찬물에 적신 수건을 가져와 줄리의 얼굴을 닦아주었다. 이제 줄리는 절규를 멈추고 희미하게 몸을 들썩거리며 침묵을 지켰다. 머리가 빙빙 돌았다. 간호사가 설탕을 탄 허브차를 가져왔다. 어제 이후로 줄리는 아무것도 먹지도 마시지도 않았다. 오직 룰루만을 생각했다.

잠시 뒤 병실에 들어온 의사가 줄리를 깨웠다.

얼마나 잤을까. 로맹은 없었고, 밖에는 햇살이 한풀 꺾였다.

의사가 그녀의 팔을 붙들어주었다.

"뇌전도 상태가 좋지 않은 걸 보셨지요, 줄리 르메르 부인? 완전히 평형은 아닙니다만, 좋지 않아요. 사실 이 심박정지 이전의 뤼도빅 상태를 고려해봐도 그리 희망적이지 않습니다."

"떠나게 해주세요."

"……"

"저한테 마지막으로 웃어주려고 깨어났을 때, '날 내버려둬'라고 말했어요."

"얼마나 더 버틸지는 우리로서도 확답을 할 수 없습니다. 호흡기를 댄 현재 상태는 안정돼 있긴 해요. 하지만 몇 시간이 될지 며칠, 어쩌면 그 이상이 될지 전혀 모릅니다."

"만일 호흡기를 떼면 어떻게 되나요?"

"바로 떠날 겁니다. 이 기계에만 전적으로 의지하는 상태니까요."

"그렇게 되면 고통을 받나요?"

"아니요, 단지 심장박동이 멎을 뿐이에요. 하지만 호흡기를 떼는 일은 민감한 문제라서요. 자발적 호흡 정지 조치니까요."

"소생 역시 자발적이었어요. 아이를 구하지도 못했고요. 그때 심장 마사지도 하지 말고 관도 꽂지 말았어야 했어요. 그럼 이 애는 이미 여기 없었을 거예요."

"사실입니다. 하지만 우리로서는 민감한 문제예요."

"그럼 저는요? 저한텐 민감한 문제가 아닌 것 같나요? 제가 정말로 저 호흡기를 떼고 싶을 것 같아요?"

의사는 묵묵부답이었다. 그녀의 말은 틀리지 않다. 집착해봐야 아무 소용없다는 사실은 알지만, 그럼에도 대단히 어려운 문제였다. 뤼도빅은 우주선과 연결된 우주비행사처럼, 삶과 끈 하나로 연결돼 있다. 끈을 끊는다면 무중력 상태로 떠나가버릴 것이다.

끈을 끊기란 어려운 일이다.

어려운 일.

줄리가 결론지었다.

"가족한테 알리러 가겠어요."

"시간을 좀 더 두고 생각하세요……."

작별의
시간

제롬은 오전에 뤼도빅을 보러 왔다가 휠체어에서 무너져 내리기 직전에 병실을 나왔다. 그러고는 종일 병동 대기실에서 머물렀다. 움직이지 않고 누워 있는 뤼도빅을 보자 바닷가에서의 작은 추억이 되살아났다.

"왜 아저씨는 한 버도 안 웃어?"

"슬퍼서."

"왜 스퍼?"

"아저씨 부인이 죽었어."

"왜 주었어?"

"슬퍼서."

"그럼 아저씨도 주을 거야?"

"난…… 아니야, 절대!"

"그럼 안 주을 거면 왜 한 버도 안 웃어?"

룰루는 웃었건만, 왜 그 아이가 죽는단 말인가?

카롤린도 진료를 마치고 병원으로 왔다. 그녀 역시 수렁에 빠졌다. 견디지 못하고 풍덩 빠져버렸다.

마농도 왔다. 교수에게 사정을 설명하고 수업 도중에 나왔다. 그녀를 붙잡을 수 있는 건 아무것도 없었으리라.

알자스 반대편 끝으로 출장을 가 있는 폴은 바깥바람을 쐬러 나온 줄리와 장시간 통화했다. 긴 침묵 사이사이 짧은 몇 마디 말들이 끼어들었다. 그들은 함께 울었다. 폴은 가능한 한 빨리 병원으로 오겠다고 약속했다.

로맹도 들렀다. 그는 뤼도빅과 작별하기 위해 샤를로트를 조부모의 집에 맡겨놓았다.

줄리는 침대 머리맡에 앉아 아들의 귀에 담백하게 무언가를 속삭이는 로맹의 모습에 감동받았다.

"내가 있음을 당신이 알았으면 해요, 줄리."

"알아요. 당신이 조금 더 함께 있어주었으면 좋겠어요. 샤를로트 상황을 봐야겠지만요."

"문제없어요. 애 할아버지, 할머니가 손녀랑 있는 걸 좋아하시니까 오늘 밤은 거기서 자면 돼요."

초저녁이 되자 모두들 떠나갔다. 줄리가 혼자 있고 싶어 했다. 로맹은 의국에 남아 있겠다면서 집에 가고 싶으면 데려다줄 테니 언제든 연락하라고 했다.

늦은 저녁, 라가르드 선생이 병실로 들어왔다. 줄리는 이제 때가 되었음을 알릴 준비가 되었다. 뤼도빅을 오래 붙잡아두고 싶지 않았다. 그래봤자 무슨 소용이겠는가? 뤼도빅은 그저께 심장박동이 멎었을 때 착한 미소와 함께 이미 얼마쯤 떠난 상태였다. 줄리는 이제 아이를 떠나게 해주고 싶었다. 준비가 됐다. 돌이켜보니 그날 아이 곁을 지킨 것이 잘한 일이었다.

라가르드 선생이 양해를 구하고 잠시 자리를 떴다.

그는 다시 돌아와 잠자코 줄리 뒤로 가서 어깨에 손을 얹었다. 줄리가 혼자라고 느끼지 않도록. 이윽고 의사는 뤼도빅 쪽으로 다가가 인공호흡기의 산소 배출량을 서서히 줄였다.

로맹이 조용히 병실로 들어와 줄리 옆으로 와서 섰다.

그들 관계를 지켜주는 천사.

줄리가 뤼도빅 곁에 바짝 붙어 앉아 한 손으로는 아이의 심장을 다른 한 손으로는 아이의 이마를 쓰다듬으며 속삭였다. 괜찮을 거라고, 사랑한다고, 고통스럽지 않을 거라고, 자기를 지켜달라고, 평화롭게 떠나라고, 자기도 잘 지내겠다고, 약속하겠다고, 꿋꿋이 다시 일어서겠다고. 그녀는 사랑한다고, 사랑한다고 되까렸다 결코 다시없을 귀중한 시간이었다. 결코. 매분, 매초, 매 찰나가 소중했다.

30여 분이 지나자 심장박동이 점차 감소했다. 1분에 50회였다가 45, 40, 35회까지 떨어졌다. 아들의 심장이 자신의 손 밑에서 멎고 있는 중에도 줄리는 속삭임을 멈추지 않았다……. 박동이 극도로 느려지자, 다음 박동을 기다려야 할지 말아야 할지 망설여졌다.

그녀는 속삭였다.

"사랑해."

마지막 박동…… 사망시간, 21시 34분.

꽃들과
구름들 속에

폴은 다음 날 정오 무렵에 도착했다.

줄리가 제롬의 집에서 나오며 폴을 발견했다. 얼굴이 초췌했다. 줄리만큼은 아니었겠지만 힘든 밤을 보냈을 테고, 감출 길 없는 슬픔이 여실히 드러났다. 두 사람은 인사 키스를 나누고는 부둥켜안았다. 폴은 여전히 커다란 참나무였지만, 그녀 안의 발루는 만신창이가 되었다. 아직 숨이 제대로 붙어 있거나 한지 의심스러울 정도로.

"아, 줄리, 줄리, 무슨 말을 해야 할지······."

"아무 말도 하지 마세요."

침묵 속의 포옹이 부드럽고, 길었다.

"뒤도빅을 보러 가려던 참이에요. 오늘 아침에 이송했대요."

"같이 가줄까?"

오, 좋아라. 바라는 바다.

영안실 책임자는 신중하고 친절하면서도 배려심이 깊은 남자였다. 허황된 위로도, 값싼 동정도 하지 않았다.

그가 뤼도빅을 준비시킬 시간이 필요하니 잠시 기다려달라고 말했다. 줄리는 안으로 들어갔다. 아들이 있었다. 병원 침대에 두고온 뒤로, 처음 본다.

줄리는 아들에게 다가갔다. 죽음의 빛을 가리기 위해 화장을 했음에도 창백해 보였다. 양 볼의 붉은 연지가 어색하긴 했지만 전체적으로 온화한 분위기를 만들어주었다. 때로 현실을 눈가림할 필요도 있다.

줄리는 가까이 다가가 뤼도빅의 몸을 만졌고, 이내 소스라쳤다. 이루 말할 수 없이 차가웠다. 아들의 손을 잡으려고도 했지만 너무 뻣뻣했다.

끔찍한 감각에 적응하기 위해서는 얼마간의 시간이 필요했다. 불과 몇 년 전에 배 위에 얹혀진 따뜻하고 축축했던 작은 존재. 그런 아이가 이제는 미동도 없는 얼음장이 되었다.

이윽고 그녀는 허물을 벗은 나비처럼, 부동의 껍데기를 뒤집어쓴, 무無로 가득한 이 육체에 적응했다. 그녀의 작은 나비는 거처로 쓰였던 이 살덩이를 남겨둔 채 날아가버렸다. 줄리는 태어날 때부터 갖추었던 뤼도빅의 깊이는 죽지 않고 어디론가 떠나갔으리라고 확신했다. 어디인지는 모르지만, 아마 줄리의 주변 여기저기, 그녀가 가는 곳이나 뤼도빅이 좋아했던 사람들이 가는 장소, 또는 꽃들과 구름들 사이에 별가루처럼 흩뿌려 있으리라. 줄리는 아이가 떠나던 순간에 귓가에 흘려 넣었던 말들을 죄다 되풀이하여 속삭였다. 아이는 분명 들었다. 아이가 여기 어딘가에 있다. 줄리 주위에 혹은 그녀 안에⋯⋯.

줄리는 아들이 생전에 좋아했던 물건들을 조심조심 내려놓았다. 다른 책들보다 조금 더 좋아했던 동화책 한 권, 찢겨나간 사람 인형, 나무 칼. 마치 모든 보물과 함께 묻히는 파라오처럼 보였다.

그녀는 뤼도빅의 이마에 키스했다. 아무리 키스해도 물리지 않았다. 입술이 아들의 살에 닿을 수 있는 마지막 기회였다. 그러니 차가운들 또 어떠랴. 이 아이가 지독히 그리울 터였다.

영안실 구석에 조각처럼 굳은 채 우뚝 서 있던 폴이 마침내 뤼도빅에게 다가갔다. 그는 아이의 이마와 엄지손가락 끝에 성호를 긋고는, 밖으로 나간 줄리를 뒤따라갔다.

폴은 눈물을 삼키려고 무진 애를 썼으나 애석하게도 실패했다. 평소에는 곧고 당당하고 건장한 폴 무아삭이 구부정하게 웅크린 육중한 몸을 쉼없이 들썩이며 어린애처럼 울음을 터뜨렸다. 그동안 너무 꼭꼭 붙들어둔 탓일까. 짠물이 일단 쏟아지기 시작하자 거침없이, 급격히, 제어할 수 없을 정도로 쏟아졌다. 세기의 수량 증가°로 인한 물살이 휩쓸고 간 자리에 황량한 풍경만이 남았다.

○ 대략 1백 년을 주기로 하천의 물이 불어나는 현상. 프랑스의 경우 1910년 센느강 범람이 대표적이다.

줄리는 슬픔이 빨리 달릴 수 있도록 더러 고삐를 늦춰야 한다는 사실을 오래전에 깨달았다. 그래서 결국 지친 끝에 다시 걷기 시작하도록. 오늘의 슬픔은 미친 말馬이지만, 그녀는 이 슬픔도 어느 날 지치고 말 거라고 생각하고, 또 바란다.

폴의 이런 모습을 바라보자니 가슴이 갈라진다. 이 감정은 서로를 감염시킨다. 그들은 각자, 그리고 함께, 고통스럽다. 슬퍼서 고통스럽고, 상대가 슬퍼하는 모습을 보니 고통스럽다. 그들은 이중으로 고통스럽다. 어쩔 도리가 없다.

수량 증가가 진정되었다. 그들은 차에 올랐다.

"왜 출발 안 하세요, 폴?"

그가 재킷 호주머니에서 무언가를 꺼내더니 줄리에게 내밀었다. 수표였다.

"거절하지 말고 받아줘, 제발."

"폴!"

"제발, 줄리, 제발!"

"5천 유로? 미쳤어요, 폴?"

"내가 몇 년 전에 어머니 장례를 치러봐서 대략 알아. 난 네가 아들을 묻으면서 돈 문제로 시달리는 게 싫어. 그러니 제발 넣어둬, 나한텐 꼭 필요한 돈이 아니야. 아이 장례를 제대로 치러줘."

"알겠어요. 남으면, 돌려드릴게요."

"그대로 갖고 있어. 묘지에 꽃이라도 놓아주고. 혹시 정말 많이 남으면 널 위해 즐겁게 써. 그럴 필요가 있을 테니까."

"아, 어떻게 감사해야 할지……."

"꿋꿋이 버티면서. 줄리, 꿋꿋이 버티면서."

폴이 차에 시동을 걸며 대답했다. 눈가에 어린 슬픔의 흔적을 줄리가 못 보도록 창밖으로 시선을 돌렸다.

오, 한없는
나의 고통이여!

줄리는 매일 뤼도빅을 보러 갔다. 한 번은 폴과, 다른 한 번은 카롤 린과 제롬과. 제롬은 차에 남고 싶어 했다. 어제는 마농이 함께했다.

줄리는 출발하면서부터 오늘은 관을 닫으리라는 사실을 알았다. 이제는 뤼도빅을 사진이나 생각으로만 만날 수 있을 터였다. 참을 수 없는 허전함. 비록 죽었고 비록 차갑긴 했지만, 뤼도빅은 아직 눈 앞에, 손이 닿는 곳에 있었다. 잠시 살아 있는 상태를 유예시킨 거라 고 할까. 관을 닫음으로써 완전한 부재가 잔인하도록 실제가 되었 다. 이제부터 아이의 추억하고만 살아야 한다는 현실을 받아들여야 한다. 사진 몇 장, 간직한 옷 몇 가지와 장난감들, 그리고 추억으로 남은 아이 존재의 흔적. 이 흔적은 나무가 무성해지면서 모습을 감 추는 숲속의 빈터처럼 언젠가 희미해질 것이다. 세월이 감에 따라.

어쩔 수 없이.

　조촐한 예식이었다. 조문객들은 벤치 첫 줄만 채웠다. 줄리는 사
교성이 별로 없지만 친한 사람들은 다 왔다. 그녀에게 큰 힘이 되어
주고 이해해주는 사람들. 그녀와 슬픔을 나누고, 마주 바라보거나
진심 어린 포옹으로 위로해 주는 사람들. 슈퍼의 몇몇 동료들도 왔
다. 착한 여자들. 그리고 옛날 동네 사람들. 시간이 되는 사람들. 신
을 믿는 사람들. 마을공동체의 터줏대감들. 어릴 때부터 시련을 함
께 겪었으며 아직도 서로 연락을 주고받는 사람들. 그들은 이것이
가장 지독한 시련이라는 사실을 안다. 그렇기에 그들의 존재가 어쩌
면 도움이 되리라.
　마을의 신부가 식을 집행했다. 연로한 이 신의 남자는 훼손되지
않는 굳건한 신앙을 간직하며 불행을 극복해왔다. 어떻게 그럴 수
있는지 물어보고 싶은 심정이다.
　줄리는 예식 때 낭독할 글을 적어 왔다. 마농에게 글을 읽는 동안
곁에 있다가 자신이 혹시 힘들어하면 대신 읽어달라고 부탁해놓았
다. 낭독할 힘을 쥐어짜기가 쉽지 않을 것 같았다. 감정이 북받쳐 목
이 멨다.
　하지만 낭독하기 직전, 줄리는 내면의 평화가 샘솟는 것을 느꼈
다. 이 평화가 안정을 주고 호흡을 진정시키고 눈물을 닦고 목소리
를 밖으로 내보내는 데 도움이 되었다. 식장 안을 떠도는 어린 영혼
이 분명 한몫했으리라.

나의 어린 왕자에게

보통 침묵이 길어질 때, 천사가 지나간다, 라고 말들 하잖아. 넌 귀엽고 어여쁜 멜로디를 연주하며 지나갔어. 그러니까 침묵하는 천사들 가운데, 수다쟁이 천사들도 있는 거야.

밤에 엄지손가락으로 머리칼을 꼬던 네 모습이 그리울 거야. 수화기를 집어 들며 "안녕, 엄마"라고 말하던 목소리가 그리울 거고, 구슬을 높이 치켜들어 원을 그리다가 구슬이 떨어지기를 조바심치며 기다리던 모습이 그리울 거고, 웃음이 절로 나는 너의 달팽이 그림이 그리울 거야.

정원 안쪽에서 덜 익은 산딸기를 한 움큼 손에 쥐고 달려오던 모습도, 좋아하는 만화영화의 크레딧에 나오는 노래를 신이 나서 따라 부르던 모습도 그리울 거야. 널 보고, 만지고, 품에 안고, 키스하고 싶어질 거야.

이전의 삶의 기쁨을 되찾겠다고, 네가 사랑하는 사람들에게도 삶의 기쁨을 되찾게 해주겠다고 약속할게, 뤼도빅. 심지어 엄마는 벌써 다시 웃기 시작했어…… 그러니까 이제 알았지?

우리를 지켜줘, 룰루. 우리를 이끌어줘, 나의 작은 유성아.

넌 별이 되었으니까.《어린왕자》의 한 대목을 읽어줄게.

"네가 밤에 하늘을 바라볼 때면 내가 그 별들 중 하나에서 살고 있고 웃고 있을 테니까, 너한텐 모든 별들이 웃는 것처럼 보일 거야. 그럼 넌 웃을 줄 아는 별들을 갖게 되는 거야."

나는 밤에 하늘을 바라볼 거야, 룰루. 네가 반짝이는 모습을 보기
위해…… 낮에는 별이 안 보이지만 그래도 별은 존재해…….

사랑해…….

줄리가 잠시 관에 머리를 얹은 뒤 자리로 돌아가자 물을 끼얹은
듯한 침묵이 내려앉았다. 겨울 안개처럼 짙고 촘촘한 침묵. 진짜 소
리를 들을 수 있는 저 침묵들 중의 하나. 흐느낌이나 휴지 소리, 헛기
침 소리 하나 들리지 않았다. 아무것도 없는 공허. 영성체의 침묵, 작
별의 침묵…….

또 하나 감동적인 순간이 찾아왔다. 때가 11월 중순이었음에도 하
얀 나방 한 마리가 관으로 날아와 앉았다. 우연이 여기까지 데려온
나방일 터.

어떤 우연이?

신부가 이 침묵과 작은 곤충을 축복한 뒤 기도했다. 그가 로맹에
게 손짓했다. 로맹이 잠깐 낭독할 시간을 달라고 요청해놓은 터였
다. 앞으로 나간 그는 호주머니에서 종이를 꺼내 펼치고는 조용히
잔기침을 했다. 그가 잠시 머뭇거렸다.

소중한 나의 친구들이여!

오, 한없는 나의 고통이여!

나는 친구를 잃었노라.

왕도 왕비도 그보다 더 위대하지 않으리.

그는 자신의 날개에 태양과 빗물을 짊어졌고

이후 파라솔 같은 꽃들이 꽃잎을 닫았노라.

나의 나비 친구가 지평선으로부터 너무 먼 정원에 들어왔으니

오늘 아침 이미 눈물로 가득한 나의 두 눈이 친구의 추억을 응시하노라.

두 개의 작은 불꽃 앞에서

그가 나의 영혼에 깊은 인상을 남겼다는 말을 하기 위해

그 미소 또한 영원할지니.

줄리는 감동했다. 뤼도빅을 잘 알지도 못하는 그가⋯⋯.

묘지의 작은 산이 어마어마하다. 허공에 떠 있는 두 개의 판자 위에 놓인 조그만 파란 관. 이렇게까지 작은 관이란 드문 일이다.

몇몇 조문객들은 줄리에게 볼키스를 하러 왔고 다른 사람들은 뒤로 물러나 있었다. 들리는 소리라곤 묘지 통로의 흰 자갈들에서 나는 발자국 소리뿐이었다.

검은 옷을 입은 네 사내가 커다란 구멍 깊숙이 이 작은 관을 조심조심 내려놓았을 때 줄리는 벼랑 끝에 선 것처럼 저 밑으로 빨려 내려가는 기분이었다. 허공의 부름. 그녀는 털썩 주저앉으며 아들과 함께 구멍 속에 빠지고 싶은 욕구와 싸웠다. 제발 나도 이곳에 묻어주었으면! 어서! 어서! 아무도 아무것도 알아채지 못하리라. 아들을

따라가 다시는 헤어지지 않기를 바라는 마음을, 암흑을 두려워하는 아이가 이토록 좁고 깊은 어둠 속에서 얼마나 외로울 것인가.

줄리, 네 아들은 죽었어. 더는 무엇도 느끼지 못해. 이제 이건 생명 없는 살덩이일 뿐이라고. 걱정 마. 네 아들은 거기에서 협소함과 어둠 따윈 개의치 않을 거야.

하지만 누가 알겠는가? 아직 너무 이르다. 더는 이런 종류의 생각을 하지 않기엔 아직 너무 이르다. 어떻게 지금 이 순간 줄리가 온전한 사고를 할 수 있겠는가?

폴이 줄리의 어깨를 잡아 일으켜 조촐한 식사 자리를 마련한 식당으로 데려갔다. 장례식에 참여한 지인들이 그녀를 따랐다. 재회와 서로의 안부를 묻는 시간. 다시 삶이 약간의 생기를 띤다. 몇 마디 말들과 미소.

이제 줄리는 위기가 지나갔다는 듯 얼굴엔 미소마저 띠고 있었다. 엄청나게 고통스러운 순간이었지만 지나가겠지. 더 힘든 시간이 다가오리라는 것을 알지만 그때그때 차례차례 넘을 일이다.

벌써 몇 주 이래로 줄리는 현재만을 생각하고 사는 일에 익숙해졌다. 달리 여지가 있는가? 오늘 더는 선택의 여지가 없다.

그러니 계속해서 현재의 순간을 살아나가야 한다. 삶은 참으로 불안정하기에.

오늘은 특히 그렇다.

카르페 디엠. 현재를 살아야지.

길고 조용한
강물을 떠나

폴이 줄리에게 데려다주겠다고 제안했다.

줄리가 자신의 아파트에 들르고 싶어 했다.

그녀는 사소한 물건 하나마다 추억이 불쑥 고개를 쳐드는 작은 아파트 안을 유령처럼 걸어 들어갔다. 뤼도빅이 물구나무서기를 좋아했던 소파, 뤼도빅의 식탁 의자, 뤼도빅이 수없이 많이 돌려봐서 돌아갈 때마다 찌걱거리는 소리를 냈던 만화영화 테이프.

그리고 뤼도빅의 방⋯⋯.

줄리는 아들의 침대에서 무너져 내리며 미처 정리하지 못한 털 인형들을 움켜쥐었다.

그녀는 눈을 감은 채 소리 없이 눈물을 흘리며 간간이 어깨를 움찔거렸다. 지금이 몇 시인지 내일은 무얼 할지 아무 생각도 나지 않왔다. 시간이 멈춘 마당인데 계획은 세워서 뭐하겠는가.

줄리는 오늘 밤은 빨리, 그리고 오랫동안 자고 싶었다. 가능하다면 영원히.

폴은 일언반구가 없었다. 다만 줄리의 손을 잡아 차로 이끈 다음, 다시 자신의 집에 데려다놓았을 뿐.

폴은 위기 상황을 적절하게 제어한다.

오늘 밤, 젊은 여자는 혼자서 옷을 벗을 힘 정도는 있다. 하지만 더는 버틸 힘이 없었다. 그녀는 즉시 잠이 들었다.

다음 날 아침, 줄리는 같은 장소에서 같은 자세로 깨어났다. 눈은 통통 부어 있었다. 늑대가 암양을 물듯 고독이 그녀를 덥석 삼켰다. 아무런 여지도 주지 않은 채.

술이라도 취한 듯 그녀의 얼굴이 푸석푸석하다. 머리도 어지럽다. 눈물을 너무 많이 마신 탓이다.

아무런 계획 없는 하루.

동네 조금 거닐기. 울기. 요리하는 폴을 돕기. 울기. 양파 까기. 울기. 어쨌든 이번 한 번만은 양파를 까면서 울기. 무덤에 가기. 울기. 마농에게 전화하기. 울기.

저녁에는 로맹한테서 문자메시지를 받았다.

"당신이 느끼는 고독에 대해 제가 아무것도 틸 수 없다는 걸 알아요. 견디고, 맞서고, 받아들여야 합니다. 하지만 아직 그러기엔 너무 이르겠지요. 당신은 울 줄 알잖아요, 여자들만이 가진 멋진 행운이니까요. 당신 생각을 자주 합니다. 혹시 누군가 필요하면 절 떠올리세요. 제가 있어요. 안녕히."

　로맹은 실제로 자주 정도가 아니라 노상 줄리와 뤼도빅 생각을 했다. 사실, 간호사가 옳은 말을 했다. 그는 아이와 아마도 아이의 엄마에게 특별한 애착을 느꼈다. 로맹은 결국 어쩌면 뤼도빅이 떠난 것이 차라리 잘된 일일지 모른다고 생각했다. 사고로 인한 타격이 심각했고 미래도 불확실했으니까. 그는 육체와 신경이 이런 상태에 이른 아이들의 부모를 숱하게 보아왔다. 경멸 어린 표현으로 소위 '식물인간'이라고 불리는 아이들 말이다. 그는 온갖 상황을 다 보았다. 재활센터 가까이 오기 위해 이사를 하고 직장까지 바꾸며 병마와 싸우는 부모들, 이 시련을 통해 더욱 돈독해진 부부들, 다른 아이를 가질 용기를 낸 부부들, 서로를 할퀴다가 이혼에 이른 부부들까지. 때로 즐거움도 있었지만 언제나, 언제나, 고통스러웠다. 괴로워하는 아이의 얼굴을 보아야 한다는 것은 끔찍한 고통이다.

　따라서 그는 줄리를 이해했다. 아이를 떠나게 해주었으나, 또한 그로 인해 고통스러우리라는 것을.

　하지만 로맹은 줄리가 다시 일어나 이미 알던 사람들이건 새로 알게 된 사람들이건 다른 사람들과 나란히, 다른 사람들과 섞여서 오랫동안 걸을 힘을 되찾으리라는 사실을 안다. 왜냐하면 삶이 그러하므로. 삶이란 끊임없는 사건과 만남의 리듬에 따라 부단히 움직이는 것이니까. 존재의 길고 조용한 강물을 떠나면 여러 갈래의 선로를 발견하게 된다. 물론 항해하기 좀 더 까다롭겠지만 우리가 안일하게 몸을 맡기는 보통의 강물보다 더 흥미롭고 풍성하다.

로맹은 줄리가 길가에 앉아 있고, 쉬고 싶을 테고, 노래 가사처럼 '지구가 움직임을 멈추고 추락해버렸으면'° 좋겠다고 생각하리라는 것을 안다. 하지만 이젠 길고 조용한 강물을 떠난 줄리와 동행하고 싶다.

장례 이후의 날들에 찾아온 끔찍한 공허감. 더는 아이를 만질 수 없고 볼 수도 없으며, 일상에서 부재의 무게를 꼼짝없이 견뎌야 하는 날들. 아이를 만나러 묘지에 가면 피어나는 꽃들을 보고 흐르는 세월을 느낀다. 어디로 가야 할지 잘은 모르지만 이 길을 걷다가도 여전히 이전의 삶을 돌아볼 것이다. 너무 사랑해서 헤어질 수 없는 사람들처럼 지평선 저 끝까지 손을 흔들어 아이에게 안부를 전할 것이다.

게다가 줄리는 정말 이 길을 가고 싶은지조차 아직 모른다. 그녀는 주위의 모든 생존자들을 태운 인생 기차가 시동을 거는 모습을 바라보며 철로에 서 있다. 정말 이 기차에 오르고 싶은지 확신이 서지 않는다. 지금으로서는 플랫폼에 뤼도빅과 함께 조금 더 남아 있고 싶을 뿐. 아주 조금만 더.

° 세르주 갱스부르의 노래 〈뭐야〉의 일부.

날 두고 가요, 나중에 따라잡을게요.

어쩌면……

글쎄……

그러고 싶지 않아.

부득이한 경우

며칠 후.

"안녕하세요, 줄리. 통화 괜찮아요?"

"네, 소파에 앉아 재미있는 책을 읽던 중이었어요."

"아주 잘하고 있군요. 오늘 저녁에 같이 식사하고 싶은데 시간이 어떨까 해서 전화했어요."

"선약이 있어요, 죄송해요."

"아……"

로맹의 목소리에 실망하는 기색이 살짝 비쳤고 줄리는 이를 놓치지 않았다.

"어릴 적 친구랑 매월 첫 주 토요일에는 꼭 함께 저녁 식사를 하거

311

든요. 부득이한 경우에만 깰 수 있는 우리만의 철칙이에요."

"해명하지 않아도 돼요. 괜찮습니다."

"많이 실망하신 거 아니에요?"

"선약이 있으시다니 실망스럽긴 해요. 하지만 한편으론 제가 당신한테 '부득이한 경우'는 아닌 듯해 안심입니다."

줄리가 웃었다.

"만일 제가 매월 첫 주 토요일의 식사 약속과 경쟁하기 위해 매월 첫 주 일요일에 함께 산행을 하자고 제안한다면, 이것도 우리만의 철칙이 되는 겁니까?"

"안될 거 없죠."

"그럼 당장 내일부터 시작할까요?"

줄리가 놀라며 대답했다.

"아, 네, 그러죠!"

"그럼 내일 10시에 모시러 갈게요. 피크닉 거리는 제가 준비하겠습니다. 아셨죠?"

"이런 계절에 피크닉을 해요?"

"내일 날씨가 아주 좋을 거라네요. 두툼한 스웨터만 챙기세요, 나머지는 제가 책임집니다."

"좋아요!"

"그럼 내일 봅시다, 줄리."

괜찮으냐고 묻지 않다니 이 얼마나 세심한 배려인가. 그는 당연히 괜찮지 않고, 줄리가 전화로 이를 말하고 싶지 않으리라고 생각한 것이다.

로맹은 그녀의 기분을 바꿔주기 위해 스포츠와 아름다운 자연을 택했다. 기분 전환을 위해서도, 줄리를 위해서도 산이 마법이라는 사실을 안다. 그가 뤼도빅을 마사지해주던 어느 날, 그녀가 말하는 걸 귀담아 들었기 때문에.

댐을
보호해주세요

오전 8시. 줄리는 귀를 간질이는 햇살에 잠에서 깨어났다. 산행을 하기에 하늘이 더없이 청명했다. 이걸로도 이미 충분하다.

그녀는 침대 위에서 기지개를 켜고는 특별히 챙겨두었던 룰루의 털 인형 중 하나를 품에서 내려놓았다. 배 속이 아무리 성게 밭처럼 깔깔해도 빈자리가 있었는지 배가 고파왔다. 침대에서 너무 오래 뒹굴고 싶지 않았다. 초췌한 얼굴도 매만지고 부어오른 눈두덩도 가라 앉히려면 조금 서두르는 편이 좋다.

9시 58분. 마당의 자갈밭을 구르는 차 소리가 들렸다. 병원을 찾아온 환자일 리는 없었다. 일요일이니까. 트라이엄프였다. 로맹이 집 맞은편에 주차한 뒤 차에서 내렸다. 줄리는 유리창을 두드려 미소를 보낸 뒤에 배낭을 집어 들었다. 로맹이 피크닉 거리를 준비한다고 했기에 가방 안엔 물과 스웨터와 케이웨이°, 그리고 갈아 신을 양말만 들어 있을 뿐이었다.

두 사람은 볼키스를 나눴다.

"시간을 정확히 지키는군요!"

"기다리게 하고 싶지 않거든요. 날씨가 정말 좋군요."

"어디로 가죠?"

"비밀입니다! 산이라는 것만 밝혀두죠. 컨디션은 어때요? 많이 걸어야 하거든요!"

"저도 원하는 바예요. 이 차는 안전벨트가 없나요?"

차에 오른 줄리가 벨트를 매려고 찾다가 물었다.

"이 차가 생산됐을 당시에는 안전벨트가 별 소용이 없었어요. 차가 뒤집히면 벨트가 있건 없건 심각해지긴 마찬가지였으니까."

"제 차를 타고 갈까요?"

"절 믿으세요. 차를 망가뜨릴 생각은 없으니까요. 당신은 더더욱."

줄리는 기어를 넣는 로맹을 바라보다가, 그의 부탁에 따라 조수석 옆에 있는 핸드 브레이크를 내렸다.

60년대 조니 알리데이의 뮤직비디오 속에 들어온 기분이었다.

인조 가죽 냄새에 기분이 좋아졌다. 차의 내부가 오래된 가구처럼 반들반들 윤이 나는 것이 역사가 느껴졌다.

"주행 성능은 어때요? 산의 커브길 같은 데서도 문제없나요?"

○ 프랑스의 대중적인 스포츠 의류 브랜드. 작게 접어 주머니식 가방에 넣게 돼 있는 휴대용 바람막이가 대표 상품으로, 상표 이름이 제품 이름이 되었을 정도로 인기가 높다.

"끄떡없어요."

"어떤 길에서든요?"

"그래요, 알았어요, 고백할게요. 주행 성능은 비교적 괜찮은 정도
예요. 하지만 옛날 차임을 감안하면 모든 결점이 용서되죠. 이런 차
를 운전하는 몇몇 운전자들이 저지르는 멍청한 짓거리는 빼고요."

"당신은 그런 사람들하고는 달라 보여요."

"고마워요, 줄리."

"따라서 주행 성능이 그리 좋지는 않다는 거군요."

"이 차는 리어 엔진 후륜구동 방식이라 뒷바퀴 두 개가 한 운명이
에요. 신형 차들은 바퀴 네 개가 다 독립적으로 굴러가잖아요. 바퀴
한 개가 땅에 불룩 솟은 장애물을 만난다하더라도 나머지 바퀴 세
개는 끄떡없지요. 하지만 이 차는 만약 땅이 불룩 솟거나 옴폭 패기
라도 하면 이탈할 가능성이 있어요. 그러니까 너무 빨리 달리거나
길이 축축하기라도 하면……."

"정말 제 차를 타고 가실 생각 없어요?"

"신형 차들처럼 조용하고 안전하지는 않지만 그렇다고 위험하지
도 않아요. 아니면 커브길에서는 당신이 손으로 조절하세요, 썰매처
럼."

"아닌 게 아니라 바닥에 손이 닿을 것 같아요."

"닿아요, 당신은 몰라도 전 닿아요."

"저도 닿아요! 보세요!"

줄리가 문 밑으로 팔을 내려 마당에서 조약돌 몇 개를 줍고 나서

말했다.

"혹시 차가 고장 나면 뒤에서 밀기도 잘하겠는걸요."

"고장날 염려도 있어요?"

"천만에요! 수십 년 동안 제가 얼마나 애지중지했게요. 이래봬도 요즘 웬만한 자동식 모델들보다 훨씬 더 믿을 만해요."

"언제부터 이 차를 몰았어요?"

"생산 연도는 1959년으로 거슬러 올라가요. 아버지의 첫 차였는데 제가 물리치료사 자격증을 땄을 때 물려주셨죠."

"시속 몇 킬로미터까지 달려요?"

"160? 하지만 130만 놓고 달려도 황홀해요. 바닥이 덜덜거리니까요."

"혹시 오늘 시범을 보여줄 생각인가요?"

"오늘은 아니에요. 오늘은 좀 걸을 겁니다."

줄리가 놀라며 물었다.

"백미러가 보닛에서 좀 멀지 않아요?"

"아니요, 그 반대예요. 시야는 최곱니다."

"각도 조절은 어떻게 하세요?"

로맹이 씩 웃으며 대답했다.

"제가 팔이 길어요."

나머지 여정에서 둘은 침묵을 지켰다. 트레이시 채프먼의 CD에서 흘러나오는 음악만이 차 안을 가득 채웠다. 취향이 같으니 편하다. 줄리는 어쨌거나 구형 차와 CD라는 극도로 먼 취향에 대해 짚고 넘어갔다.

"제가 손재주가 좀 있어요. 이건 매일 타는 제 차고요. 출근하면서 라디오 듣기가 낙이 돼버렸죠. 시속 50킬로미터 이상 밟게 되면 무조건 볼륨을 높여야 돼요."

로맹이 낯선 곳에 차를 세웠다. 아름다웠다. 등반은 시간이 제법 걸릴 듯했다. 하지만 그는 숙달된 등반가였다. 로맹이 앞장서더니 자신의 리듬으로 걷기 시작했다. 줄리가 잘 따라오고 있는지 확인하기 위해 간간이 뒤돌아보면서.

줄리는 그를 따랐다.

그들은 두 시간 남짓을 말 없이 걸었다. 다만 산들이 말을 했고, 졸졸 흐르는 강물이 대변인이었으며, 바람에 살랑거리는 나뭇잎들이 밀사密使였다.

로맹은 줄리가 약간씩 뒤처질 때마다 멈춰 서서 괜찮은지 묻고는 상황에 따라 휴식을 취하며 물을 마신 뒤 다시 출발하기를 수차례 반복했다.

그들은 산속의 작은 호수에 이르렀다. 일종의 원형 계곡이었다. 그야말로 장관이었다.

로맹은 작은 바위에 앉아 줄리를 기다렸다. 그가 시리얼바 두 개를 꺼냈다.

"여기서 잠시 쉬었다 갑시다. 저기 정상이 보여요? 저기까지 갈 거예요. 이런 속도라면 한 시간 정도만 더 가면 될 거예요. 식사는 정상에서 하려고 하는데, 어때요?"

"좋아요. 혹시 제가 저혈당으로 쓰러지면 당신이 업고 가세요!"

"허, 제가 왜 시리얼바를 건넨다고 생각하는데요?"

한 시간이 조금 더 걸렸다. 로맹은 등반 파트너가 주춤거린 횟수를 세지 않았다. 너무 무거워진 눈물 가방을 비워내기 위해 바위에 앉아 쉬어야 했기 때문이다. 요사이 줄리에게는 매 순간이 비워내야 할 시간이다. 짭짜름한 물이 쉴 새 없이 생산되다 보니 수위가 너무 높아졌다. 균열이 이는 댐을 보호하기 위해서라도 수문을 열어야 했다. 이 시간들은 점차 뜸해지고 있지만 아직 하루 온종일 버티지는 못한다.

로맹은 이를 존중했다. 약간 앞서 있을 뿐, 그녀 쪽으로 도로 내려오지 않는다. 시선을 한 번 나누는 것으로 충분하다. 줄리는 그가 연민을 느낀다는 사실을 안다. 함께 수렁에 뛰어들지는 않지만, 기다리고, 이해하고, 공감한다는 사실도 안다.

정상에 오르자 전망이 기가 막혔다. 자일의 맨 앞에서 가던 이가 줄리 눈가에 비친 행복에 반색했다. 임무 완수.

"시장해요?"

"지렁이도 먹을 수 있을 것 같아요!"

"안심해요, 내가 더 나은 걸 가져왔으니까."

줄리는 수풀에 케이웨이를 깔고 앉아서, 배낭의 내용물을 꺼내는 로맹을 지켜보았다.

그는 우선 체크무늬 식탁보를 꺼내 수풀에 펼쳤다. 이토록 세심할 수가, 귀여워라! 그가 꼼꼼히 포장한 샌드위치 몇 개를 꺼내놓더니 줄리한테 삶은 달걀 두 개를 연이어 던졌다. 민첩하고 순발력이 좋은 줄리는 능숙하게 다 받아냈다. 의기양양하게 웃어 보이는 그녀에게 로맹이 윙크로 화답했다.

피크닉은 재충전의 시간이었다. 아름다운 전망, 기분 좋은 파트너, 충분한 휴식, 든든해진 위장. 그들은 각자의 일을 포함하여 이런저런 이야기를 나누었다.

그리고 천사가 지나갔다. 줄리가 축축해진 눈으로 지평선을 뚫어져라 바라보았다.

"기분이 어때요, 줄리?"

새로운 천사가 지나갔다.

"허무해요. 허무하고, 아무런 의욕도 없어요. 저까지 조금은 죽어 있는 기분, 전쟁터가 된 기분이에요. 모든 게 불타고, 땅은 여기저기 입을 쩍 벌린 구멍들 때문에 울퉁불퉁하고, 폐허가 한없이 계속되는 느낌이요. 처참함 뒤에 찾아온 정적이라고 할까요. 하지만 폭우 뒤의 고요하곤 달라요, 그건 마음이 편안해지니까요. 모든 지뢰밭에 뛰어든 느낌이에요. 온몸이 갈가리 찢겼는데 파편을 죄다 어떻게 주워 모아야 할지, 또 전부 다 찾을 수는 있을지 모르겠어요."

로맹이 잠시 시간 여유를 두었다. 줄리가 배낭에서 휴지를 찾는 데 필요한 시간을. 그동안 로맹 역시 멍한 시선으로 지평선을 바라보았다.

그가 마침내 입을 열었다.

"레고를 하다 보면 말이에요, 블록 몇 개를 잃어버렸다 해도 얼마든지 다른 모형들을 쌓을 수 있어요. 중요한 건 상상력이죠."

"완성된 모형에 매력을 불어넣는 핵심 블록이 빠졌는데 아무리 좋은 모형을 상상한들 뭘 어쩌겠어요?"

"자꾸 다듬고 매만지고, 또 살아가면서 다른 데서 다른 블록들을 찾아와야죠. 아직은 너무 일러요, 줄리. 그러니 슬퍼할 권리를 누려요. 시간은 충분하니까. 전쟁터나 자연재해가 휩쓸고 지나가면 사람들은 일단 경악을 합니다. 그러고는 피해 현황을 파악하고, 한탄하고, 눈물을 흘리고, 분노하고요. 오직 그런 다음에야 비로소 팔을 걷어붙이고 재건축에 돌입할 수 있죠. 그런 다음에야 비로소. 당신이 겪은 일은 인간한테 일어날 수 있는 가장 큰 비극일 거예요. 그러니 영혼의 상태에 충실하고 스스로에게 너그러워지세요. 이 세상 어떤 전쟁터도 불모의 땅으로 남아 있지 않아요. 더러 수년이 걸리기도 하지만 언제나 자연은 무엇보다 우위에 있어요. 잿더미 속에서도 꽃들은 피어난다고요. 당신의 뿌리 깊은 천성이 언젠간 무엇보다 우위에 있게 될 거예요."

로맹이 줄리 쪽으로 몸을 돌렸다. 줄리의 눈에서 눈물이 범람해 멈출 줄 몰랐다. 로맹이 미소 지었다. 그게 다였다. 손등으로 줄리의 젖은 볼을 쓰다듬어주었을 뿐. 뤼도빅에게 했던 것처럼. 줄리가 미소 지었다. 이어 그들은 나란히 시평신을 바라보았다. 침묵과 광활함이 마음을 차분하게 가라앉혔다.

로맹이 물었다.

"일은 다시 나가세요?"

"아니, 아직이요. 친절한 의사 선생님 한 분이 병가를 낼 수 있도록 진단서를 끊어줬어요. 자식이 죽었는데 휴가가 고작 사흘이라니요, 복지부는 대체 어떻게 그 정도로 충분하다고 생각할 수 있죠?"

줄리가 배낭에서 다른 휴지를 꺼냈다. 로맹은 배낭에서 캐러멜 크런치 다크초콜릿을 꺼냈다. 그가 알루미늄 포장을 싼 채로 초콜릿을 조각내서 두 사람 사이에 내려놓았다.

"서둘러요, 개미 군단이랑 경쟁이 붙었으니까! 산개미들은 여간 사납지 않거든요!"

"내가 이 초콜릿 좋아하는 걸 어떻게 아셨죠?"

"직감은 여자들만 있는 게 아니라고요!"

직감이 아니라 관심의 결과였다. 뤼도빅의 병실에 있던 과자 포장지들을 눈여겨보았으니까.

로맹이 물었다.

"혹시 다루는 악기가 있어요?"

"아니요, 어릴 적에 조금 했지만 지금은 아무것도 안 해요. 당신은요?"

"전 바이올린을 다시 시작했어요. 어릴 때 했었는데 바이올린을 도둑맞았었죠. 집사람이 떠나버린 일이 계기가 됐어요. 텅텅 비는 저녁 시간에 뭐라도 해야 했으니까요. 바이올린을 하나 사서 레슨을 받고 있어요. 바이올린을 켤 때는 아무 생각도 안 나죠, 오직 연주하는 즐거움 외엔."

"머릿속을 비우는 데 좋겠어요."

"혹시 특별히 끌리는 악기가 있어요?"

"네, 피아노요."

"그럼, 달려들어요. 악기상에 가서 하나 사고, 선생님을 찾아봐요."

"생각해볼게요."

줄리는 자기는 거실에 피아노를 놓을 형편이 못 된다고 말하지 못했다. 그뿐인가, 거실조차 없는 처지임에야.

"이만 내려갈까요?"

"네, 내려가요. 감사해요, 로맹. 오늘 많은 도움이 됐어요. 정말로요. 제가 안개를 헤쳐나갈 랜턴이 몇 개 있는데, 당신도 그중 하나예요."

"빨간 불빛만 아니라면요."

"자, 오늘만요. 뒤쫓아 가려면 불빛이 필요해요."

메리
크리스마스

줄리가 크리스마스 분위기를 온몸으로 느낀 지 보름째다. 반짝거리는 쇼윈도, 거리 모퉁이마다 메들리로 틀어놓는 크리스마스 캐럴. 멍청하기로는 우열을 가리기 힘든 이 모든 소란 때문에 주민들은 돌아버릴 지경이다.

몇 년 전부터 줄리는 해를 거듭할수록 이런 소란이 과해진다고 느꼈다. 길거리엔 더 많은 크리스마스 장식이 걸리고, 창문들엔 더 많은 산타클로스 인형이 매달리며, 장난감 카탈로그는 점점 두툼해지고, 슈퍼의 장난감 진열대엔 점점 더 미리부터 사람들이 들끓는다.

병들고 욕구 불만인 소비사회의 수치스러운 과열 경쟁.

올해는 특히 정말이지 도를 넘은 듯하다. 줄리는 증조할머니가 들려주신 이야기를 떠올렸다. 증조할머니가 어렸을 때는 그해 마지막

날에서 새해 첫날로 넘어가는 밤에 아이들에게 오렌지 한 알을 선물로 주었다. 오렌지가 귀하고 값비싼 식품이었기 때문이다.

오렌지 한 알이라니!

지금은 슈퍼에서 2유로에 1킬로그램씩 1년 열두 달 파는데!

양손 가득 쇼핑백을 들고서 며칠 후 크리스마스트리 아래에 선물 놓을 생각으로 신이 난 사람들을 보고 있자면, 크리스마스는 모두에게 정말 기쁜 날이라는 생각이 든다. 휴가이고 축제니 행복해야만 해, 오랜 전통이니까.

하지만 도처에 뚝뚝 흐르는 이 모든 즐거움이 줄리의 눈에는 거짓처럼 여겨졌다. 마음 속 깊은 곳에 도사린 고통 때문이다. 크리스마스트리 아래에는 이제 룰루의 선물은 없으리라.

만일 그럴 수 있었다면 줄리는 올해 룰루에게 오렌지 한 알을 선물로 주었을 것이다. 하지만 오렌지 대신 점토로 만든 작은 눈사람 인형을 발견했고, 이걸 무덤에 놓아주었다.

그녀는 이런 일에 의미를 부여했다. 혹시 뤼도빅이 볼지 누가 알겠는가. 하지만 한 발 물러나서 보니 눈사람 인형이 얹힌 작은 무덤은 연민을 불러일으키는 풍경을 빚어냈다.

뽀삐를 위한 모자

새해가 시작되기 전날 밤, 사람들이 소박하게 모였다. 줄리는 제롬, 카롤린과 함께 폴의 집에서 밤을 새며 새해를 맞았다. 그들은 다른 화제를 찾으려고 애썼다. 가급적이면 룰루 이야기를 하지 않기 위해서. 한없이 그리운 존재. 이들에게 눈물은 너무 가까이에 있다. 살짝만 건드려도 넘쳐흐를 만큼.

작은 선물들과 관심이 오간다. 선물은 늘 즐겁다. 특히 사랑하는 사람들과 선물은.

제롬은 줄리에게 뽀삐 털 인형을 선물했다. 그녀가 빙긋 웃음을 보였다. 감동적인 배려다. 그는 자신의 청바지 호주머니에 든 냥이들을 보여주며 한쪽 눈을 찡긋거렸다.

이 작은 의식이 끝나기 직전, 폴이 크리스마스트리 뒤에 숨겼던

꾸러미를 꺼냈다.

"로맹 포레스티에가 지난주에 놓고 갔어. 크리스마스에 너한테 주라면서."

줄리는 놀랐다. 흐늘거리는 작은 꾸러미였다. 라피아 리본에 매달린 태그에는 '세계 각국의 장인들'이라는 가게 상호가 쓰여 있었다. 로맹이 찾을 법한 가게 이름이다.

줄리는 약간 들뜬 기분으로 선물을 열어봤다. 매우 화려한 색감의 멋진 페루 모자였다. 모자 양쪽으로 길게 늘인 귀덮개가 있고 꼭대기에는 작고 둥근 술이 달린 양털실이 매달려 있었다. 줄리가 모자를 펼치자 작은 종이쪽이 떨어졌다.

당신의 삶에 온갖 새로운 색깔들을 가져다주고, 매달 첫째 주 일요일에 찬 서리에 대비하기 위해. 메리 크리스마스, 줄리.

줄리가 모자를 쓰고는 공작처럼 뽐내자 모두들 웃음을 터뜨렸다. 정말이지 흔치 않은 형태와 색깔이었다.

폴이 웃으며 말했다.

"적어도 눈 속에서 널 잃어버릴 염려는 없겠구나. 게다가 이젠 춥다는 핑계로 산에 안 간다는 말도 못 하게 됐어!"

"도망칠 마음은 원래 없었는걸요."

로맹의 선물에 감동을 받은 오늘 밤은 더더욱 그러하다.

메리 크리스마스……

어쨌든.

커다란 비밀을 간직한
작은 소녀

몇 주 뒤.

안녕하세요, 폴

잘 지내시죠? 요새 잠잠하셔서 일이 넘치나 보다라고 혼자 짐작하
고 있어요……. 아니면 마농한테 푹 빠지신 건가요?!

오늘은 특별한 부탁이 있어서 연락드려요. 피아노를 좀 배워보려
고요. 친구가 권해줬어요. 음악으로 치유가 된다면서요. 그래서 악기
상에 가봤는데 정말 멋진 피아노를 발견했어요. 제가 좋아하는 밝은
색상의 나무로 만들어졌고요, 소리도 예뻐요. 그런데 좀 비싸더라구
요. 4천5백 유로래요. 전 이걸 한꺼번에 살 돈이 없어요. 혹시 아저씨

가 빌려주실 수 있다면, 제가 매달 조금씩 갚을게요……. 그럼, 연락 기다릴게요. 곧 봬요.

잘 지내세요.

PS: 만일 일이 넘쳐나는 거라면 그래도 가끔씩 숨 좀 돌리세요.

PS2: 만일 마농한테 푹 빠진 거라면 그래도 가끔씩 숨 좀 돌리세요.

PS3: 두 번째 이유였으면 해요…….

줄리

나의 소중한 줄리

미안. 너무 잠잠했구나. 아닌 게 아니라 요즘 일이 많은 데다 출장도 잦긴 해. 그래도 변명의 여지가 없군, 전화라도 하고 문자라도 남길 수 있었으니까. 내가 아무래도 두려웠던 것 같아. 너한테 혹여 경박한 얘길 하거나, 무슨 말을 해야 할지 도통 모르게 될까 봐. 또, 널 귀찮게 하는 건 아닌지 시기가 좋지 않을 때 연락하는 건 아닌지 두려웠어. 우습다는 거 알아. 하지만 어떻게 행동해야 좋을지 모르겠더라. 다음 주에 식사나 함께 하면 어떨까? 만나서 의논해보자고. 난 내일 외국에 나갔다가 주말에 돌아올 거야. 다음 주에 어때?

잘 지내.

PS: 돈 문제는 물론 해결책이 있을 테니까 걱정 마. 이건 다시 얘기하자.

PS2: 마농 문제는, 나도 가끔씩 숨을 돌리고 있어…….

폴

며칠 뒤…….

줄리는 업무에 복귀했다. 연금공단에서 병가를 무한정 받아들여주지 않기 때문이다. 줄리도 생각을 조금 환기시킬 필요가 있었다. 비록 계산원 자리가 이런 목적에 전혀 부합하진 않는다 하더라도 말이다. 오늘은 손님들의 나이를 짐작해보겠다고 마음먹었다. 나이를 예측한 뒤 신분증의 생년월일과 대조해보니, 엄청나게 놀라운 경우들이 많았다. 얼굴을 갈아엎은 여자들은 실제보다 10년은 더 젊어 보였고, 알코올과 니코틴으로 인해 손상된 남자들은 10년은 더 늙어 보였다.

줄리가 집으로 돌아오니 카롤린이 만면에 웃음을 띠며 환영했다. 평소에 수선스럽지 않은 성격이니만큼, 이런 모습을 보니 놀랍고 반가웠다. 하지만 놀랍다 못해 석연치 않은 구석도 있었다. 카롤린은 커다란 비밀을 알게 되었는데 혼자만 간직하기 힘든 소녀같이 굴었다. 비밀이 자기도 모르게 새나오지 않도록 입에 손이라도 갖다 댈 태세였다. 줄리는 무엇이 카롤린을 이토록 반짝이게 만드는지 알고 싶었다.

카롤린이 신경질적으로 웃으며 진료실 안으로 들어가버렸다. 견디기 힘들다는 듯. 줄리가 비밀을 빨리 발견할수록 그녀도 빨리 해방되리라.

이 무슨 수수께끼 같은 환영이람!

줄리는 계단을 올라갔다. 그녀는 입구의 장식장 위에 가방과 열쇠를 올려놓고서 물을 한 잔 마신 뒤 부엌의 식탁에 앉아 신문을 훑었다.

바로 그때 열쇠꾸러미와 포스트잇 한 장이 눈에 들어왔다. 포스트잇에는 "너를 위한 서프라이즈가 있어, 얼른 뛰어가 봐!"라는 문구와 함께 주소 하나가 쓰여 있었다. 줄리는 초등학교에서 하던 보물찾기 게임 같아서 신이 났다. 씩 웃음이 났다. 메모는 전부 대문자로 쓰여 있었다. 그녀는 누가 이런 게임을 벌였는지 몰랐지만, 카롤린이 공범일 거라고 짐작했다.

줄리는 집을 나섰다.

메모에 적힌 주소에 도착했다. 조용한 동네의 작은 신축 아파트. 아래층 초인종 위에 그녀의 이름이 적혀 있었다. 꾸러미에 달린 열쇠들을 가지고 차례로 시도한 끝에 아파트 현관문이 열렸다. 그녀는 2층으로 올라가 아파트 문 옆 초인종 위의 이름을 확인했다. 이번에도 줄리라고 적혀 있었다. 그녀는 나머지 두 개의 열쇠 중에 더 큰 것을 선택했다. 이번엔 한 번에 열렸다.

아파트 안으로 들어간 줄리는 어디에 와 있는 것인지 영문을 알 수 없었다. 폴이 브르타뉴에서 사준 빨간색 트렁크가 입구에 떡하니 놓여 있었고, 그녀의 물건들이 죄다 옮겨져 있었다. 카롤린이 공범

임에 틀림없었다.

모두 새것이었다. 심플하고 현대적인 아파트와 가구들. 멋진 오븐이며 일류 요리사한테나 어울릴 법한 현대적인 가전 도구들을 갖춘 실용적이고 아담한 부엌. 바로 옆에는 피라미드 모양으로 쌓아올린 양파가 있었다. 힌트였다.

줄리는 거실에 들어서는 순간, 보았다. 그것이 있었다. 그것을 눈앞에 두고 감탄을 금치 못했던 그날만큼이나 아름답고 묵묵하게.

악기상에서 본 순간 반해버린, 밝은 색상의 나무로 만든 피아노. 피아노 앞에는 같은 색의 의자가 놓여 있었다. 건반 위에 놓여진 메모가 눈에 들어왔다.

돈 문제는 잊어. 이게 너한테 도움이 된다는 것만으로도 나한텐 기쁨이니까. 그동안 네 고통을 얼마나 덜어주고 싶었는지. 그러니까 이건 나한테 기회라고.

PS: 아, 참, 가구 딸린 아파트 말인데, 집세 얘기는 나중에 따로 하자고. 시중에서는 값에 비해 이만한 아파트를 만나기 어려울 거야. 부동산 여자가 날 미친놈 취급하더라니까. 서류에 사인 몇 개만 하면 돼.

"폴?"

줄리는 전화기에 대고 아주 작은 목소리로 말했다.

"아, 잘 지냈어, 줄리? 아파트에 와 있어?"

"미쳤어요?"

"아, 너도 그런 말을 하는 거야? 이러다 나도 정말 그렇게 믿어버리고 말겠네. 그래, 나 미쳤어. 어떻게 내가 이런 기회를 놓칠 거라고 생각했어?"

"하지만 너무 과한 선물이에요, 폴, 너무 과해요!"

"그 아파트 공짜 아니야!"

"피아노도 말이에요."

"하지만 이자가 있을 거야! 널 찾아갈 때마다 연주를 들을 수 있기를 기대할게."

"그런데 어떻게 이 피아노인 줄 아셨어요?"

"지갑에 네 사진을 넣고 다닌 덕을 좀 봤지. 판매원이 네 얼굴을 기억하더라고. 그 피아노 앞에서 넋을 놓고 있더라나. 가격을 깎으려고 온갖 논리를 갖다 붙이고 네 사정을 설명하면서 집요하게 협상했던 것도 기억하더군. 아무래도 널 우리 회사 영업사원으로 고용해야 할까봐!"

"아무튼 놀라운 분이에요, 당신. 저 정말 기뻐요, 정말, 정말, 정말이요."

"잘 사용하도록 해, 줄리. 마음껏 누리라고. 한 6개월 뒤에는 바흐의 서곡을 듣고 싶은걸!"

"그래서, 판매원이 깎아줬어요?"

"내가 항상 제일 비싼 걸로 사는 거 알잖아. 가격 협상 따위는 안하고."

"그게 제일 비싼 제품은 아니었어요."

"알아. 하지만 네 거였어."

폴은 전화를 끊고 나서 안도의 한숨을 내쉬었다. 줄리가 그의 선물을 한사코 거절하지 않고 받아주었다. 폴은 그저 줄리를 행복하게 해주고 보살필 생각만 했었다. 이것이 룰루의 죽음으로 인한 슬픔에 천 분의 일만큼이라도 보상해줄 수 있을까? 브르타뉴에 갔을 때 파라벤이 함유되지 않은 연고였던 줄리가 아물지 않는 상처로 변해버렸다. 폴은 그녀를 덮혀주기 위한 온기를 갖지 못한 기분이었다. 무엇보다 이 사고에 대해 책임을 느꼈다. 자신이 다른 계산대로 가서 섰더라면, 계산원에게 무심했더라면, 특히 그녀를 식당에 데려가지 않았더라면, 결정적으로 브르타뉴 해변에 데려가지 않았더라면, 이런 일은 일어나지 않았으리라. 폴은 책임감을 느꼈고, 줄리의 상처에 연고를 바르기 위해 그가 가진 거라곤 신용카드 뿐이었다.

남루한 도구였다. 줄리에게 필요한 것은 돈으로 사지 못하므로. 그렇다 해도 본질에 닿을 수는 없지만, 때론 물질이 도움이 되기는 한다. 줄리 본인의 입으로도 돈이 필요하다고 말하지 않았던가. 마농에게 전화를 걸기 위해, 맛있는 것을 먹기 위해, 구호단체가 아닌 상점에서 옷을 사 입기 위해,

그리고 피아노를 치기 위해서도.

마침내 그녀가 받아들였다.

결국 편한 호칭도 사용하게 되지 않았던가.

모든 일이 제때 이루어졌다.

토닥임

줄리는 길가 끝의 분수대까지 나와 있었다. 그가 이 동네 지리를 잘 모를 테니까. 로맹에게 새로운 주소를 전송한 터였다.

아무래도 잠에서 덜 깼는지 로맹은 그녀를 못 보고 지나치다가 마지막 순간에 알아보고는 황급히 갓길에 주차했다. 그녀와 함께 하루를 보내게 되어 기뻤다. 이런 감정은 서로에게 전염된다.

로맹이 줄리에게 준비할 마음의 여유를 주기 위해 행선지를 알렸다. 야심찬 목표였다.

몇 시간을 걸은 뒤 두 사람은 결국 현실을 명백히 깨달았다. 오늘 정상에 오르지 못할 터였다. 줄리가 힘에 부쳐 했다. 발도 아프고 등도 아프고 마음도 아팠다. 울면서 걸으니 숨이 턱에 닿았다.

로맹은 오늘이 안 풀리는 날이라고 느꼈다. 그는 줄리에게 10분만 더 걸으면 작고 예쁜 호수가 나오는데 거기서 한참 쉬었다가 그만 내려가겠다고 약속했다. 청명하고 쾌적한 겨울 날씨였다. 걷지 않아도 그리 춥지 않을 만큼.

그들이 너른 물가에 이르렀을 때는 11시였다. 식사를 하기에는 좀 이른 시각이었다.

줄리는 풀밭에 누워 잠시 눈을 감았다.

다시 눈을 뜨니 로맹이 보이지 않았다. 얼른 주위를 훑으니 호수 반대편에서 손을 흔들고 있었다. 약 10분이 지나 로맹이 다시 돌아오더니 숨차는 기색도 없이 보고했다.

"호수에는 발을 담그지 않는 게 좋겠어요. 희한한 벌레들이 도처에 깔렸어요."

"게다가 물도 차가울 거고요."

"맞아요. 하지만 상쾌하긴 했을 텐데 아쉽네요. 여기 예쁘지 않아요? 요즘은 수위가 높은 철이 아니라서 이 정도지만 봄이 되면 정말 멋질 거예요."

줄리는 로맹의 말을 건성으로 들으며 허공을 응시했다. 그가 다가와 줄리 뒤에 자리 잡았다. 그러고는 등 위쪽에 손을 얹더니 천천히 마사지하기 시작했다.

줄리는 이내 울음을 터뜨렸다. 요즘 몹시 예민해진 상태여서 누가 조금만 건드려도 감정이 분출했다. 그녀는 폴라리스 잠바를 벗었다. 옷의 두께가 마사지 효과를 제대로 볼 수 없게 만들었기 때문이다.

볕이 좋아 춥지 않았다. 티셔츠 차림으로도 충분했다. 로맹이 보다 편하게 마사지를 시작했다.

"그 애의 사진 앨범부터 시작하고 싶은데 쉽지 않네요."

"그럴 줄 몰랐어요?"

"아니요, 알긴 알았죠……. 언젠가 슬픔이 가실 날이 있을까요? 요즘은 슬픔하고 싸우느라 시간을 다 보내는 느낌이에요. 늘 싸우면서 살긴 싫은데."

"왜 싸우죠?"

"앞으로 나아가야 하니까요. 삶은 우리를 기다려주지 않아요."

"대체 누가 그런 말을 한 거죠? 누가 삶이 우리를 기다려주지 않는다고 그래요? 물론 삶은 계속되죠, 하지만 우리한테 박자를 맞추라고 강요하지는 않아요. 당신은 얼마든지 빈 시간을 가질 수 있어요. 아직 젊고 앞날이 창창하다고요. 시간을 충분히 가져요."

"제 친구 폴 아저씨, 기억하세요?"

"물론이죠. 당신한테 종종 얘기 들었잖아요. 그 양반이 피아노 살 돈을 빌려준 거죠?"

"그냥 선물하셨어요. 근처 아파트도 헐값에 세를 주셨고요."

"정말 고맙군요!"

"어쨌든 조금 부담되긴 해요. 너무 큰 선물이 돼서요. 빚을 진 기분이에요."

"다른 사람들한테 당신을 기쁘게 해줄 수 있는 자유를 주세요. 제 생각엔 의무감 때문에 한 일 같지는 않아요. 외려 그 반대죠. 그분 형편이 허락해서 그랬다면 이 또한 당신과 함께 있어주는 방식인 거예요. 당신의 우정을 돈으로 사려 했다는 생각은 들지 않는군요."

"그건 아니에요."

"애정은 더더욱 아닐 테고요?"

"아니고요."

"그렇다면 물론 큰 선물이긴 하지만, 진심이 어려 있으니 그대로 받아들이세요."

줄리는 미소 지었다. 로맹은 마사지하고 나서 그녀를 품에 안은 채 거의 느껴지지 않을 정도로 살살 토닥거렸다. 이 또한 우리가 유년의 나라에서 완전히 떠나보내지 않는 것이다. 토닥임은 우리를 편안하게 만든다. 부인할 수 없지만, 우리는 너무 자주 잊는다.

로맹도 잊었었다. 어린애의 감정, 즉 동심을. 다들 그러하듯 잃어버렸었다. 그가 동심을 되찾은 이유는 아내가 떠나버렸을 때 딸과의 관계를 잇기 위해서였다. 딸과 단절되지 않기 위해서. 아니, 딸을 언급할 필요도 없이 그냥 단절되지 않기 위해서. 왜냐하면 학창 시절, 쉬는 시간에 놀 듯이 인생을 살아간다면, 단순한 위안으로 만족한다면, 살아가기도 덜 고통스러울 테니까.

이를 확실히 인지하게 된 지 얼추 1년이 조금 넘었다. 가슴이 갈가리 찢긴 뒤에야 길고 조용한 강물을 완전히 떠났음을 깨달았다.

누수 봉합

"안녕, 줄리, 잘 지내?"

제롬이 인사 키스를 하며 물었다.

"네, 아니, 실은 별로 그렇지 못해요. 안 그랬다면 당신한테 이렇게 상담하러 오지도 않았겠죠. 카롤린은 없나요?"

"응, 며칠 부모님 댁에 가 있어. 무슨 일이지?"

줄리가 제롬의 책상 맞은편 의자에 털썩 무너져 내리며 대답했다.

"오줌을 자꾸 그냥 갈겨요."

"줄리, 저번에 아버지랑 함께 있을 때 이미 얘기했던 건데, 당신은 언어를 좀 다스릴 필요가 있어……. 다시 말해봐!"

"오줌을 그냥 싸버려요?"

"조금 낫긴 해, 하지만 좀 더 나은 게 있을 법한데……."

"팬티에 오줌을 지려요?"

"조금 더 낫게……?"

"짜증나게 할래요, 제롬?"

"오케이, 오케이! 좋아, 요실금이군."

"당신이 그렇다면요."

"오래됐어?"

"룰루가 죽은 이후로요."

"일상생활에 많이 불편해?"

"어떨 거 같아요?! 아마 남자들만 그런 질문을 할 수 있을 거예요."

"미안. 그러네, 내가 바보야. 조산사 한 명을 소개해줄게. 나보다는 그 사람이 더 도움이 될 거야."

"혹시 내가 생각하는 거기에 카메라를 갖다 대는 거라면, 그럴 필요 없고요."

"아니야. 가보면 알아."

"뭔데요?"

제롬이 조산사의 연락처를 건네며 말했다.

"가면 설명해줄 거야. 더구나 당신 집에서 멀지도 않아. 실비 프티장이라는 여자야. 내 소개로 전화하는 거라고 해."

줄리는 제롬의 진료실에서 나오며 바로 전화를 걸었다. 몇 번의 신호음이 울린 뒤 조산사가 전화를 받았다. 듣기 좋은 목소리였다. 전화기 너머로 웃음소리가 들리는 듯했다.

우연의 일치일까. 그녀는 막 오늘 오후 예약을 취소하는 전화를 받은 참이었다. 줄리는 그럼 오후에 가겠다고 말했다. 하지만 조산사한테 무얼 기대할 수 있을지는 알 수 없었다.

줄리는 집으로 돌아와 간단하게 식사를 준비했다. 별로 시장하지 않았다. 하지만 체중에 대한 제롬의 지적이 머릿속을 떠나지 않았다. "계속 그런 식으로 생활하다가는 다음번에 브르타뉴에 가선 모래주머니를 매달고 다녀야 할지도 몰라. 바람에 날려 가지 않으려면 말이야……."

오케이. 그녀는 먹었다.

줄리는 거실의 작은 벽난로에 장작을 조금 더 던져 넣었다. 폴이 숲속 같은 온기가 좋으리라고 생각해 설치해준 것이었다. 아마 일상의 작은 행복 리스트를 완성하기 위해 로맹에게 문자메시지를 보낼수도 있으리라. 타닥타닥 불꽃을 튀기는 장작불을 바라보기. 그녀는 멀거니 허공에 시선을 둔 채 이를 누렸다. 거울 같은 두 눈에 노랗고 푸른 불빛이 반사되어 반짝거렸다.

조산사가 친절하게 줄리를 맞아주었다. 그녀는 줄리가 건네는 처방전을 받고 나서 방문 이유를 물었다. 여자는 몇 마디 설명을 듣고 나더니 펜을 들어 서류에 뭔가를 채우기 시작했다. 그리고 질문이 이어졌다. 이름, 생년월일, 주소, 신분증 번호, 직업, 생리가 시작된 나이 등등. 그리고 과거 병력, 폭력 피해 경험까지.

질문에 놀란 줄리가 물었다.

"어떤 종류의 폭력이요?"

"이제껏 살아오면서 폭력이라고 느낀 것들 모두."

"그런 질문은 한 번도 받아본 적 없어요."

"전 항상 하는 질문이에요. 대답 여부는 환자의 자유지만요. 중요한 것은, 많은 경우 이중으로 굳게 잠겨 있는 자물쇠를 여는 거예요."

줄리가 잠시 망설인 뒤 대답했다.

"그렇다면 대답은 예스에요."

조산사는 줄리와 잠깐 시선을 마주치고는 다음 질문으로 넘어가야 한다는 사실을 깨달았다. 그러나 줄리는 더는 힘들 것 같았다. 어쨌든 오늘은 아니다.

질문이 이어졌다. 여성으로 살아가기, 생활습관, 요실금 등등. 그리고 출산과 관련된 질문이 이어졌다. 경막 외 마취, 태아의 체중, 출산 시 문제가 없었는지, 모유 수유를 했는지. 아이는 지금 어떻게 지내냐는 질문에, 줄리는 아침에 겨우 말렸던 눈물을 다시 쏟았다. 그녀는 한참 만에, 더듬거리는 목소리로 한 달 전에 죽었다고 대답했다. 알려야 할 사안이었다. 줄리 맞은편의 여자가 짐작할 수 있는 일이 아니었다. 조산사는 몇 문장으로 축약된 사연을 들은 뒤, 잠자코 줄리의 손을 꼭 쥐었다. 눈물의 시간.

마침내 여자가 웃으며 말했다.

"여기저기 정신없이 흐르네요, 그렇죠? 아래로, 위로. 우리 같이 누수를 봉합해보자고요."

줄리가 젖은 미소를 지으며 대답했다.

"네, 일이 많겠는걸요."

"특히 당신이 할 일이 많아요. 제가 훈련할 목록을 드릴 테니까 집에서 꼭 연습하세요."

"어떤 훈련이요?"

"시각화 훈련이요. 아름다운 것들을 상상하는 거예요. 작은 동굴이라든가 깊은 파도, 나비, 닫히는 문 등등."

"그게 누수를 봉합해줘요?"

"눈은 몰라도 아래쪽은 거의 확실해요. 효과가 있을 거예요."

"왜 뤼도빅이 죽은 다음부터 이러는 거죠?"

"회음부는 여자들의 '성가대석'이예요. 성가대와 성직자들의 자리인 성가대석은 성당에서는 정말 신성한 곳이죠. 아드님의 죽음이 바로 이 성가대석을 건드렸고, 고통이 이런 식으로 표현된 거예요. 그러니 인정해주세요. 곧 정상으로 되돌아올 테니까요."

"……"

"그럼, 다음 주에 다시 만날까요?"

"검사는 안 하세요?"

조산사가 웃으며 대답했다.

"첫날은 절대 안 해요."

줄리는 이점을 높이 평가했다. 누가 '성가대석'을 휘젓는 것도 싫은데 하물며 처음 만나는 사람임에야……,

눈길에서

월례 등반의 주기가 약간 짧아졌다. 로맹은 이제 보름에 한 번씩 줄리를 데리러 온다.

오늘은 날이 더없이 훌륭하다. 지난주에 내린 눈이 건조한 겨울 날씨 덕분에 녹지 않은 채 그대로 있다. 대낮에도 불을 켜놓은 크리스마스 장식처럼 태양빛이 이 두툼한 하얀 망토 위로 반짝거린다. 푹, 눈 속에 손가락을 찔러 넣으면 표면의 아주 얇은 얼음막이 초대형 크렘 브륄레°처럼 빠지직 소리를 내며 깨진다. 줄리는 이런 놀이를 즐긴다.

○ 부드러운 커스터드 크림 표면에 열을 가해 캐러멜화된 설탕 막을 입힌 디저트. 얇고 딱딱한 표면을 톡톡 깨뜨려 먹는 재미가 있다.

"눈길에서도 운전할 수 있어요?"

"음, 아침 출근길에 한두 번 해본 적은 있어요…… 왜 차를 세우죠?"

"배움에 늦은 때란 없는 법입니다. 여긴 아주 한적한 길이에요. 혹시 차들이 와도 멀리서부터 보이니 갓길로 방향을 틀어야 할 위험도 없고요."

"전 경주를 할 생각은 추호도 없어요!"

"누가 경주를 하래요? 다만 눈길에 대처하는 요령을 배워두라는 거예요, 사람일은 모르는 거니까. 그러기 위해서는 이 트라이엄프가 제격이고요. 눈길에서 잘 버티거든요."

"지난번 얘기하고는 딴판이네요……."

"글쎄요, 지난번에 제가 무슨 얘기를 했게요?"

"전 이런 차를 몰아본 적이 한 번도 없어요."

"차는 다 같아요. 핸들, 속도계, 페달 세 개, 클러치, 브레이크, 액셀."

로맹이 앞쪽을 손가락질하며 덧붙였다.

"여기, 백미러도 있군요."

"그만 놀려요!"

"자, 어서 잠재된 실력을 보여주세요. 특별할 건 하나도 없어요. 그냥 도전하면 돼요. 뭐가 겁나는데요?"

"당신 차를 망가뜨릴까 봐요."

"감수할게요."

"절 이만저만 믿으시는 게 아니군요."

"제가 틀렸나요?"

"모르겠어요."

줄리가 조심조심 차를 출발시켰다. 차가 천천히 굴렀다. 그녀는
영 불편했다.

"이렇게 가다가는 오늘 등반은 요원하겠어요. 아직 12킬로미터는
더 가야 한다고요, 속도를 좀 내요!"

줄리가 액셀을 밟았다. 아주 조금. 시속 15킬로미터에서 20킬로
미터가 되었다. 그녀가 다가올 커브길에 천천히, 조심조심 대비하고
있는데, 로맹이 핸드브레이크를 잡아 가볍게 한 대 쳤다. 차의 후면
이 즉시 왼쪽으로 튀어나갔다. 줄리가 반사적으로 차를 반대방향으
로 돌려 제자리로 되돌려놓았다.

그녀가 으르렁거렸다.

"이런 짓 다시는 하지 말아요!"

로맹이 빤히 쳐다보며 대꾸했다.

"이렇게 훌륭하게 대처해놓고서, 뭐가 문제죠?"

"어쨌든 다시는 하지 말아요, 무서웠단 말이에요!"

줄리가 웃음을 감추지 못하며 대답했다.

"자, 좀 더 솔직해봐요, 아드레날린이 샘솟는 기분, 좋았죠? 안 그
래요? 당신 눈에 그렇게 쓰여 있어요."

줄리가 만면에 미소를 지으며 대답했다.

"인정해요, 하지만 절대 두 번 다시 이럼 안 돼요."

"약속하죠. 하지만 속력은 좀 내요, 이러다간 정말 계획했던 코스를 다 못 돌겠어요."

"차를 길들일 시간을 좀 주세요. 당신은 눈길 운전이 좋을지 몰라도 난 아니거든요."

"나도 아니에요. 난 여름날 저녁에 프랑스 남부 지방을 달리는 게 좋아요. 라벤더 향과 로즈마리 향이 기분 좋게 풍기는 야생의 한적한 작은 길들을 달리는 거요. 공기는 달콤할 정도로 상쾌하고, 차의 모터 소리도 은근하고요. 또 밤에 느껴지는 불안정한 기운은 어떻고요. 차를 오픈하고 달리면 온 신경이 곤두서죠. 그 맛이 기막혀요. 정말 기막혀요."

눈길을 달리는 것은 시련이었다. 장딴지까지 힘이 들어갔다. 폴라리스 잠바 속으로 땀이 흘렀지만, 풍경만은 황홀했다. 그들은 폭포에 이르렀다. 물이 얼음 조각 한가운데로 푸르스름한 빛을 반사하며 흘러내렸다. 마치 한겨울의 얼음장 같은 추위에 놀란 시간이 단번에 물방울들의 움직임을 얼려버렸다고 할까. 그들은 이 순간을 잠자코 지켜보았다. 들리는 것은 오직 조용히 흐르는 물소리뿐.

줄리는 폭포에 다가가 떨어져 나온 작은 얼음 조각을 주웠다. 각자 자기만의 레고가 있는 법.

"왜 나하고 함께 시간을 보내는 거죠?"

"그냥 좋으니까요. 그리고 이런 상황에선 주위 사람들 태도가 극도로 조심스럽기 때문에 가끔씩 기분전환을 할 필요가 있다는 걸 아

니까요. 또 당신이 산을 좋아하지만 혼자서는 가지 않으리라는 것도
요. 내가 틀렸나요?"

줄리가 웃으며 말했다.

"정말 기분 나쁘군요, 당신이 늘 옳으니 말이에요."

"아무튼 많은 사람들에게 당신은 죽음과 슬픔의 상징이고, 죽음은
사람들을 무섭게 만들어요. 인간적이고, 자연스러운 일인데도 말이
죠. 당신이 삶을 다시 구축하려면 오로지 당신만을 믿어야 해요. 그
렇다고 친구들을 멀리할 이유는 없고요. 남아 있는 사람들은 좋은
친구들이니까."

로맹은 조금 전부터 얼음 조각을 빨고 있는 줄리를 재미있어 하며
바라보았다. 어렸을 적에 자신도 똑같은 짓을 했었다. 그도 얼음조
각을 하나 집어 입으로 가져갔다.

"당신은 이미 웃음을 되찾았으니까, 나머지도 차차 따를 거예요.
전적으로 당신 혼자 해낼 일이지만요. 그래도 좋은 사람들한테 둘러
싸여 있으면 한결 수월해요. 혹시 더러 옆길로 미끄러진다 해도 할
수 없어요. 비틀거림도 삶의 일부니까요."

"슬픔 때문에 비틀거리면 겉으로 드러나지 않죠."

"그래요, 한쪽 다리를 잃었을 경우 눈에 보이니까 사람들이 도와
주죠. 하지만 심장 한 귀퉁이가 찢겨나가면 겉으로 드러나지 않지만
못지않게 고통스럽죠. 다리 하나가 없으면 다른 한 다리로 걷는 법
을 배우면서 그럭저럭 익숙해지고 타협을 해요. 하지만 자식을 잃으
면, 제 생각엔 타협을 하고 말고 할 여지가 전혀 없을 것 같아요. 그

저 엄청난 타격을 온몸으로 견딜 수밖에요."

"아들을 곁에 둘 수만 있었다면 두 다리를 잃는다 해도 마다하지 않았을 거예요. 맞아요, 심장이 너덜거리는 채로 살고 있노라고 이마에 써 붙이고 다니지는 않죠."

"사람들은 잘못 없어요. 겉으로 보이는 것만으로 판단할 수밖에 없으니까요. 속에 무엇이 들어 있는지를 보려면 긁어봐야죠. 커다란 돌멩이를 늪에 던지면 수면에 소용돌이가 일어요. 처음엔 강물을 철썩 때리던 커다란 소용돌이가 점점 작아지다가 이윽고 잦아들면, 수면이 도로 매끈하고 고요해지죠. 여하튼 속에 커다란 돌멩이는 남겠지만요."

여하튼 아직 커다란 돌멩이는 남아 있다.

지배하려 들지 않는 수컷

줄리는 조산사의 책상 맞은편에 앉아 있다. 조산사가 의자를 들더니 줄리 곁으로 가지고 와서 앉았다. 그러고는 수성펜들을 늘어놓으며 마음에 드는 색을 고르게 했다.

"파란색이요."

조산사가 이번에는 내면의 날씨를 물었다. 맑음, 흐림, 안개, 비, 맑음과 비, 옅은 안개와 잠시 갬. 줄리는 어리둥절해하며 잠시 조산사를 바라보다가 대답했다.

"안개하고 비요."

이어 여자가 오늘은 동굴 입구 근육 운동을 시작할 텐데, 공주를 보호하기 위해 승강교들과 성채의 철문들이 닫히는 상상을 해보자고 제안했다.

"대단하네요."

여자가 줄리에게 진찰대에 편히 누워 아랫도리를 벗어 내리고 양 발을 각각 양쪽 엉덩이 가까이에 갖다 댄 후, 양 무릎의 힘을 빼면서 옆에 앉은 자신의 허벅지에 한 무릎을 올려놓으라고 지시했다.

"어려워요."

"이제 내가 질 입구에 손가락을 갖다 댈 거예요. 긴장을 풀고 준비 되면 말씀하세요."

줄리가 서둘러 말했다.

"하셔도 돼요."

"'하셔도 돼요'라는 말은 준비되지 않았다는 얘기예요."

"검사 전에 준비됐느냐는 질문은 처음 받아봐요."

여자가 웃으며 지적했다.

"우리 사이엔 첫 경험이 많군요. 준비될 때까지 기다릴게요."

줄리는 길게 심호흡을 한 뒤 눈을 감고 거칠게 숨을 내쉬었다. 그 녀가 걱정스럽게 물었다.

"만일 준비되지 않았다면요?"

"그럼 검사하지 않을 거예요."

줄리는 다시 한 번 눈을 감고서 길게 심호흡을 한 뒤 긴장을 풀려 고 애썼다. 조산사가 곁눈질로 그녀를 관찰했다. 그녀의 입술이 떨 리더니 눈가에 이슬이 맺혔다. 반대편 눈에도 마찬가지였다. 이슬이 귓가로 또르르 흘렀다.

줄리는 눈물을 닦으며 말했다.

"아무래도 준비가 안 된 것 같아요."

"괜찮아요. 준비될 때까지 기다리면 되니까. 혹시 제 도움이 필요하면 언제든 요청하세요."

줄리는 다시 옷을 입고서 진찰대에 걸터앉았다. 조산사가 곁에 와서 앉았다. 조산사는 천천히 도구를 정리하면서 젊은 여환자의 이야기를 들었다. 젊은 여환자는 상대의 감정은 개의치 않은 채 포르노 영화에서 본 장면들을 어렴풋이 흉내 내며 어린 소녀의 아름다운 육체에 몸을 얹은 어릴 적 남자친구들 이야기를 했다.

파티가 열린 어느 밤 만난, 행위의 결과를 책임지기 두려워 도망쳐버린 남자애 이야기도 했다.

그녀가 방어하지 못하리라는 것을 알고서 압력을 가하는 머저리 샤송 놈은 또 어떤가.

그렇다, 그녀는 남자들이라면 넌더리가 난다. 그녀는 테스토스테론이 인류의 절반을 자기들 마음대로 다룰 권리를 부여한다고 생각하는 이 인류의 절반에게 욕을 퍼부어주고 싶다.

그녀는 매력적인 왕자님을 만나리라는 희망을 잃었다. 그래서 늑대들로부터 자신을 보호해줄 용이 필요하다. 줄리는 잠시 폴을 생각했다. 그는 훌륭한 용이 될 법하다. 문제라면 양파 껍질을 까면서 눈물을 홍수처럼 쏟아붓는다는 사실. 자칫 잘못하면 불꽃을 꺼뜨릴 위험이 있었다.

조산사가 조용히 덧붙였다.

"아무도 당신 의견을 무시할 권리가 없어요."

"달리 도리가 없어서 예스라고 할 때도 있었어요."

"자신을 지켜요, 줄리. 당신 몸이고, 당신 거잖아요. 그러니 얼마나 소중해요. 회음부 재활 교육에는 이런 종류의 인식도 포함돼요. 만일 당신 몸이 다시 닫히길 바란다면, 마지못해 당신을 열어주는 행동을 그만둬요."

"신성한 성가대석이니까요?"

"물론이에요. 당신의 예배당을 지켜요, 줄리. 신성한 곳에 불한당들이 들어오게 하면 안 돼요. 그리고 매력적인 왕자님에 대한 희망을 잃지 말아요. 테스토스테론이 긍정적인 영향을 미치는 수컷들도 있으니까요. 덜 지배적인 수컷들이요. 다른 인류의 절반이 자기들만큼이나 가치가 있음을 깨달은 수컷들 말이에요."

재활 교육

줄리는 제롬의 집에서 점심 식사를 했다. 제롬의 접합 부위에서 지지물을 빼낸 것을 축하하는 자리였다. 카롤린이 갈레트 파이를 만들었다. 이제 갈레트 시즌이 아니지만 카롤린은 구애받지 않고 살려 한다. 이번에는 파이를 굽기 전에 페브를 집어넣는 것을 잊었다. 하지만 꽤 발전하고 있다.

제롬은 병원에서 며칠을 보낸 뒤에 주중에 퇴원했다. 수술 전에 재활 교육이 이미 시작되었다.

그는 비탈에서 올라왔다. 자기는 다리 하나만 으스러진 채 용케 빠져나온 반면 줄리는 밑바닥까지 추락했다는 데에 일말의 죄책감을 느끼면서.

차에 탔던 세 명은 대신 죽지 못해 애통해한다.

이제 줄리도 비탈을 천천히 오르고 있다. 한 발 한 발. 아주 작은 발걸음이지만, 여하튼 전진은 전진이다.

제롬이 물었다.

"참, 당신 재활 교육은? 진전이 있어?"

"네, 친절해요, 당신의 중세 조산사."

"중세? 왜 중세야?"

"중세 성채 얘기가 나오질 않나, 승강교에, 아주 부드러운 커다란 파도는 또 어떻고요."

"조산사가 수영 코치도 겸하나?"

"전천후인 것 같아요."

"그래, 도움이 됐어?"

"봉합했어요. 좀 덜 흘러요. 위쪽은 아직 가야 할 길이 남았지만, 아래쪽은 많이 나아졌어요. 이 조산사는 시간 여유를 충분히 두고 진료해요. 환자가 오줌을 지린다며 증상을 호소할 때 겉으로는 환하게 웃으면서 환자의 얘기를 듣는 척하지만 머릿속으로는 환자가 지불할 어마어마한 초과 특진 요금이 다음번 스키 여행 비용을 충당하는 데 도움이 되겠다고 생각하는 의사들이랑 다르죠. 게다가 그런 의사들은 진료가 끝난 환자한테 신발은 복도에서 고쳐 신는 편이 좋겠다고 권해요. 다음 환자를 빨리 이어받으려고 그러는 거죠. 왜냐하면 스키가 꽤 비싸거든요. 의사들이 자주 드나드는 스키장은 특히……."

"그래서 나도 그들과 똑같은 부류로 보는 거야?"

"어떨 것 같아요?"

"아니길 바래."

"당신 환자들도 신발을 대기실에서 고쳐 신나요?"

"아니……."

"환자한테 잘 가라고 말하면서 복도에서 진료를 끝내나요?

"아니."

"그럼 당신은 달라요."

망각의
동굴

"안녕하세요, 줄리. 우산 챙겼어요?"

"장화랑 세트로요! 우리 버섯 따러 가는 거예요, 아니면 개구리 잡으러 가는 거예요?"

"혹시 오늘 산행 취소하고 싶어요?"

"이렇게 완벽하게 채비를 갖췄는데, 절대 안 될 말이죠."

"그 모자, 의무적으로 매일 쓰지 않아도 돼요."

"좋아서 쓰는 거예요, 얼마나 따뜻하다고요! 머리도 마음도. 밝은 색깔도 진짜 효과가 있어요!"

"다행이군요. 아무튼 당신한테 잘 어울려요. 혹시 망각의 동굴 알아요?"

"아니요, 어쩌면 망각했을지도 모르고요."

"혹시 아침에 개그맨 되는 약이라도 삼켰어요? 모른다니 거길 갑시다. 세상과 동떨어진 기분을 느낄 수 있는 곳이죠."

로맹이 차에서 이 동굴의 전설을 들려주었다. 접근이 어렵긴 하지만 세상을 완전히 잊을 정도로 절경이어서, 근방 수도원의 수도사들이 속세에서 물러나 조용히 명상하기 위해 찾아드는 곳이었다.

"요즘 날씨에 가기는 너무 위험하지 않나요?"

"아니요, 길이 확장되었어요. 게다가 우리한테는 스파이크 슈즈가 있으니까 문제없어요."

"이런 식으로 이 지역 저 지역을 죄다 돌고 나면 다음엔 어딜 가야 하죠?"

"우리 인생이 그렇게 길지가 않아요. 내가 아직 모르는 곳들도 있을 테고요. 당장 이 지역에서 조금만 더 멀리 나가도 사정은 더 나빠지죠."

아닌 게 아니라 동굴은 접근하기 녹록지 않았지만 전망은 놀랍도록 빼어났다. 심지어 돌이 깎여 만들어진 작은 벤치까지 있었는데, 수세기에 걸쳐 지친 둔부를 받아들이느라 표면이 둥그렇게 마모돼 있었다.

로맹이 수직으로 깎아지른 절벽 아래쪽을 내려다보기 위해 절벽 끝으로 다가갔다. 절벽 끝에 서서 뒤쪽에 힘을 싣기 위해 한 다리를 뒤로 보내면서 앞으로 몸을 숙였다. 줄리는 태연하지 못했다. 혹여 숨결이 공기를 흩뜨릴세라 숨을 죽였다.

로맹이 물었다.

"일은 어때요, 괜찮아요?"

"하나같이 진절머리가 나요. 동료들도, 상사도, 손님들도, 등이 휘도록 무거운 여섯 개들이 물병 팩도. 나 좀 조용히 내버려두는, 아무도 살지 않는 섬으로 떠나고 싶어요. 아무도 나한테 시비를 걸러 오지 못하도록 조용히 숨어버리게요. 그럼 적어도 평화를 맛볼 순 있겠죠."

"삶은 바다와 같아요. 파도가 해안에 밀려오면 물살이 부서지는 소리가 요란했다가 파도가 물러가면 다시 고요해지죠. 이 두 움직임이 끊임없이 교차하고 반복해요. 하나는 빠르고 거칠며, 다른 하나는 느리고 부드럽죠. 물살이 조용한 곳으로 몰래 떠나버리고 싶다고요? 그래서 완전히 잊히고 싶다고요? 하지만 거기도 머잖아 다른 파도가 밀려올 거예요. 이후엔 또 다른 파도가 밀려올 거고요, 계속해서, 영원히. 삶이란 그런 거니까……. 두 가지 움직임이 교차하고 규칙적으로 변화해요. 때론 폭풍우가 몰아치면 무시무시한 소리를 냈다가 어느새 잦아들고 잔잔하게 찰랑거리죠. 잔잔해도 어쨌든 찰랑거리긴 해요. 바닷가는 절대 고요할 수가 없어요. 절대. 삶도 마찬가지죠, 당신이나 나나 할 것 없이 모든 이들의 삶이. 이 모든 소용돌이에 휩쓸리는 모래알들이 있고 좀 더 위쪽에 있어서 젖지 않고 멀쩡한 모래알들도 있지요. 무얼 부러워해야 할까요? 생각해봐요. 뽀송뽀송하고 반짝이는 위쪽 모래알로는 모래성을 지을 수 없어요. 파도에 시달린 모래로 지어야죠. 이 모래가 점성이 좋으니까요. 당신은 인생의 모래성을 다시 지을 수 있을 거예요. 폭풍우에 단련됐으니까요. 그 모래성은 당신을 닮은 모래, 인생의 풍랑을 겪은 모래로 지어야겠죠. 그래야 단단할 테니까."

줄리는 브르타뉴의 한때를 떠올렸다.

널 기다려

2월 말은 유독 한파가 심했다. 밖에 비가 내리고, 안에도 비가 내렸다. 눈물과 눈송이가 섞여 옷에 들러붙었다. 피가 얼어붙는 기분. 그리고 이 우중충한 잿빛 풍경이라니.

종일 햇빛을 못 보는 날들의 연속이었다.

요즘 들어 줄리는 하루에 한 번 이상은 떠나고 싶은 기분이 들었다. 죄다 내팽개쳐놓고 운행 중인 기차에서 뛰어내려 자신이 룰루를 버려둔 플랫폼으로 가고만 싶었다.

두 손 들고 싶은 기분, 속담이 틀렸음을 증명하고 싶은 기분.

유일한 진짜 기적이라면 이전으로 돌아가는 것이리라. 그래서 인생의 필름을 다시 돌려, 브르타뉴의 작은 집에서 조금 늦게 출발해 교통체증을 만나 끔찍한 교통사고를 피할 수 있도록.

불행하게도 인생은 그렇게 작동하지 않는다. 인생은 '재생' 버튼에서 꼼짝하지 않는다. 편집도 없다. 전혀. 인생은 돌이킬 수 없는 생방송일 뿐.

정맥을 끊으면?

길가 나무들 중에 가장 커다란 나무에 정면으로 돌진하면?

수면제 다섯 박스를 한꺼번에 삼키면? 확실히 해두기 위해 일곱 박스를 삼키면 어떨까?

줄리는 생각에 잠긴다.

자, 줄리, 널 사랑하는 사람들을 생각해!

그 애가 널 기다리는 거 알잖아!

그 애가 널 기다려!

그 앤 이제 시간이 많다고……

두 번째
엘리베이터

그들은 호텔 로비에서 만나기로 했다. 도시 전체를 파노라마로 조망할 수 있는 식당에서 저녁 식사를 하자는 제안이 그녀를 유혹한 듯했다.

룰루가 입원했던 병원에서 수차례 마주친 끝에 전화번호와 이메일 주소를 교환했고, 병원을 방문하지 않는 날들을 길다고 여기게 되었다. 어린애들마냥 정기적으로 메일을 주고받고, 더러 아무것도 아닌 일로 전화를 해 수다를 떨면서 상대의 연락을 기다리는 날들이 이어졌다. 그러니 이제는 만나야 했다.

룰루가 떠난 이후 처음 만나는 자리였다.

폴은 호텔 로비의 푹신한 소파에 자리 잡았다. 마농이 호텔 문턱을 넘으며 눈으로 자신을 찾는 모습을 보고 싶었다. 찾는 이를 발견한 사람의 눈에는 섬광이 반짝 스치기 때문이다. 물론 폴은 오늘 저녁, 그를 발견한 그녀의 눈에서도 이 섬광이 반짝이기를 바란다. 그동안 많은 것들을 주고받은 마당에 왜 이를 의심하겠는가?

폴은 입구에 시선을 고정했다. 웨이터가 다가와 무얼 마시겠느냐고 물었을 때에도 기다리는 사람이 있다는 핑계로 정중하게 돌려보냈다. 아, 이건 웨이터로서도 충분히 이해할 법한 사안이었다.

여자를 기다리는 정도가 아니라 아예 벌써부터 원하고 있구먼…….

폴은 회전문을 드나드는 손님들의 움직임을 주시했다. 마농은 늦지 않을 것이다. 그런 느낌이 들었다.

폴은 주차장 쪽으로 난 유리창을 통해 그녀의 실루엣을 언뜻 보았다. 문이 회전하더니 마농을 로비에 내려놓았다. 그녀가 몇 발자국을 떼다가 멈춰서더니 로비 전체를 시선으로 쓸었다. 불안과 집중.

마침내 마농이 그를 찾아냈다. 폴은 이 순간을 음미했다. 젊은 여자의 눈이 반짝거리더니 양 볼에 보조개가 패면서 입가에 웃음이 번졌다. 어쩌면 광대뼈 부위도 살짝 붉어졌을지 모른다. 그녀가 손을 들어 수줍게 신호를 보낸 뒤에 다가와 볼에 키스하며 물었다.

"기다리신 지 한참 됐나요?"

"아니, 한 10분쯤?"

폴은 거짓말을 했다. 무슨 일이 있어도 이 순간을 놓치지 않기 위해 30분 전에 미리 왔다고 고백하고 싶지 않았다.

"우리 말 놓아도 되지 않을까?"

"그럴까, 아저씨?"

"와우……!"

"뭐가?"

"줄리는 절대 그렇게 못할 거야."

"줄리는 워낙에 굽히지 않는 몇 가지 원칙들이 있어."

"그럼 넌? 넌 원칙이 없어?"

"아니, 있어, 하지만 줄리랑은 종류가 좀 다르지…… 난 말은 쉽게 놓는 편이야. 그런 거엔 별 의미 안 두거든. 덴마크에서 베이비시터를 하며 1년 동안 생활한 적이 있었는데, 거긴 존댓말 개념이 아예 없어. 학생부터 장관까지 모두가 모두에게 반말을 해."

"거, 괜찮군. 여기서 뭐 좀 마실까, 아니면 식당으로 곧장 올라갈까?"

"해가 지고 있잖아, 꼭대기에서 구경하면 훨씬 멋질 거야."

"그럼, 올라가자고! 그런데 엘리베이터를 타야 한다, 15층이거든."

"알아."

"괜찮겠어?"

"글쎄."

"가볼까?"

"매뉴얼 갖고 있어?"

"무슨 매뉴얼?"

"혹시 엘리베이터가 고상 나면 니한테 제안할 것들!"

"그거라면 늘 갖고 다녀."

폴이 엘리베이터 버튼을 눌렀다. 기다리는 시간이 길었다. 엘리베이터가 꼭대기 층에서 내려오는 중이었다. 마농이 이미 불이 들어와 있는 호출 버튼을 또 누르자 폴은 재미있다는 듯이 쳐다보았다.

"그래봐야 소용없다는 거 알아?"

"당연하지!"

"그런데?"

"작동하는지 확인하려고……"

"불이 들어와 있잖아."

"그래도!"

"혹시 리모컨도 작동 안 하면 그렇게 마구 눌러대나?"

"그렇지, 뭐. 그럼, 아저씨는 옷장 앞에서 뭘 입을까 고민할 때 열 손가락을 막 거미처럼 꼼지락거려?"

"어떻게 알았어?"

"그냥 알아."

"그럼 내가 소파 테이블에 부딪히면 테이블한테 미안하다고 사과하는 것도 알아?"

"아, 아니, 내 상상력이 그 단계를 넘진 못했어."

"하긴 넌 전화에 대고 꼬박꼬박 '안녕하세요, 저예요'라고 말하긴 했구나, 그렇게 여러 번 전화해도 말이다. 그럼, 너지, 누구겠느냐고!"

엘리베이터가 도착했고, 두 사람을 태운 뒤 문이 닫혔다. 엘리베이터 안엔 그들뿐이었다. 폴이 파노라마 식당의 버튼을 눌렀다. 마농은 바뀌어가는 디지털 숫자를 불안하게 바라보았다. 엘리베이터는 돌연 7층에서 멈추며 두 사람을 희미한 어둠 속에 빠뜨렸다.

"뭐예요, 아저씨 짓이에요?"

"마농, 난 아무 짓 안 했어, 맹세해. 그런데 다시 존댓말하기로 한 거야?"

"아무래도 우리가 저주받았나 봐! 전에는 이런 일 당한 적 한 번도 없었어."

"나도 마찬가지야. 우리는 같이 엘리베이터를 타면 안 되는 운명인가 보다."

"왜 우리한테 이런 일이?"

"우리가 상극인가?"

점점 커져가는 불안감 속에서 마농이 단언했다.

"이제 끝이야! 끝! 나 이제 다시는 아저씨랑 엘리베이터 안 탈 거야!"

"모르긴 해도 이번엔 저번보다 더 빨리 내 품으로 피신 올 것 같구나."

그러자 마농이 몸을 웅크리며 폴의 품으로 파고들었다. 처음보다 훨씬 더 단단한 포옹이었다. 마농은 고장이 지속되기를 바라는 마음마저 들었지만, 물었다.

"고장 신고 안 해?"

"뭐하러?"

폴이 엄지손가락과 검지손가락으로 마농의 턱을 잡아 살짝 들어

올리며 대답했다.

"그냥!"

그녀가 대답하고는 키스했다.

하지만 그것도 잠시, 엘리베이터가 덜컹거리더니 그들의 의사도 묻지 않고 작동하기 시작했다.

그들은 커다란 전면 유리창 가에 있는 테이블에 자리 잡았다. 태양이 뜨문뜨문 떠 있는 구름을 오렌지 빛으로 물들이며 보주 산 뒤로 넘어갔다.

"줄리는 어떻게 지내는 거야, 진짜 소식 좀 들려줘봐. 나한텐 늘 괜찮다고 하는데, 정말인지 아니면 날 안심시키려고 하는 소린지 모르겠거든. 넌 제일 친한 친구니까 너한텐 죄다 얘기할 테지."

"그럭저럭. 좋은 날도 있고 바닥인 날도 있고, 또 아주 좋은 날도 있고 아주 바닥인 날도 있고. 어쨌든 버티고 있어."

"강한 애라서 다행이야."

"선택의 여지 없이 강해져야 하는 날이 오기 전까지는 자기가 어느 정도까지 강한지 절대 알 수 없다, 밥 말리의 말이야."

"아, 밥 말리가 그렇다면야."

"사실 선택의 여지가 별로 없잖아."

"예를 들어 애를 뒤따라간다든가. 혹시 더러 그런 얘기도 해?"

"가끔. 그럴 땐 말이 끝나기 무섭게 내가 엉덩이를 발로 차줘."

"나 자신이 지독히 원망스러워."

"왜?"

"그런 일을 만든 것이."

"그게 아저씨 잘못이야?"

"달리 어찌해볼 도리가 없었어. 정말 간발의 차이였는데. 5분만 늦게 출발했어도, 아니면 그때 고속도로 안쪽에 멈춰 서기만 했어도."

"원래 인생이 간발의 차로 결정되는 거야. 심지어 이렇게 살아 있다는 것 자체가 기적이고. 어쩌면 이 모든 일에 의미가 있을지 몰라."

"어린애가 고주망태가 된 놈 때문에 죽는 거에도 무슨 의미가 있나?"

"아마 어떤 의미를 찾는 데는 도움이 되지 않을까?"

"혹시 찾게 되면 나한테도 말해줘."

"아직은 찾고 있는 중이야."

"우선은 먹고 싶은 걸 찾아보자고."

마농은 메뉴판을 탁 소리가 나게 덮어놓지 않았다. 그녀가 가격을 보지 못하도록 폴이 메뉴판을 읽어줄 필요도 없었고, 음식 가격이 한 입에 5유로 상당이라는 데도 개의치 않았다. 마농은 삶을 즐긴다. 식사 초대를 단순하게 받아들이고, 골수 페미니스트가 되지 않고서도 여성의 지위를 주장한다. 자기 몫의 밥값을 내겠다는 생각은 머릿속에 떠올리지조차 않는다. 우선은 폴이 언짢아하리라는 사실을 알기 때문이고, 다음으로는 자신도 이런 사소한 매너가 좋기 때문이다. 그녀는 점점 이런 매너들이 사라져가는 것이 못내 아쉽다.

폴은 메뉴를 일찌감치 정했다. 마농과 똑같은 걸로. 무엇이건 상관없다. 단지 마농이 선택하는 음식을 따르고 싶고 이어질 대화를 따르고 싶다. 필요하다면 세상 끝까지라도.

폴은 마농이 한참 동안 메뉴를 훑는 모습을 지켜보았다. 이윽고 그녀가 메뉴판을 탁 소리가 나게 내려놓더니, 의기양양한 표정으로 그를 바라보았다. 마침내, 결정했다.

"밥 말리만 진실을 말하는 게 아니라는 사실 알아?"

"아?"

마농이 재미있어 하며 대답하자 폴이 말을 이었다.

"알베르트 아인슈타인도 그래."

"우리 이제 상대성이론에 대해 토론하는 거야?"

"맞아. 하지만 네가 알고 있는 이야기 말고. '뜨거운 프라이팬에 1분 동안 손을 대보라, 한 시간처럼 느껴질 것이다. 아름다운 여성과 한 시간 동안 함께 있어보라, 1분처럼 느껴질 것이다. 이것이 상대성이론이다.'"

"프라이팬이 얼마나 뜨겁냐가 관건이겠지."

"그리고 여자가 얼마나 아름답냐가."

"그럼 지금은? 나하고 함께 보내는 시간은 상대적으로 어때?"

"1초."

"내 얼굴이 지금 빨갛게 달궈진 프라이팬 같을 거 같아."

"난 그래도 거기에 손을 대겠어."

"1초 동안만?"

"시간을 멈출 거야……."

폴과 마농 사이에 일어나는 일은 줄리의 가슴에 연고처럼 작용할 터였다.

파라벤이 첨가되지 않은 연고.

좋은 일을 위한 나쁜 일.

예쁜 일을 위한 아주아주 지독하게 나쁜 일. 이런 불균형이야 아무러면 어떠랴. 줄리는 두 사람이 서로에게 끌려 연락하던 끝에 마침내 이날 저녁 만난 것을 기뻐했다. 삶은 계속되니까. 그리고 두 사람은 자신이 애착을 갖고 있는 이들이니까. 게다가 그들이 행복하다면야. 줄리로서는 자신의 레고에 약간의 접착제를 바르는 격이었다.

봄날의
폭우

"장해요, 줄리. 오늘 오른 산봉우리는 정말 높은 데거든요."

"룰루는 나의 원일점에 있어요. 그러니 손가락 끝으로라도 스치려면 되도록 가장 높은 곳으로 올라가야죠."

"그런 단어를 알아요?"

"어떤 단어요? 손가락이요?"

로맹이 씩 웃으며 대답했다.

"원일점이요."

"왜요, 그게 뭐 이상해요?"

"그러게요, 이상하지 않죠."

"행성이 궤도상 태양에서 가장 멀어지는 지점이잖아요."

"증명하지 않아도 돼요!"

"혹시라도 당신이 모르는 단어일까 봐 곤경에서 구하려고 한 말이
에요."

"알고 있거든요."

줄리는 산 정상의 작은 언덕, 사람들이 연장해놓은 이 작은 산에
돌멩이 하나를 얹고 나서 책상다리를 하고 앉았다. 발아래 굽어보이
는 저 광활함에 비하면 한낱 모래알에 불과할 지극히 상징적인 제스
처였다. 그녀는 지평선을 살폈다. 구름이 걷혔음에도 하늘은 여전히
어두웠다. 꼭 그녀의 상태를 대변하듯. 몇 달이 지난 지금, 정신은 해
방되었음에도 마음은 여전히 무거웠다.

로맹은 이제 줄리를 자신의 어린 환자 뤼도빅의 엄마로 보지 않는
다. 보살핌과 위로의 자장 안에 있던 둘의 관계는 점차 충만하고 진
실한 우정으로 변했다. 하지만 오늘 줄리의 옆모습을 바라보며, 바
람에 살짝 흩날리는 머리칼, 위로 약간 들린 코끝, 양팔로 감싸 안은
무릎에 얹힌 젖가슴을 바라보며, 로맹은 그녀에 대한 감정이 아직도
우정으로 남아 있는지 알 수 없다. 아니, 실은 안다. 그는 사랑에 빠
졌다. 시간이 지나면서 이리 됐을 수도 있고 어쩌면 의식하지 못했
지만 처음 본 순간부터 그랬을 수도 있다. 아무러면 어떠랴? 오늘,
이 여자를 바라보는 그의 심장이 좀 더 세차게 뛰고 있다. 그녀를 향
한 감정은 부적절한 걸까, 아닐까? 마음속 깊은 곳에서 느껴지는 이
감정이 감미롭다. 로맹은 새로운 이야기를 만들어갈 준비가 되었다

는 걸 느낀다. 삶은 이렇게 지속된다. 비영속성이야말로 삶을 삶답게 만든다. 과거는 모래밭의 발자국처럼 흔적을 남기지만 우리의 발걸음은 미래를 향한다.

"무덤에 세울 비석은 결정했어요?"

"보주 사암으로 나비 모양의 비석을 만들려고요. 폴 아저씨 덕분에 돈이 충분하거든요. 아저씨가 옳았어요, 이런 것도 중요하네요."

"네, 중요하죠."

"난 룰루 생각을 하지 않을 때가 없어요. 다들 룰루 생일이 있는 가을이 되면 힘들어질 거라고들 하지만, 난 룰루를 추억하는 데 생일 따위는 필요치 않아요. 아직 그 단계는 아니에요. 앞으로도 절대 그럴 거 같지 않고요. 룰루는 내 가슴속에 있어요. 이 안에 영원히, 매일."

"시간이 간다고 잊진 못하지만 적응은 할 수 있죠. 눈이 어둠에 익숙해지는 것처럼."

"어쨌든 내 전구는 몇 달 전에 깨진 기분이에요."

"폭우가 쏟아지고 나면 활활 타던 불꽃이 꺼진 것처럼 보일 수 있어요. 하지만 가만히 들여다보면 불씨가 여전히 남아 있죠. 겉은 차가운 회색 잿더미지만 속은 아직 따뜻요. 불씨를 쑤석이세요, 잔가지 몇 개를 던져 넣고 후후 불면 다시 살아날 수 있어요."

"난 그보단 사과가 된 기분이에요. 유독 혼자만 크고 무거워서 기준 규격을 통과하지 못하고 불량품 수거 바구니에 별도로 분리된 사과요."

"너무 크고 무거워진 것은 당신 마음이에요. 하지만 마음이 크다는 건 넓다는 의미이기도 하죠."

로맹은 발 사이의 땅바닥에 막대기로 그림을 그리다가 멈추고는 소리를 내며 웃기 시작했다.

"뭐가 그렇게 재밌어요?"

"당신 얘기요! 결국 당신은 바구니를 바꾸었군요. 이렇게 반짝이고 빨갛고 당도 높은 사랑스런 사과가 됐으니 말이에요."

이번엔 줄리가 웃었다. 발갛게 달아오른 양 볼에 작은 보조개가 팼다. 깨물어주고 싶은!

"하늘이 좀 수상하게 어둡지 않아요?"

줄리가 걱정스럽게 물었다.

"그러게요, 나도 고민하던 중이에요. 일기예보를 확인하긴 했는데. 아무튼 서두릅시다, 산속에서는 되도록 폭우를 만나지 않아야 하니까. 차까지 두 시간은 가야 해요."

그들은 전속력으로 산을 내려갔다. 로맹이 줄리에게 길을 터주기 위해 앞장서서 달렸다. 줄리는 숨을 헐떡이며 비틀거렸지만 잘 버텼다. 로맹은 대기 중에 흐르는 전류를 감지했다. 규칙적으로 주위를 둘러보며 동태를 살폈다. 폭우가 급격히 가까워졌고 바람이 일었다. 비가 쏟아지기 전에 차까지 닿을 수 있으리라는 기대는 헛된 희망이었다. 더욱이 주위 어디에도 비가 지나갈 동안 안전하게 피신할 장소가 보이지 않았다.

로맹이 외쳤다.

"저쪽으로 꺾어집시다. 망각의 동굴이 여기서 멀지 않아요. 이쪽에서는 접근이 더 어렵지만 거기 가면 비를 피할 수 있어요."

줄리가 헐떡거리며 대답했다.

"판단대로 하세요, 따를 테니까."

동굴까지는 몇 킬로미터가 더 남았다. 로맹이 다시 뒤를 돌아보니 비구름이 그들이 떠나온 산봉우리를 집어삼키고는 말이 걷는 속도로 곧장 다가오고 있었다. 멀리서 천둥소리가 들렸다. 그들은 바람과 같은 방향으로 달렸다. 번개도 늦지 않을 터였다. 인상적인 광경이었다. 이 모든 갑작스러운 조짐으로 판단컨대 그들이 제때 동굴에 닿기는 힘들 듯했다.

줄리는 묵묵히 달리기만 했다. 얼굴에 공포가 어렸다. 다치지 않도록 조심하면서 최대한 속력을 냈다. 여기서 다치기라도 하면 최악이리라. 줄리는 당황하지 말자고 마음을 다잡았다. 하지만 폭풍우가 두렵다. 정말로. 어릴 때 집에서 멀지 않은 곳간에 벼락이 내려치는 광경을 목격한 적이 있었다. 집까지 뒤흔드는 요란한 굉음과 함께 곳간에 불이 붙었고, 곳간 주인이 아슬아슬하게 동물들을 구해내는 모습. 그녀는 언제 덮칠지 모를 위험이 두려웠다. 물론 자신의 힘으로 어쩔 수 없는 일이겠지만 지금, 여기서, 하늘과 땅 사이의 인도자에게 끌려가고 싶진 않았다.

그녀는 이러니 저러니 해도 삶에 애착을 느끼고 있었던 것이다.

20미터쯤 뛰었을까. 빗방울이 후드득 떨어지기 시작하더니 이내 세찬 빗줄기가 두 사람을 덮쳤다. 엄청나게 굵은 빗방울이 얼굴을 때렸다. 그들은 순식간에 흠뻑 젖었다. 땅이 질척거렸다. 천둥소리가 더욱 요란해지며 뒤로 바짝 따라붙었다. 줄리는 피가 얼어붙는 기분이었다.

다행히도 동굴로 향하는 바위 계단이 보였다. 로맹이 먼저 내려가서 줄리의 허리를 잡아 바위들로 이루어진 가파른 계단을 내려가는 것을 도왔다. 계단이 몹시 미끄러웠다. 하지만 로맹은 곧 도착할 거라고 말하며 줄리를 안심시켰다.

동굴에 들어서자 로맹은 줄리의 손을 잡아 중앙으로 이끌었다. 가방의 내용물을 죄다 꺼낸 다음 바닥에 가방을 펼쳐놓고 앉아 전자기기들을 멀리 떨어뜨려놓았다.

"이렇게 중앙에 있도록 해요. 여기가 가장 안전하니까. 괜찮아요, 줄리?"

"……"

"줄리?"

줄리는 대답이 없었다. 목에 꽉 메어 말이 나오지 않았다. 그녀는 한동안 침묵했다.

마침내 짐승의 울부짖음과 함께 모든 것이 밖으로 빠져나왔다. 줄리는 팽팽했던 긴장을 천둥처럼 폭발시켰다. 그때, 그들의 머리 위로 폭풍우가 들이치며 우르릉 꽝꽝대는 천둥소리가 점점 고조되었다. 이에 맞춰 줄리의 입에서 터져 나오는 악쓰는 소리도 조금씩 더 맹렬해졌다. 로맹은 그녀의 폭발이 단지 폭풍우에 대한 공포에서 비롯된 것만은 아님을 알았다. 폭풍우는 룰루가 죽은 이후 가슴속 깊은 곳에 간직한 채 결코 밖으로 드러내지 못했던 분노를 건드린 뇌관에 지나지 않았다.

다행이었다.

로맹은 줄리를 품에 안고 토닥거렸다. 그녀를 진정시키기 위해 할 수 있는 일은 이것뿐이었다. 뼛속까지 얼어붙은 줄리가 몸을 덜덜 떨었다. 무엇으로도 그녀를 진정시킬 순 없었다. 걷잡을 길 없는 오열이 몇 분간 길게 이어졌다. 로맹은 그녀가 마음껏 울도록 내버려두었다. 그래서 마침내 죄다 비워내도록. 그는 다만 조금 떨어진 채 줄리의 눈을 똑바로 바라보았다. 젖은 머리칼로 둘러싸인 그녀의 얼굴, 입술은 떨리고 파란 눈은 정박하기 위해 닻을 내리는 배처럼 약간의 위안을 찾고 있었다.

로맹은 커다란 두 손으로 줄리의 얼굴을 감싸 쥐며 그녀의 시선을 자신에게로 집중시킨 뒤 얼굴을 가까이 가져갔다. 줄리의 입술에서 떨림이 느껴졌다. 하지만 키스를 하자 그녀는 차츰 긴장을 풀며 느슨해졌다.

동굴의 어둠이 그들을 보호하듯 감쌌다. 이대로 모든 것이 무너져 내려도 좋았다. 둘은 젖은 옷이며 추위며 폭우, 슬픔, 상실감을 잊게 하는 소용돌이에 휩싸인 채, 여기 이 자리에서 하나가 되었다. 그들의 키스와 애무 속을 흘러 다니는 감정이 무엇보다 강한 생명력의 결정체였다.

이윽고 동굴에 한 줄기 빛이 스며들었다.

폭우가 물러가고 빗물에 덮여 반짝이는 자연을 햇살이 환하게 비추었다.

"가야 해요, 줄리. 갈아입을 옷이 하나도 없는 데다 아직 갈 길이 멀어요. 산은 일찌감치 추워지거든요."

"우리 집에서 샤워하셔야 겠어요."

"우리 이제 말 놓아도 되는 거 아닐까요?"

"어쩌면."

줄리가 폭우에 씻긴 풀잎처럼 빛나게 웃으며 대답했다.

그녀의 폭우.

로맹이 그녀의 손을 잡고 길을 떠났다. 그들은 거의 대화를 나누지 않았지만, 자주 눈을 마주치고 미소를 교환하고 달콤해하고 서로를 원했다.

줄리는 샤워를 마친 뒤 벽난로에 불을 지폈다. 이번엔 로맹이 욕실을 차지했다. 로맹의 옷들은 벽난로의 불꽃에 마를 터였다. 줄리는 차를 끓이기 위해 욕실을 지나 부엌으로 가면서 급습을 피하기 위해 조심조심 걸음을 옮겼다. 두 사람은 아직 친밀한 관계의 문턱을 넘지 않은 사이니까.

로맹은 욕실 문을 반쯤 열어놓은 채 머리칼을 힘차게 비벼대고 있었다. 허리에 수건을 두르고 있었다. 욕실을 꽉 채운 수증기로 보건데, 몸을 덥히기 위해 줄리처럼 수도꼭지를 빨간 쪽으로 돌려놓은 모양이었다.

줄리가 욕실 앞을 지나며 외쳤다.

"수건을 찾아냈군요!"

줄리는 전기포트를 작동시킨 다음 옷을 입기 위해 방으로 향했다. 그녀가 옷장에서 옷을 찾고 있는데 로맹의 손이 허리를 감싸 안았다. 그가 줄리의 목덜미에 키스하더니 자기 쪽으로 돌려세우며 한쪽 볼을 어루만지고는 이마로 흘러내린 그녀의 머리칼을 제자리에 올려주었다. 로맹이 이제껏 한 번도 보여주지 않은 눈빛, 연인을 바라보듯 욕망 어린 눈빛으로 바라보았다. 그는 줄리가 아름답다고, 세상에서 가장 아름답다고 생각했다. 로맹이 다시 부드럽게 키스했다. 조금 전 망각의 동굴에서는 격렬함이 있었다. 발견의 격렬함, 단계를 넘었다는 격렬함이. 하지만 지금 이 순간, 그들은 시간을 갖고서, 서로를 발견하고 애무한 다음 물러났다가 돌아와 머뭇거리며 다시 시작한다.

로맹이 줄리를 침대에 쓰러뜨렸을 때 그녀는 눈을 감고 자신을 내맡겼다. 공주님이 성문을 열어 매력적인 왕자님과 그의 부드럽기 그지없는 커다란 파도를 맞아들였다.

저물녘의 희부연한 빛이 덧창으로 스며들며 하나가 된 두 육체에 사랑의 빗금을 그렸다. 길고 조용한 강물의 한 단면이었다.

잠에서 깬 줄리는 한밤중이라는걸 깨달았다. 욕실 한 군데만 불이 켜져 있었다. 그녀는 몸을 일으키기 위해 로맹의 팔을 살살 들어올렸다. 그가 힘겨워하며 눈을 떴다. 그녀는 침대 가에 앉아 좀 전의 격정으로 인해 바닥에 어지럽게 널브러진 이불을 집어 몸에 두르고

서 욕실로 향했다. 움직이는 그녀의 뒷모습에서 등 아래쪽의 옴폭
팬 두 곳이 로맹의 눈에 들어왔다. 미카엘리스의 마름모°, 일명 '신
의 마름모'를 만드는 골반뼈 보조개들. 신체 중에, 특히 여자의 몸 중
에 그가 가장 좋아하는 부분이었다. 자신이 몹시도 사랑했던 아내의
몸이 다시 모습을 드러냈다. 상처가 아물었음에도 불구하고 다시 따
끔거렸다. 그는 창문 쪽으로 고개를 돌리며 눈을 감았다. 줄리가 다
시 돌아와 옆에 누웠다. 그녀는 로맹의 뺨 한가운데 맺은 눈물 자국
을 보았다. 극도로 친밀한 이 순간이 유령을 다시 불러냈음을 알 수
있었다. 예상했던 일이었다. 그녀는 이를 존중했다. 그러고는 자기도
약간 돌아누워 룰루를 생각했다.

육체의 쾌락을 다시 허용한다고 해서 감정이 명확해지진 않는다.

줄리는 로맹의 어깨를 쓰다듬고는, 나비가 여린 꽃잎에 날아들 듯
그의 눈물 자국에 살포시 키스하며 귓바퀴에 속삭였다.

"고마워."

그는 나머지 절반의 인류를 이해하는 지배적이지 않은 수컷에 속
했다.

로맹은 묵묵부답으로 눈을 감고 있었지만 입가에 창백한 미소를
지으며 줄리의 손을 가져다 힘껏, 매우 힘껏 쥐었다.

○ 척추 끝과 엉덩이가 시작되는 지점을 세로축, 골반 위 보조개처럼 옴폭 들어간 두 지점을 가로축으로 하여 마름
모를 그리는 부위. 독일 산부인과 의사 귀스타브 아돌프 미카엘리스가 처음으로 환기시킨 까닭에 '미카엘리스의 마
름모'라 불리며, 특히 르네상스 시대의 화가와 조각가들이 여인의 누드에서 이 부분을 빼놓지 않고 묘사하는 통에 '신
의 마름모'라 불리기도 한다. 프랑스에서는 많은 사람들에게 성적으로 매력적인 부위로 인식된다.

구름에 불과했던
산봉우리

나의 줄리

어쩌면 이 편지가 당신 우편함에 들어가기도 전에 우리가 다시 만나고 있을지도 모르겠군. 아무려면 어때. 오늘은 당신에게 편지를 쓰고 싶었어. 속에 있는 걸 소리 내 말하는 데 서툰 성격이다 보니 오늘은 마음이 펜을 들라고 명령을 내리지 뭐야. 이런, 벌써부터 내 삶을 읊고 있군. 난 마음이 시키는 대로 하기로 했어. 이성은 때로 틀리지만 마음은 늘 옳다는 것을 깨달았거든.

어제는 멋지고 강렬한 날이었어. 당신의 몸이나 우리가 나눈 사랑이 가장 기억에 남는 것은 아냐. 비록 지금도 생생히 각인돼 있긴 하지만. 당신 몸의 곡선이라든가 어깨의 오목하게 들어간 곳, 부드러운 손, 하얀 젖가슴을 다시 떠올리는 것만으로도 가슴이 두근거리고 복부가 떨려와. 하지만 내 기억 속에 가장 생생히 남은 것은 당신의 눈빛이야. 동굴에서 방황하던 눈빛, 우리가 산 밑으로 다시 내려왔을 때 반짝이던 눈빛, 당신 방에서 편안하고 환하던 눈빛.

당신이 언제부터 나한테 나의 어린 환자의 보호자 이상이 되었는지는 잘 모르겠어. 첫날부터? 당신이 내가 던진 아랍 속담을 마저 완성했을 때? 뤼도빅을 돌봐야 할 시간이라 내가 당신을 깨웠을 때? 그때 당신은 무척이나 안쓰럽고 사람의 마음을 흔드는 뭔가가 있었지. 아니면 당신이 룰루에 대해 쓴 편지를 읽었을 때? 그때 편지에 동봉한 사진을 한참 동안 들여다봤어. 그리고 아이가 죽었을 때 그 사진을 침대 옆 탁자에 올려놓았지. 당신 모자를 매일 봐야만 했거든. 샤를로트가 어느 날 누구냐고 묻더군. "두 천사. 우리 딸, 두 천사야"라고 대답해주었지. 샤를로트는 내 말을 믿는 것 같았어. 샤를로트가 옳아.

당신이 병원에서 뤼도빅을 돌보는 방식에 난 감탄했어. 그리고 아이를 떠나보낸 방식에도. 내가 당신에게 부과한 난코스를 정복해낸 당신의 힘에도 감탄을 금치 못했지. 사실 그 산봉우리들은 당신의 슬픔에 비하면 구릉에 불과했어. 진짜 고통의 깊이를 끄집어내 온 세상에 대고 소리치고 싶었지. 왜냐하면 나도 그 고통을 손끝으로나마 스쳤다고 생각했으니까.

우리가 만났던 일요일 아침마다 난 당신이 지난번보다 조금 나아졌으리라는 기대 속에서 깨어났어. 비록 늘 그럴 순 없었겠지만. 치명적 죽음이 안기는 상처에 대해 사람들은 시간이 지날수록 나아지리라고 생각하지. 하지만 이런 감정은 상승곡선이 아니라, 산봉우리와 오목한 파도가 반복되는 사인곡선을 그리는 거니까.

어제의 산봉우리는 절정이었어. 마찬가지로 당신이건 나건 감정곡선이 하향선을 그릴 때에도, 당신이 내 곁에 있으리라는 사실을 알게 되어 기뻐.

이런, 내가 왜 기하학 얘기를 늘어놓는 거지? 하기는 당신은 어제 천문학 얘기를 했잖아.

난 마음이 급해. 앞으로 다가올 날들이, 당신을 발견하고. 당신의 내밀함과 부드러운 피부를 발견하게 될 날들이 몹시 기다려져. 얘기하고 침묵하기 위한 우리의 산행을 계속할 생각에, 아무 말 없이 당신의 손을 잡을 생각에, 정상에 올라 당신을 품에 안은 채 저 아래서 복닥거리는 삶을 함께 바라볼 생각에 마음이 급해.

하지만 우리, 시간을 갖자. 현재를 즐기면서 말이야. 바쁠 거 하나도 없으니까. 다만 행복해지는 것만이 시급할 뿐.

내가 카페에서 했던 말 생각나? 그때 당신이 플라스틱 스틱 뒤에 숨느라 아직 녹지 않았을지도 모를 설탕을 찾으며 커피를 열심히 휘저었잖아. 얼마나 귀엽던지! 그때 기준을 너무 높게 잡으면 안 된다고 얘기했었지⋯⋯. 내 키는 182센티미터야. 당신 기준에서 충분했으면 좋겠군.

또 이런 얘기도 했었지. 사랑하면 절대 실수하지 않는다고. 난 지금 내가 실수하지 않았다는 걸 알아, 줄리.

난 실수하지 않았어.

알아들어? 난 실수하지 않았어.

키스를 보내.

로맹

3년 뒤······

융합

흐르는 시간이 상처를 처맨다.

얽히고설킨 삶이 다시 풀린다.

활활 타오르던 불씨가 차가운 잿빛더미 아래서 천천히 수그러들다가, 어느 날 잔가지 몇 개와 입김 한 번에 다시 타오른다.

폴의 불씨가 다시 타올랐다. 마농은 아무런 저항 없이 그의 배에 탑승했다. 자명한 이치라는 듯. 이런 감정은 서로에게 영향을 미친다. 어느 날 마농이 내게 영혼의 동반자에 대해 이야기했다. 그들은 룰루가 입원해 있는 병원의 대기실에서 만났고 이후 진정으로 헤어져본 적이 없다. 그들은 서로를 첫눈에 알아보았고 끌렸다. 더러 라디오의 주파수를 맞추다가 찾던 프로그램을 발견했다고 생각하지만 이내 지지직거릴 때가 있다. 주파수가 맞지 않은 것이다. 이 두 사람은 주파수를 바로 맞췄다. 그리고 삶이 불가피하게 그들을 떼어놓자 잔인하리만치 깊은 상실감이 찾아들었다. 폴 또한 영혼의 동반자에 대해 이야기했다. 그는 처음으로, 너무 일찍 우주의 중력 속으로 떠나버린 소중한 혜성을 그만 쳐다보기로 하고 용기를 냈다. 동시에 두렵기도 했다. 마농의 젊음이 두려웠고, 그 젊음을 훼손할까봐 두려웠고, 폴린느에게 등을 돌리는 것이 두려웠다. 하지만 그로서도 어쩔 수 없다. 저항한다면 몹시 불행해질 터. 그는 항복하고서 발치에 무기를 내려놓았다. 그러고 나니 스무 살 시절의 에너지를 되찾은 기분이다. 마농 또한 폴과 함께 인생을 설계하는 일이 두려웠다. 서른 살 이상의 나이차. 수명이라는 생물학적 한계에 그들의 사랑이 발목 잡힐 날이 있을 터였다. 따라서 마농은 아예 그런 생각을 하지 않기로 했다. 그들은 함께 무기를 내려놓고서 총 끝에 매달려 있던 꽃을 들고 떠났다.

둘은 식당에 가면 식사 도중에 서로의 접시를 바꾼다. 상대가 주문한 음식을 맛보기 위해. 이는 디저트를 먹을 때도 마찬가지다. 폴은 출장 횟수를 제한했다. 마농과 멀어지는 것을 견딜 수 없어서. 하지만 그들 사이엔 산소가 원활하게 돈다. 누구도 상대의 숨통을 조이지 않는다.

영혼의 동반자들.

마농이 그리고 폴이 행복해져서 기쁘다. 만일 룰루가 그 병원에 입원하지 않았더라면 그들은 만나지 못했으리라는 생각이 들기도 한다. 우연일까, 필연일까? 어쨌든 중요한 건, 결과다.

　결과가 예쁘지 않은가.

　룰루 네가 이 사실을 안다면…….

　엄만 바보야, 알지?!

　마찬가지로 제롬의 불씨도 타올랐다. 불씨를 되살린 잔가지의 이름은 카롤린이다. 제롬이 어느 날 털어놓은 바에 의하면, 카롤린을 처음 보았을 때 과연 그녀를 대리 의사로 채용한 게 잘한 일인지 의문이었을 만큼 서툴고 불안정했다고 한다. 하지만 얼마 못 가 카롤린에게 뭉클함을 느꼈고, 그녀가 자신감을 찾아가는 여정에 동행하는 기분이 들었다. 절대 그를 떠나지 않는 구세주 본능이랄까. 어쩌면 카롤린이 제롬을 구원하러 왔다는 사실을 그가 인정하기 힘들어하는 것은 아닐까? 이렌느와 카롤린의 차이점은 안정된 사람이라는 점이다. 카롤린은 서툴긴 하지만 안정돼 있고, 인생에 정면으로 부딪친다. 어머니의 배 속에 든 작은 존재를 손끝으로 지켜낼 수 있는 사람이라면 용기도 있는 것이다. 다리를 긁어주는 것을 시작으로 차츰 제롬의 인생에 필요불가결한 존재로 자리 잡는 방식만 보아도 그렇다. 카롤린은 사실 다소 산만하고 무질서하긴 하다. 자신이 중요하지 않다고 생각하는 것들은 소홀히 한다. 예컨대 거실 청소라든가 옷장 서랍 정리는, 환자들이나 친구들이나 자신이 삶을 나누는 남자와 함께 시간을 보내는 것보다 덜 중요하다. 이 남자는 자신도 혼란스러운 판에―카롤린이 한창 혼란스러운 순간에―그녀의 인생에 찾아들었고, 우여곡절은 있었지만 매우 효과적인 손잡이가 되어주었다. 카롤린은 이 휠체어 손잡이에 기대며 휠체어를 밀었고 말이다. 인생은 때로 희한하다.

하지만 아마도 가장 활활 타오른 것은 내 불씨가 아닐까.

3년 쯤 전에, 나는 배를 완전히 떠나 차가운 바다에서 표류할 운명이었다. 그랬는데 다시 배에 올라 항해를 계속하고 있다. 로맹이 배에서 손을 내밀어주었다. 내가 더는 춥지 않도록 햇볕에 옷을 말려주었고, 보러 가고 싶은 마음이 생기도록 지평선을 가리켜보였다. 그가 산행과 함께 닻을 올리자 배가 속력을 내기 시작했다. 출항 이후로 자기는 아무 일도 하지 않았다고 말하지만 나는 로맹 없이는 이 여행을 할 수 없었으리라는 사실을 알고 있다. 어쩌면 다른 손을 찾았을 수도 있으리라. 아직 몇 개의 손들이 있으니까. 하지만 그의 사랑이 중요했고, 여전히 중요하다.

나는 아담한 로맹의 집에 정착했다. 샤를로트는 또래 어린애다운 단순함으로 날 받아들였다. 이에 더해 내가 샤를로트가 하는 모든 놀이를 알고 있었다는 점을 말해야겠다. 레고는 본래 의미로나 비유로나 내게 더는 비밀이 아니다. 인형놀이를 할 때 나는 어린 여자애가 된다. 물론 여전히 메모리 게임의 귀재다. 샤를로트의 눈높이에 나를 맞췄고, 큰언니처럼 그 애를 길들였다. 우리는 자주, 오랫동안, 서로를 꼭 끌어안는다. 샤를로트는 엄마가 그립고, 난 자식이 그리우니까. 우리는 결핍된 애정을 만회하고, 외풍을 막기 위해 빈틈을 채우고 메우고 봉한다. 우리는 한 시간 동안 서로를 끌어안고 있을 때도 있다. 나는 내 등을 어루만지는 조그마한 손을 느끼며 아이의 목에 코를 대고 킁킁거린다. 마치 갓 태어난 아이들이 본능적으로 엄마의 젖가슴을 향해 킁킁거리는 것처럼.

킁킁거리기.

생존본능.

이거 없이, 사람은 살 수 없다.

나도 똑같아!

때로 병원에서 퇴근한 로맹이 소파에서 이러는 우리를 발견하고는 웃으며 말한다.

"둘이 또 킁킁거리는 거야?"

그러면 우리 둘은 그에게 팔을 벌리고, 이제는 셋이서 킁킁거린다. 더더욱 즐겁다.

나는 결국 견딜 수 없게 된 계산원 일을 그만두고 학업을 계속하기 위해 폴이 제안한 도움을 받아들였다. 그리고 한 달 전, 분자생물학 전문기술 자격증 시험에 합격한 덕분에 9월부터 연구보조원으로 일하게 되었다. 폴이 차근차근 계단을 오르다 보면 꿈을 실현할 거라고, 할 수 있다고 격려했다.

아버지는 룰루가 떠난 지 반년 만에 돌아가셨다. 폐암이었다. 나는 아버지가 돌아가시고 나서야 임종을 알았다. 엄마는 알코올과 무의미한 삶에 지쳐 방황하며 거의 폐인이 되었다. 나는 약간의 재산과, 대양 한가운데 버려져 거친 파도에 부딪히며 상어들의 위협까지 받는 작은 배 한 척을 물려받았다. 나는 이 배를 능력껏 견인한 끝에 함께 물에 닿는 데 성공했다. 집을 처분해 엄마를 이름 있는 요양원에서 치료를 받게 한 것이다. 엄마가 알코올중독에서 벗어나 땅에 다시 발을 디딜 수 있도록. 엄마와 나 사이의 끈이 서서히 다시 이어졌다. 이런 종류의 레고에도 시간이 필요하다. 엄마는 이제 다시 웃음을 찾았다. 물론 아직은 완전히 경직돼버린 양 볼이 약간 당겨지는 정도라고 할까. 하지만 피부는 탄성이 있으니 곧 익숙해질 것이다. 우리의 감정 또한 탄성이 있다. 곧 익숙해지리라.

자, 이야기가 이렇다.

죽음과도 같았던 파경에서 서서히 회복되던 물리치료사가 있었다. 그보다 더 치명적인 상실감에 시달리는 시골 의사와 지난 30년간 물리치지 못한 고통스러운 과거를 곱씹는 이 의사의 부친이 있었다. 미래에 의문을 품지 않았던 나의 가장 친한 친구가 있었고, 자신이 아무런 가치가 없다고 여기는 젊은 여의사가 있었으며, 미혼모의 삶을 나름대로 헤쳐 나가던 슈퍼계산원이 있었다. 그리고 입안 가득 삶을 깨무는, 생명력 넘치던 어린 소년이 있었다.

오늘이 있다.

로맹은 말에서 잠시 내렸다가 나와 함께 다시 올랐다. 우리의 목에는 그의 어린 딸이 있다. 그리고 한쪽 다리를 조금 절뚝이지만 체력을 완전히 회복한 제롬이 있다. 그는 이제 해변을 달릴 순 없지만,

고통과 근심이 좀 과하게 짓누를 땐 이를 잠시 내려놓는 법을 배웠다. 카롤린과 함께한 이후로 그는 삶이 이끄는 대로 끌려가는 편이다. 카롤린은 의료보험공단의 무궁한 발전을 위해 진료 감각을 키워나갔고, 주먹 힘을 기르는 틈틈이 자신감도 확립해나갔다. 그리고 여전히 양파 껍질을 까면서 눈물을 흘리는 폴이 있다. 하지만 그는 마침내 정면을 바라보고 있다. 폴 앞에는, 이제는 미래에 대해 진지한 의문을 품는 마농이 있다. 마농은 윙윙거리는 꿀벌 위로 그녀의 잼 병을 닫았다. 또한 분자생물학 연구원이 되고 싶은 꿈을 꾸는 전직 슈퍼계산원이 있다. 그녀는 중세에서 튀어나온 듯한 조산사와 한 남자 덕분에 위로나 아래로나 누수를 막았다. 조산사는 그녀가 여자로서 몸의 중심을 잡는 길에 얼마간 동행이 돼주었고, 남자는 '매력적인 왕자님' 효과를 발휘하는 테스토스테론의 소유자였다.

입안 가득 삶을 깨무는 어린 소년 룰루는 이제 여기 없다. 죽음한테 깨물려버렸기 때문이다. 다른 차원의 세계로 가버렸다. 여기 없기에 우리와 함께 살지도 이 모든 것을 보지도 못한다. 하지만 나는 생각 이상으로 룰루가 우리와 많은 것을 나눈다는 사실을 안다.

어쩌면 룰루가 이 모든 것을 조금은 조종하는지도 모른다. 그렇지 않고서야 어떻게 우리 셋이 거의 같은 달에 똑같이 임신할 수 있겠는가?

우연의 일치일까?

어쨌든, 중요한 선 결과다.

예쁜 결과.

이전과 오늘 사이에, 피자와 맥주를 둘러싼 슈퍼계산대에서 남녀가 우연히 만났다. 그는 다른 계산대를 택할 수도 있었고, 나는 그날 휴일일 수도 있었고, 뺨으로 눈물을 흘려보내는 대신 미소를 지을 수도 있었다. 하지만 나는 이 눈물과 함께 그날, 계산대에 있었다. 그는 눈물 때문인지, 내 계산대를 선택했다. 남자는 다시 오지 않을 수도 있었고 나를 식당에 데려가지 않을 수도 있었다. 우리는 함께 브르타뉴로 떠나지 않을 수도 있었고, 서로에게 애정을 느끼지 않을 수도 있었으며, 차 사고를 당하지 않을 수도 있었다.

하지만 이 모든 일이 일어났고, 우리는 삶 속에서 살아야 했다. 로맹이 옳았다. 우리는 헤쳐나간다, 선택의 여지가 없기에. 삶은 유유히 흐르는 강물이고 우리는 강물의 흐름을 따라 떠다니는 작은 나뭇조각들이다. 우리 모두는 거센 소용돌이에 휘말려 뒤집히고 충돌하고 순간순간 가라앉기도 하지만 여전히 강물에 떠 있다. 그러다가 더러 잔가지들이 강물 구석으로 회오리를 그리며 모여들어 함께 숨을 돌린다. 룰루의 죽음은 댐이 무너진 것과 같았다. 물이 넘쳐흘러 죄다 휩쓸어버렸지만 우리는 익사하지 않았다. 서로서로 손을 붙잡아주었기에, 강한 자들이 약한 자들을 붙들어주었기에.

이런 풍랑을 극복하고 났을 때 더욱 강해진 기분을 느낀다.

또한 더욱 여려진 기분도 든다.

역설적으로 말이다.

아프지만, 견딘다.

견뎌낸다.

또 다른 소용돌이가 휘몰아치기 전까지.

그것이 바로 인생이니까.

진짜 삶이니까.

여름이다. 우리 여섯 명은 브르타뉴에 있는 폴의 별장에 왔다. 샤를로트는 외조부 집에서 방학을 보낸다. 우리는 아홉 명이다. 세 명의 작은 기적이 세 여자의 배꼽을 앞으로 밀며 자라고 있다.

매일 저녁, 나는 지평선으로 지는 태양을 바라본다. 그곳에서 바다 위에 떠 있는 룰루를 본다. 그리고 태양과 룰루가 사라지고 나면 복대를 두른 채 이제는 익숙해진 멜랑콜리한 기분을 안고 집으로 들어온다.

하늘에 달이 없다. 마을의 불빛에 몸을 덥히는 구름 몇 점만 뜨문뜨문 보일 뿐. 따라서 오늘 저녁, 우리는 배와 이불을 꺼냈다. 마침내 몇 달 만에 겨울잠에서 깨어난 발루가 갑판에서 춤을 추었다. 좀 여위었지만 우리가 영양을 공급해주어서 원기를 회복했다.

칠흑 같은 밤이 내려앉았다. 우리는 내가 지난번에 제롬과 처음 갔던 장소에서 배를 멈췄다. 제롬이 배의 모터와 라이트를 껐다. 나는 두렵지 않았다. 이번엔 두렵지 않았다.

모비딕은 외관을 재정비해야하지 않을까.

내게 삶을 직시하게 해준 온갖 일을 겪은 지금, 아무것도 아닌 한낱 삭은 뜰고래 따위가 나를 겁줄 수는 없을 것이다.

조금도 무섭지 않아!

우리는 갑판에 나란히 누워 이불을 덮었다. 사구같이 볼록 튀어나온 세 개의 작은 언덕.

하늘이 눈부시게 찬란하다. 8월 10일 밤이다. 우리는 페르세우스자리 유성우를 기다렸다. 이 마법의 별똥별 비가 쏟아져 내리기를. 실제로는 모래알만 한 굵기의 혜성의 잔재가 충돌하며 떨어져 내리는 것이지만, 약간의 소립자들 덕분에 이토록 찬란해지는 하늘이라니! 언젠가 로맹이 바닷가 모래알에 대해 한 말이 기억난다. 모래성을 더욱 견고하게 쌓을 수 있는 모래알들 얘기가.

오늘 밤, 우리는 우리의 성채를 계속해서 쌓아갈 것이다. 성채는 견고하다. 기초가 튼튼하니까. 이 모래알들이 모여 무너지지 않는 콘크리트가 되었다. 탄탄한 결속감. 융합.

우리는 별들을 바라본다. 그중에는 다른 것들보다 더 반짝이는 별들이 있다. 다른 별들보다 가스와 먼지가 많기 때문이지만, 어쩌면 몇몇 영혼이 깃들어 또 다른 빛을 발사하기 때문인지도 모른다.

나는 룰루 생각을 자주 한다. 매일 룰루를 생각한다. 매일의 일출과 일몰 때마다. 룰루는 바람의 숨결 속에, 태양빛 속에, 나비의 팔락거림 속에 있다. 내가 가는 곳 어디에나 있다. 나는 때로는 벅찬 기쁨으로, 때로는 옥죄는 가슴으로, 아이를 떠올린다. 룰루는 내 생각 사이사이는 물론이고 모든 곳에 암암리에 존재한다. 내 마음속, 깊은 그곳에, 따뜻하게 자리 잡고 있다. 마치 아이를 가졌는데 세상에 대고 곧 일어날 기적을 알리기엔 아직 배가 나오지 않은, 아이의 존재를 혼자만 아는 여자 같다고 할까. 아무런 걱정 없이, 아무도 망치지 못하는 비밀스러운 친밀감을 음미하는 여자 말이다. 왜냐하면 그녀 안에 생명이 간직돼 있으니까, 사랑이 간직돼 있으니까…….

나는 룰루의 미래를 만들어주기 위해 아홉 달 동안 배 속에 간직했었고, 룰루는 다시 내게로 와서 내 삶을 완성해주었다. 물론 손상되었고 때로 고통스럽지만 감미로운 나의 삶.

룰루는 천사의 숨결처럼 잠시 스친 존재가 되었고, 이제는 그 작은 날개로 스친 사람들의 기억 속에 남아 있다.

나는 팔을 부드럽게 들어 올린다. 내 운명을 끌어안은 이 팔을 살아남은 기적, 살아가는 기적, 그리고 살아가며 행복해하는 기적을 향해 들어올린다.

살아가며 행복을 느끼는 기적을 향해.

룰루는 내가 가는 곳 어디든 존재하기에…….

감사의 말

감사드립니다.

의학 지식을 알려준 폴린느에게,

어린 여자아이의 장난질에 대해 알려준 아폴린느에게,

기계 기술에 대해 알려준 프레데릭에게,

은하계에 대해 알려준 에르베에게,

철자법과 문법에 대해 알려준 나의 아버지에게,

한없이 아름다운 그의 시에 대해 알려준 미카엘에게,

기꺼이 내 글을 계속해서 읽어주는 소중한 독자들에게(특히《높은 곳의 마리》에게도!).

그리고 제가 앞으로 나아가는 데 필요한 사랑과 애정과 위안을 준 사람들이 있습니다.

제비들이 가득한 나의 봄을 선사한 동반자 엠마뉘엘과

내일에 대해 생각하는 법을 알려준 벤자맹에게,

특별히 피에르의 진심 어린 동행에 감사를 보냅니다.

플라스틱 장난감보다 수월치 못한
우리의 삶에 필요한 건

슈퍼에서 계산원으로 일하는 스무 살의 줄리. 세 살 난 어린 아들 뤼도빅을 홀로 키우는 그녀는 삶이 고달프다. 이 고달픔이 특별히 과했던 어느 날, 그녀가 조용히 눈물을, 턱이 떨리거나 호흡이 가빠지거나 눈가가 반짝이지도 않고 다만 무표정한 얼굴에서 조용히 흐르는, 한 줄기 눈물을 슬쩍 훔쳐낸다. 30년 동안 문이 열린 냉장고 앞에 서 있는 기분으로 살아온 폴이 이 눈물을 본다. 아니, 이 눈물에 사로잡힌다. 《기적이 일어나기 2초 전》은 제목에서 풍기는 분위기와 도입부만으로 짐작되는 신데렐라 스토리로 흐르지 않는다. 이는 덜 단선적이고 덜 평이한 이야기를 위한 출발일 뿐이다.

남자들한테 실망하고 부모에게도 내쳐져서 어린 아들을 짊어진 채 고역과도 같은 직장을 감내하는 줄리, 지난 세월이 허망하고 그 때문에 온기 없는 삶이 더욱 시린 폴, 이들은 행복하지 않다. 아내의 자살로 인한 충격에서 헤어나지 못하는 폴의 의사 아들 제롬과 제롬이 휴가를 떠난 동안 그의 공석을 메우는, 자신감이 결여된 대리 의사 카롤린, 사랑하는 아내가 변호사와 눈이 맞아 떠나버린 후 어린 딸을 홀로 키우며 상처를 삭이는 물리치료사 로맹, 내일에 대해 별 생각 없이 현재를 살아가는 줄리의 가장 친한 친구 마농, 이들 역시 행복하지 않다. 그리고 줄리의 세 살 난 아들 뤼도빅. 직장에 나간 엄마와 떨어져 있어야 하고 맛있는 음식을 마음껏 먹을 수도 없으며 유치원에서 심술궂은 아이들의 장난을 견뎌야 하는 어린 아이의 삶도 아이가 가지고 노는 플라스틱 장난감의 삶보다 수월하지 못하다.

이렇듯 《기적이 일어나기 2초 전》의 등장인물들은 우리 주변에서 흔히 볼 수 있는, 나름의 불행과 슬픔을 안고 살아가는 평범한 사람들이다. 하지만 누구에게나 닥칠 수 있는 진짜 비극이 발생하고, 이들은 연대를 통해 상처를 극복해나간다. 이 소설의 힘은 바로 이 상처 극복, 즉 치유에 있다. 인물들이 서로의 상처에 '연고를 발라주며' 불행을 극복하는 과정을 통해 독자들의 지친 마음에도 연고를 바르는 것과 같은 위력을 발휘한다.

작가 아녜스 르디그는 특히 연대에 대해 이야기하기 위해 '융합' 이라는 단어를 새징의 한다. 융합은 르디그에 따르면 '상처 입은 여린 사람들이 서로 접촉함으로써 함께 이루는 모든 것을 통해 각자의 존재를 요소요소 튼튼하게 재구축하고 친밀해진 상태'이다. 극히 사소할지라도 서로를 향한 관심이 행복을 가져오고, 서로간의 융합을 통해 우리는 삶에 닥친 불행을 극복해나간다. 길을 가다 맞는 물벼락처럼 별안간 들이치는 삶의 불행을 우리는 막을 수 없다. 막을 수 없다면 받아들여야 하고 버텨내야 한다. 살아내기 위해서는 버티는 것 외에 달리 선택의 여지가 없다. 르디그는 바로 이 버티는 법에 대해 이야기하고 이 버텨야만 하는 고통을 머뭇머뭇, 그러나 명랑하고 따뜻하게 어루만진다.

작가와 작품은 원칙적으로 별개여야 하지만 이 책은 유독 작가와의 분리가 쉽지 않은 작품이다. 바로 누구보다 고통에 길들여졌을 작가의 자전적 이야기가 녹아있기 때문이다. (줄리에게 닥친 비극은 실은 아녜스 르디그가 직접 겪은 고통이며, 심지어 이 고통이 없었다면 그녀는 작가가 되지 않았을지도 모른다.) 그리고 바로 이 지점에서 현대판 동화 같은 이 소설이, 작가가 강조하는 융합이, 우리 모두에게는 의지만 있다면 불행을 극복할 수 있는 힘이 있다고 안심시키는 위로가 묵직한 진정성을 확보한다.

《기적이 일어나기 2초 전》은 울고 싶은 사람들은 뺨을 때려주고, 웃고 싶은 사람들은 간지럼을 태워주는 책이 될 것이다. 그럼, 울고 싶지도 웃고 싶지도 않은 사람들은? 뜨악한 얼굴로 입을 꾹 다물고서 내기를 하는 기분으로 이 책을 만나보라. 처음에 줄리와 뤼도빅의 동행이 못내 못마땅해서 무표정을 고수하던 제롬처럼, 체면 때문에 이들의 웃음과 불행에 전염되지 않기 위해 빈정거려도 보고 황급

히 자리를 피해도 보다가 결국은 굴복하게 될 테니까. 아주 잠깐이
든 지속적이든 간에 말이다.

2014년 여름

장소미

옮긴이 장소미

숙명여자대학교 불문과와 동 대학원을 졸업했다. 숙명여대에서 강의를 했으며 파리3대학에서 영화문학 박사과정을 마쳤다. 옮긴 책으로는 미셸 우엘벡의 《지도와 영토》, 마르그리트 뒤라스의 《부영사》를 비롯해 《이런 사랑》 《10월의 아이》 《포기의 순간》 《지금 일어나 어디로 향할 것인가》 《악어들의 노란 눈》 《거북이들의 느린 왈츠》 《비밀 친구》 등이 있다.

기적이 일어나기 2초 전

첫판 1쇄 펴낸날 2014년 7월 31일
      15쇄 펴낸날 2021년 3월 31일

지은이 아녜스 르디그   옮긴이 장소미
발행인 김혜경
편집인 김수진
편집기획 이은정 김교석 조한나 이지은 유예림 김수연 유승연 임지원
디자인 한승연 한은혜
경영지원국 안정숙
마케팅 문창운 정재연 박소현
회계 임옥희 양여진 김주연

펴낸곳 (주)도서출판 푸른숲
출판등록 2002년 7월 5일 제 406-2003-032호
주소 경기도 파주시 회동길 57-9, 우편번호 10881
전화 031)955-1400(마케팅부), 031)955-1410(편집부)
팩스 031)955-1406(마케팅부), 031)955-1424(편집부)
홈페이지 www.prunsoop.co.kr
페이스북 www.facebook.com/prunsoop   인스타그램 @prunsoop

ⓒ푸른숲, 2014
ISBN 979-11-5675-521-0 (03860)